AQUARIUS

AQUARIUS

AQUARIUS

AQUARIUS

每個人心中都有一座島嶼，

藉文字呼息而靜謐，

Island，我們心靈的岸。

夜　火　車

徐則臣——著

【推薦序】
這世代 這五人

施戰軍（著名評論家、《人民文學》雜誌社主編）

一九四〇年代至一九六〇年代初期出生、大致在一九九〇年代以前就已成名的資深中文作家，兩岸互有所知的名單可以列出很長一串。近十多年來，臺灣在大陸作品較有讀者緣的作家幾乎都是「五〇後」，比如龍應台、張大春、朱天文、朱天心，這幾年又加入了「六〇後」駱以軍；大陸在臺灣有一定知名度的作家則以「五〇後」和一九六〇年代初期出生的「六〇後」居多：王安憶、莫言、畢飛宇、蘇童、余華等等。

大量已經躋身文壇主力陣營的「六〇後」、「七〇後」以及「八〇後」作家，他們的創作其實構成了最為活躍的文學現場。而令人遺憾的是，對這一最不該被遮蔽的部分，兩岸尚欠缺彼此瞭解——「這世代」，在這裡就是特指兩岸在互相知情的狀況尚屬碎金閃耀階段的這一部分，「這世代」書系，便是意在實現兩岸優秀青年文學作品的互訪探親團隊的交流通航。

這五人，均為當今大陸最具實力和影響力的「這世代」標誌性作家。

徐則臣年齡最小，北大研究生畢業。少年老成，人生輾轉，書寫人世體驗，參透城鄉遷變。江蘇故鄉的「花街」和京城漂泊者兩個題材系列作品，串起古蒼而鮮活的成長敘事，一路奔襲，堅實地奠定了他在大陸小說界的地位。

盛可以有一般女性作家並不具備的洞穿生活和情愛本質的銳氣，因為有溫煦的嚮往，而勇於逼視冰冷，內心的抉擇常使筆下的人物懷持自由較真的倔強個性，寧願「揀盡寒枝不肯棲」，也不「教人立盡梧桐影」。對自我與世相的嚴苛省察，讓其凌厲敘事的基底，輝閃身心尊嚴的光芒。

文學專業出身的李洱，對鄉村中國的權利結構和知識分子心理隱祕有著的究根探底的強烈興趣，他以百科全書式的資質儲備和出眾的想像力，撥開層層謎團，破解內在疑難，考掘「玩笑」的儼存，警策歷史的輪迴，以貌似輕逸的言表撬開巨型話語的石門。

專注，氣定，憐愛筆下每一個文字，牽戀塵世人情，巴望現世安穩，為有攪擾而鬱結，為有阻礙而傷悲——如果現代以來的中文女作家可以這樣數來：張愛玲，蕭紅，林海音……再如果在這個序列可以容納今日活躍的作家，我願意加上魏微。世代到達了魏微這裡，暖老溫貧、生死契闊、靈犀會通的念想之下，痛失之慼已經越發沉鬱頓挫，原宥之心、體恤之意必須更加醇厚柔韌。我們細讀她慢慢寫來的句段構成的任何一篇小說，會為獲得踏實而慶幸，也為作別故事而惘然。

畢飛宇在長、中、短篇小說寫作方面的精湛技法和他在文本中浸透的人性關切，讓他持續擁有著大陸最優秀作家之一的顯著成就。畢飛宇在臺灣拿過開卷好書獎，在國際上也多次獲獎和多次受邀參加重要的文學活動，是大陸文學大獎的大滿貫得主。臺灣讀者會從他的這些作品中，更真切地領略他靈透的語風和大可訝異的出色才情。

感謝寶瓶將五位大陸作家的小說著作以「這世代——火文學」的名義盛裝推出。

感謝「這世代」推介方重慶出版集團所有參與書系策劃組稿的朋友，是他們還將大陸這五人和郝譽翔、甘耀明、鍾文音、紀大偉等臺灣作家朋友的著作組成的「這世代」書系簡體字版同步出版。

感謝未曾謀面的同行朋友吳婉茹女士一絲不苟的主持引薦。

這個書系的精神價值從籌劃之時已經誕生，隨著作品的傳播，意義定將無限張大。

1

房間裡是黑的，陳木年睜開眼看天花板。他等著一雙拖鞋走過來，在天花板的背面，鞋子裡是六樓上金老師的兩隻腳。陳木年從沒見過金老師，但他熟悉他的拖鞋，很多個夜晚他都看見那雙拖鞋在他頭頂上走，拖拖拉拉，劈劈啪啪，或者是跺腳和掉在地板上。最初，他根據拖鞋與地板摩擦的聲音，來判斷它們走到了天花板的哪個角落；後來，他推測這雙拖鞋的質地、材料和形狀；半年之後，陳木年認為金老師的拖鞋是塑膠的，硬底，四十碼，中跟，跟形方，中空。市場上最便宜的那種。然後陳木年就在黑暗裡看見了它們，底朝他，在他的天花板的背面起起落落。一過晚上十一點，它們就開始像偉人一樣焦慮和憤怒，在陳木年的睡眠之上運動不止，直到他在後半夜的某個時刻疲憊不堪地睡著。

現在，他等著一雙新的拖鞋走過來。在他的想像裡，這雙拖鞋和地板的關係是和諧的，它們經過地面如同松鼠的尾巴溫柔地掃過。當然會有聲音，但對陳木年的睡眠來說，完全可以忽略不計，甚至可以用來催眠，像清風拂過花朵和樹葉，是一種別開生面的旋律。他對此有信心。

可是天花板一聲不吭，像不存在一樣安靜。陳木年只好想像自己的腳，光溜溜地經過天花板。若干時間以前，他曾希望樓上的金老師也能光腳走路，向貓學習，那樣他就可以夜夜安眠。當然是不可能的。他看著自己的腳走在黑暗的天花板上，腳印明亮，發出淡淡的銀光，一個摞著一個，直到無數的腳印把天花板踩白，金老師的拖鞋還沒開始出場。陳木年扭動僵硬的脖子，看見月光從窗戶外進來，升到了天花板上。隔壁室友的鼾聲響起來。

也許金老師不在家。陳木年的眼睛發澀，忐忑地閉上眼，今夜不用數綿羊了。

像突然做了個惡夢，他看見了一雙拖鞋經過天花板，然後經過腦門和眼皮，接著聽見了聲音，啪噠啪噠。塑膠的，硬底，四十碼，中跟，跟形方，中空。陳木年睜開眼，發現自己並沒有睡著。金老師腳上的偉人開始焦慮了。陳木年仔細聽，沒錯，還是它們。他睜著眼躺了一會兒，沒開燈就起來，開門爬到了六樓。他敲門的聲音把自己都嚇了一跳。

半天門才開。陳木年看見傳說中的金老師瘦小的身子堵在門口，右手開門，左右一把畫筆，嘴裡還叼著一枝。他只聽說金老師是搞美術的，油畫，學校裡的不少人都認為他是天才，將來說不定可以成為大師。陳木年早就做好了接受藝術家形象的準備，但金大師還是讓他的想像力感到吃力。頭髮比他在電視裡看過的所有畫家都亂，又長，捲曲，像一度流行過的女人的爆炸式髮型，一張三十多歲的小臉堅硬地藏在頭髮叢裡。只在下巴上允許長鬍子，照著紹興師爺的造型修剪過的。身上是一件肥大的牛仔背帶褲，胸前那塊塗滿了繽紛的顏料，看起來像一幅印象派大師的傳世之作。金老師本人則像一個油漆匠，如果戴一頂白帽子，也可以直接去飯店裡掌勺。他的背帶褲太像一件圍裙了。

「你是誰？」金老師把嘴裡的畫筆抽出來。

「五樓的。」

金老師伸頭看了一下樓梯，說：「哦。有事？」聲音怪怪的，聽不出是哪個地方的普通話。

陳木年看了一眼他的拖鞋，果然是塑膠的，像那一款。「抬起你的拖鞋。」

金老師懵懂地蹺起鞋子。相對於他的個頭，腳倒挺爭氣的。硬底。中跟。跟形方。中空。陳木年說：「四十碼？」

「四十碼。」金老師說，把畫筆從左手換到右手，把一塊紅顏色揉到了鼻子底下，鬍子也成了紅的。「你就來問這個？」

「棉拖鞋呢？怎麼不穿？」

金老師說噢，彎腰從屋裡拎出了一雙棉拖鞋，「你的？」拖鞋上附的紙條還在，上面寫著：「送給你。今晚就可以穿。」金老師說：「我要棉拖鞋幹什麼？」

陳木年很失望：「不要你為什麼拿進去？」

金老師不耐煩了：「不拿進屋早就濕透了。」他指指樓道的頂，還有一大片水漬沒乾。這棟破樓，下雨就漏水。「拿回去，我要工作了。」他把拖鞋塞給陳木年，關上了防盜門。關第二道門時，他又伸出頭，說：「跟你說，我從來不穿棉拖鞋。不舒服。」陳木年想讓他夜裡動靜小點，金老師的第二道門已經關上了。

已經是後半夜，陳木年拿著棉拖鞋回到自己的房間。上午買完拖鞋，他還自作聰明地請修鞋師傅給鞋底加了一層人造的皮毛。另外兩個房間的呼嚕聲都在往高音上爬，他氣得把棉拖鞋砸到他們門上，一扇門上一只。沒有中斷，呼嚕聲繼續往上爬。

他知道明早即使起得來，也是神思恍惚，乾脆把鬧鈴銷了。睡到幾點算幾點。而下午沈鏡白老師特地囑咐他，明天的問話要認真對待，他也和總務處打個招呼，先留下來再說。陳木年坐在床上點著菸，在黑暗裡抽。第二根剛抽上兩口，感到胃有點疼，就打開窗戶把菸頭扔了出去。涼風灌進來，從他張著的嘴裡進去，閉嘴，嚥下，陳木年有種通體清涼透明的感覺。躺下去的時候說：「去你媽的！」

六樓上的拖鞋在天花板背面轉圈子。啪噠。啪噠。啪噠啪噠。

2

第二天早上，魏鳴老婆的乾嘔聲把陳木年弄醒了。差三分鐘上午九點。總務處通知八點開始談話。陳木年快速地穿衣服，魏鳴老婆還在嘔，除了聲音什麼都沒有吐出來。又得去醫院打掉了。這個可憐的中學體育老師，一副好身板就用來應付這事了。據魏鳴自己說，吃藥解決的不算，這兩年醫院就去過三次。魏鳴說的時候很得意。幾年來他一直為自己軍訓時的全脫靶耿耿於懷，他和陳木年大學同班，射擊比賽的成績差得不能看，子彈總是找不到靶子。現在好了，陳木年穿鞋子時想，槍槍十環了。

因為女體育老師佔著水池鞠躬盡瘁，陳木年刷牙洗臉只好免了，含了一口隔夜的涼茶一邊漱一邊下樓。自行車鑰匙忘了拿，就一路小跑到了總務處處長室。副處長張萬福的臉色很不好看，下面的幾個科長的臉也跟著越拉越長。

「幾點了？」張處長點著左手腕，點了幾下才發現沒戴錶。「架子可真不小，我們四個人等你！」副處長的臉硬得發舊，像昨天的臉。這次中層幹部調整，沒爬上處長的位子，他連笑都不會了，見誰都板著臉。

陳木年知道他們也剛到，杯子裡的茶葉還沒泡開。

張處長說：「這次談話很重要，關係到你能否繼續在我處工作的問題。」

陳木年說：「嗯。」

「照實說，殺沒殺？」

「沒殺。」

還是老問題。同樣的問題陳木年回答了二十次也不止。他開始心煩。

「你要認識到問題的嚴重性。」張處長說，「這麼跟你說吧，要是別人，隨便換哪個，即使他是學院的正式工，我也早讓他滾蛋了。我們是大學，要每個人都乾淨。懂了？」

「懂了。」

科長甲說：「那好，實話實說，殺沒殺？」

「沒殺。」

科長乙說：「真的沒殺？」

「沒殺。」

科長丙說：「沒殺你當初為什麼說殺了？」

「說著玩的。」

科長丁說：「這事也能說著玩？再想想。」

「員警早就替我想過了。」

「這麼說，」張處長點上一根菸，提醒在一邊走神的祕書小孫認真記錄。「你沒殺人？」

「沒殺。」

「再好好回憶一下。你看，那天夜裡，你走過水門橋，想抽根菸，就——」張處長做了一個掐人的手勢。

陳木年覺得胸口發悶，喘不過來氣，全身的血極速往頭上跑，臉脹得要炸開，嘔吐的感覺也上來了。「我，出去一下，」他站起來對審問的人說，沒等他們回答，拉開門跑向洗手間。他顧不得洗手間裡還有別人，趴在盥洗池上大聲地嘔吐。像魏鳴的老婆一樣，他只嘔出一串咕嚕咕嚕的聲音，感覺卻像五臟六腑都從嘴裡出來了。

嘔了一會兒，小孫進來，拍著他的後背問怎麼回事，要不要去醫院。

陳木年搖搖頭。

「沒事。領導也知道你沒殺人，就是問問，走走形式。」

走走形式？他們似乎非要問出個殺人的結果來才甘休。陳木年又乾嘔了一聲，把鼻涕眼淚都弄出來了。他抬起頭，看見鏡子裡那張狼藉的臉。而他的同事小孫，臉比鏡子還乾淨。四年前他們同時來到總務處，住一套房子，現在小孫是副科，單位裡的什麼好事都輪上一份，兩居室的房子也到手了，他還是臨時工，一年要接受三到四次不定期的審查盤問。

「放鬆一點，吐完了再進去。領導可能還有指示。」小孫拍拍他肩膀，出了洗手間。

陳木年兩手撐著盥洗池，繼續看鏡子裡自己的臉。它怎麼就髒成這樣呢。然後看見牙齦流血了，開始漱口，越漱越多，永遠也漱不盡似的。後來乾脆不漱了，閉著嘴，有什麼東西都嚥下去。他洗了臉，直接回了宿舍。

魏鳴的老婆還在嘔，看樣子一個上午都得在水池邊待下去。女體育老師叫鍾小鈴，是魏鳴的女朋友，但大家都習慣叫她「魏鳴的老婆」，魏鳴也「我老婆，我老婆」地叫。鍾小鈴本人也沒什麼意見，就老婆下去了。她的單位離學院不遠，分到手的是集體宿舍，兩人一間。人多就是麻煩，魏鳴說，和她親個嘴都得睜著一隻眼，就讓她搬到這邊住了。魏鳴也是集體宿舍，好歹是一人一間，關上門就等於把全世界人都拒之門外了，幹什麼都可以放心地閉上眼。

「下班了？」鍾小鈴騰出嘴來問陳木年。

「下了。」陳木年說，心想，崗都快下了。但他懶得說太多，開門進了自己房間。剛點上一根菸躺下，鍾小鈴敲門，隔著門說：「魏鳴剛才打來電話，說晚上你們有個老同學過來，叫你一塊去吃飯。」聲音有氣無力，漫無盡頭的乾嘔把她累壞了。

「誰啊？」

「他沒說清楚，好像是一根筋。」

陳木年嗯了一聲，他不知道一根筋是誰。大學畢業的同學留在這個小城市的很有幾個，大大小小的幾乎在各個像點樣子的部門都插了一腿。在這所大學裡，準確地說是學院，只有他和魏鳴。魏鳴研究生畢業留校，現在教理科生的大學語文，還兼中文系的團總支書記。他，陳木年，從畢業的那一年起，就在後勤這一塊做臨時工，一直到現在還是臨時工。他覺得除了沈鏡白和他父親之外，所有人都認為他會做一輩子臨時工，包括他自己，一個月八百塊錢，只要他不打算從這所鬼學校裡滾蛋。現在，他盯著架子上的一大堆書抽菸，在考慮自己是不是要滾蛋。應該會的。他把領導像尿布一樣晾在那裡，他們不會無動於衷的。陳木年對著一本《楚辭集注》吐了口煙霧，用菸頭往書裡面燙。

菸頭以每秒鐘兩頁的速度穿過紙張，陳木年心中充滿了新鮮的喜悅，有點像負重行軍結束了，每脫掉一件東西就感到一點輕鬆，整個人又一寸一寸地活過來，回來了。菸頭穿行過的地方，一個黑的圓圈，中間是空的。那根菸燒完，《楚辭集注》上多了一個洞，就像在牆上鑽了個孔。他翻動書頁，無數個孔合成一個孔，一根菸就做到了。陳木年生出了巨大的成就感，比他當時花了兩個月的時間把它吃透還要大的成就感。一本幾百頁的書呢。幾百頁呢？他去找頁碼，發現頁碼沉落在那個洞裡，變成了灰燼。他把這本失去數量的書拿起來，通過那個洞看另外一本《白氏長慶集》，電話鈴響了。然後鍾小鈴在外面喊他。

小孫打電話找他。

「你怎麼回事？領導很不高興！」小孫說，「算了，他們還是決定讓你留下了。下午繼續上是班吧。」就掛了。

陳木年抓著電話站在那裡，看鍾小鈴奇怪地瞅著他，才想起來要掛電話。剛放下又響了。是沈鏡白老師。

「木年嗎？」沈老師說。「張處長剛給我電話，說你態度不太好啊。現在怎麼樣了？」

「還行。」

「不是還行的問題。要做好學問，得有個良好的心態，寂寞，功名，屈辱，算得了什麼？讓你看的書都看完了嗎？嗯，好。應該這樣。過兩天把讀書筆記交給我，想法和發現也告訴我。臨時工有什麼？韓信還要忍著胯下之辱。我當年整天割草餵牛，不也過來了？能苦過我們？留在學校，就是圖一個學習和看書的好環境。外語別丟。再忍忍，只要證書到了，就考。念好了書，做好了學問，誰還管你的過去？」

「他們還是揪著那事。」

「你說沒殺不就是了。」

「我說了，他們還問。」

「現在呢？」

「剛打來電話，同意我留下了。」

「那就沒事了。」

3

說好了傍晚老同學聚聚。見面之前，陳木年去了超市，揀合適體面的涼拖又買了一雙，然後去修鞋的師傅那兒加了一層人造皮毛。準備晚上回去，給金老師再送過去。無論如何得說清楚，再折騰下去，要死人的。

聚會在校門口不遠的「文苑居」，一家不錯的小飯館，從大學的時候他們就在那兒吃。飯館在一條狹窄的小巷子裡。大二的一個傍晚，陳木年的一個同學做完家教回來，騎自行車經過這條路，車把擦了一個小流氓的女朋友的胳膊，小流氓就夥同其他幾個剛喝完酒的狐朋狗友，一頓痛打，把那同學活活打死了。速度之快，見義勇為的人還沒來得及給上去拉一把，同學就死了。陳木年記得同學像隻大蝦彎腰縮在一起，他聞訊趕到時，氣都沒了。地點就在「文苑居」門前。當時，陳木年正在樓上和幾個老鄉喝酒。後來他一坐進「文苑居」，就想起那個同學，如果當時能夠及時見到他，他會能請他上來喝一杯，那樣一杯酒就可以救他一條命，現在可能也會坐在一起。可是，為什麼當時他沒有看見呢？一杯酒，一條人命，陳木年覺得這兩者之間完全有可能存在一種讓人絕望的對等關係。

他們已經到了。魏鳴，另一個是「三條腿」。

陳木年說：「鍾小鈴給你改了名，叫『一根筋』。」

他們倆都笑。魏鳴說：「她耳朵岔線了，這三條腿怎麼也跟一根筋搭不上關係啊。」

三條腿說：「以後不能再叫了，都是有老婆的人了，說出去還以為我的那個東西大呢。」

陳木年說：「是，不能再說。要是那東西大也就認了，是不是？」

一起笑起來，三條腿罵陳木年不地道。三條腿的名字是陳木年最先說出來的。大一時三條腿走路總是踉踉蹌蹌，到哪都要靠著個東西才能站穩當，陳木年就笑他，得三條腿才牢靠。就叫開了。

魏鳴說：「總務處那邊談妥了？」

陳木年笑笑：「這年頭，就剩下點讓別人難堪的樂趣了。」

三條腿說：「兄弟，忍忍就過去了。」他已經聽魏鳴說過了。

「不說這個，」陳木年說，給三條腿倒上酒。「說說你吧，工作，生活，還有，愛情又進展到哪個部位了？」

「操，就那樣，哪件事幹得都不死不活的。那小丫頭，保守得像塊石頭，我現在的活動範圍還在鎖骨以上。」

「知足吧兄弟，」魏鳴說，「單位跟臺榨油機似的，這才幾年，就你腦滿腸肥的。」

三條腿在交警大隊工作，整天腿蹺著在辦公室裡吹牛打牌，沒錢花了，就找兩個人到路口去攔車，沒照的，違章駕駛的，騎反道的，抓到了就罰，然後找個飯店喝酒。沒錢了再到路口守著。有一次他開玩笑說，他們單位有個老油子，拎個帆布椅坐在路口，見來了一個就說，嗯，啤酒來了，再看見一個，又說，酸菜魚來了，見了第三個，王八來了。一桌的酒菜說齊了，就捏著罰單去飯店了。

「是啊，看你那肚子，吊架子育肥法養出的豬都趕不上。」

「別對我有敵視情緒，」三條腿說。「知道兄弟們日子不好過，這不過來買單了嘛。今天我請。」

陳木年說：「魏鳴也行，手裡還攥著幾千塊錢學生活動經費，早晚都是吃掉。」這倒提醒了魏鳴，他說：「你們誰有買書的發票？吃了幾頓，得補個帳。」

三條腿說：「操，這事找木年。就他買書。」

「他媽的，」陳木年說，「這日子沒法過了，越沒錢越買那些爛書。得革命！」

三條腿說：「你可別，沈老頭還指望你繼承他的衣缽呢。」

「屁！指望我？誰會指望一個本科都沒畢業的人。」

「別身在福中不知福。」魏鳴說，「沈老頭要是對我這麼好，別說幹幾年臨時工，就是做一輩子他媽的清潔工，我也認。知遇之恩哪。」

陳木年不想和他們爭辯。為這事他和很多人都爭過。說到底不是能否回報知遇之恩的問題，而是怎樣解決眼下備受壓抑的問題。他相信，如果他們中的某個人像他一樣，惴惴不安地待在一個臨時工的位置上，每年還要等待隔三差五的無聊審問，早捲鋪蓋走人了。他沒殺人，已經對不同的人、不同的組織說過無數遍了，員警都不再問了，他們還鍥而不捨地一次次審。到底想審出什麼？每次審問，都說沒問題了就可以補發畢業證和學位證，多少次問都審完了，兩個證還是遙遙無期。陳木年在每一次談話和審問前，都對能夠證明自己學歷身分的證件懷有希望，拿到證件他就可以考沈鏡白的研究生了，但每次結束之後，他都覺得這輩子沒希望看見屬於他的證了。就像那個推石頭的薛西弗斯，他每次就努力把它推上去，然後發現又滾下來了。推上去就是為了滾下來，這就是他的現狀。

他不想在這個話題上糾纏，就主動挑起其他話頭，但聊著聊著又回來了，還是他。陳木年知道他們都關心自己，但他不喜歡這樣的關心。魏鳴和三條腿不管，一個勁兒地勸他，像沈鏡白那樣語重心長。他們說，都忍了三四年了，不能功敗垂成，想想，被沈老頭看上容易麼。

他們繼續說，開始推而廣之討論偶然因素對人生的重要性。

三條腿說：「操，人哪，就那麼幾步，走不好一輩子都得跟著擦屁股。當時幸虧沒去中學當老師，要不，早他媽累死幾百回了。」

魏鳴說：「沒錯。人一輩子做不成一件大對事，沒問題，千萬別做錯，一次都不行。老陳，咱們自家兄弟，我可不是說酒話，你看，就一次，就要了你的命。可得長記性。」

他們說得相當不錯。但陳木年不喜歡聽。的確，他們倆都沾了沒犯錯誤的光。三條腿走對了門，工作上別人幹啥他幹啥，堅決不去瞎胡搞，所以領導喜歡，日子過得一天比一天好。魏鳴也是，畢業留校不是因為他有多出色，而是因為他沒犯過錯誤。誰能不出個意外？魏鳴就不出，小意外也不出，挑不出毛病，就留了。無過就是功。倒是陳木年，來了那麼一下，就一下，逮個正著，死翹翹了。

4

本來陳木年是保送研究生的，可以直接做沈鏡白教授的學生。他成績不錯，尤其專業，學問已經很有點樣子，文章寫得也漂亮，沈鏡白十分欣賞。在沈鏡白找他談話之前，陳木年一直想念的專業其實是比較文學，覺得東拉西扯地搞文學才有意思。保送名額下來之後，他已經有戲了，下午在圖書館裡借書，碰到沈鏡白教授也在找書。沈老師問他在找什麼書，他說外國小說。

「想保送哪個專業？」

「比較文學。」

「比較文學？外語怎麼樣？」

「還行。」

「原著能讀麼？」

「差不多吧。」

沈鏡白讓他等一下，去外文館拿了一本原著回來，隨手翻開一頁，說：「這兩段給我翻譯一下。」

陳木年掃了兩行，眼都藍了。那東西簡直是不同於英文的另外一種語言，整個兩段他只看懂兩個短句，還不敢肯定翻譯一定準確。

「怎麼樣？」沈老師說，「我隨便抽的一本。」

陳木年只會擦汗了。後來陳木年知道，那是本理論著作，看不懂也不是什麼大罪過。但在當時，他一下子就被打懵了，覺得要是這麼闖進比較文學，真不知道到時候怎麼死了。

「不喜歡古代文學？你有幾篇論文我看了，挺扎實，也有點想法。再慎重考慮一下。」

沈鏡白走了，陳木年抱著找到的幾本外國小說不知道該怎麼辦。都是翻譯過的。他再去外文館找剛才的那本書，怎麼也找不到，最後就抱著幾本翻譯小說出了圖書館。

第二天，沈鏡白讓學生通知陳木年，讓到他家裡去一趟。陳木年到了他家，沈鏡白正坐在老式籐椅上看一本英文書。看到陳木年來了，把書遞過去，「這就是昨天那本。」

陳木年隨便翻到一個地方，頭腦又是嗡地一聲，還是不知所云。

「外語過了六級不說明任何問題。」沈鏡白說，抽菸的時候嘴張得很大。他六十出頭，滿嘴的牙齒都是黑的。「考慮得如何？馬上就要填志願了。我們是個小學校，條件有限。優秀的人才也不願意來。每年考進來的，也就混個文憑，我也不打算指望他們了。」

陳木年還在翻那本英文原著。

「還要再考慮？我希望能招到一個各方面都不錯的學生。」

沈鏡白是學校的一塊牌子，對先秦一塊的研究在全國都是掛得上號的。不管是從學問，還是其他方面，做沈鏡白的研究生，在即將保送的學生眼裡，都是一樁好買賣。陳木年知道，不少人在暗地裡用勁。

當天晚上，陳木年打電話給沈鏡白，說他報了古代文學。他覺得沈鏡白的文人氣比較足，他願意挑一個真正的文人做自己的導師。沈鏡白在電話那頭哈哈笑了，說：「好。從明天起，你就開始背誦《論語》和《孟子》。」

照這樣下去，陳木年就是相當的順了，卻在畢業前夕出了事。

課業結束，保送的事也確定了，被壓抑了四年的出走欲望重新抬頭。一抬頭就不可遏抑，簡直是揭竿而起。他就是想出去走走，走得越遠越好，到一個陌生的地方，看那些從沒見過的人和事。最好是白天步行，晚上扒火車，不要錢的那種夜火車，如同失去目標的子彈那樣穿過黑夜，然後在第二天早上，停在一個破破爛爛不知名的小鎮。他就從這個小鎮開始一段新的生活，作為一個闖入者，一個異鄉人，遊走，聽聞，湊上去說幾句，搖搖晃晃經過高低不平的沙石路面，離開這裡去下一個地方。接著步行，扒夜火車。他對夜火車情有獨鍾，覺得真正的旅途應該在黑夜的車廂裡。拉煤的，運木材的，最好，找一個隱蔽的角落蜷縮起來，看著天越來越大，星星越來越近，世界越來越遠，做幾個空曠透明的夢，真要美得冒泡泡了。

這幾乎是所有剛進大學的中文系學生的通病，浪漫得不乏矯情和做秀的成分。年齡大了，就忘了。陳木年忘不了，多少年來就堅持著這樣的願望。有點莫名其妙，又覺得自己不可救藥。

他從小幻想滿世界晃蕩。小時候老師讓說長大以後的理想，大家都爭著報上自己的科學家、政治家、醫生、教師、作家之類的職稱，都和偉大、崇高沾邊。輪到陳木年，他說：「我想做卡車司機。」沒把老師和同學們笑背過去，竟然有人立志要做卡車司機，頭腦壞了。他是全班唯一胸無大志的人。他沒笑，相反感到了恐懼。老師和同學們也就笑笑，他的父親不笑，第一次聽他正兒八經地說要當卡車司機，上來就是一個耳光，父親說：

「媽的，我怎麼養出你這麼個不爭氣的東西！還卡車司機，火車你想不想開？」

父親是個蹬人力三輪的，長年撅著屁股在小城的大街小巷轉悠，幾毛錢，一兩塊錢，別人就可以爬到他的車上坐著，像駕馭馬牛那樣催他快點，快點再快點。他覺得卡車司機比人力車夫也高明不到哪裡去，手腳都得用來開車。他希望兒子成大器，當個國家總理都嫌小。他要他出人頭地，把這麼多年被車上人使喚的惡氣全他媽的吐出來。這小子竟然要開卡車！父親想想越發惱火，三輪車推到了院門外又折回來，在兒子的左臉上又補上了一個耳光，打得陳木年耳鳴了好多天。

父親說：「再提什麼卡車司機，我撕了你的嘴！」

那五官移位的表情讓陳木年連做了好幾夜惡夢，再不敢在家裡提什麼卡車司機。什麼司機都不敢提。父親說，火車你想不想開？多年前，陳木年生活的那個小城還不通火車，他不知道火車到底是個什麼東西，否則他會說，想開。喜歡上火車是後來的事。那時候他專心致志地喜歡卡車，像電影電視裡那樣，一輛大卡車橫穿野地，路邊是濃綠的荒草或金黃的麥浪，他坐在駕駛室裡，穿一身粗劣的勞動布工裝，滿臉鬍子，風把頭髮吹亂，一路大聲唱歌，抽菸，把左胳膊搭在車窗上，想去哪去哪。餓了就在路邊的隨便什麼小飯店吃，喝酒，吃肉，睏了就在駕駛室裡歪倒，睡到精神和力氣重新回到身體裡，抓著方向盤繼續跑。多麼偉大的方向盤。管他媽晴天陰天冬天夏天，我縱橫四海去。世界上最酷最快活的男人莫過如此。

後來他坐上了火車，發現竟然還有比當卡車司機更有意思的事，就是坐火車。八歲的時候他牙疼，疼得怪異，滿地打滾，剛出鍋的嫩饅頭都不能咬，把當地大大小小的幾個醫院全看遍了，還是不行。巷子那頭有個神神道道的老太婆，說他後槽牙裡有小蟲子，母親就請她過來幫忙殺蟲子。老太婆在地上挖了一個坑，點上柴火，煮一小碗香油。讓陳木年張大嘴趴在香油蒸出的香氣上，耳朵眼裡插一根中間暢通的細蘆葦棒。他在香油碗上趴了一個鐘頭，從蘆葦管裡爬出來四隻細小的黑蟲子。儘管如此，牙疼病還是沒有解決，繼續疼。父親打聽到一個海邊城市的一家軍醫院精於此病，就帶他去。先坐汽車，再轉火車。他第一次坐上了火車，在晚上。

火車裡很多人，上來了就說話，吃東西，打瞌睡，父親也又累又睏，歪著腦袋犯迷糊。整個車廂只有他一個人著急，都上車這麼久了，為什麼火車還不開。他一個一個地看周圍的乘客，希望他們也能發現這個問題，催促司機趕快開車。沒有人搭理他，他們渾然不覺。他急了，把父親弄醒，質問火車為什麼還不開。父親半瞇著眼說：

「看看窗外。」

窗外的燈光在向後快速地跑。燈光之外的夜是一塊一塊的，一塊一塊地往後撤，唰，唰，唰。火車早就在跑，他沒有感覺到。竟如此奇妙。他一夜沒睡，趴在窗戶上看了一路夜景，牙疼都忘了。他覺得周圍的人都不存在了，整個火車裡就他一個人，整個世界就這一列火車在黑夜裡穿行，像貼著地面飛翔。這個夜裡，他一個人低低地在黑夜裡飛。在黑夜裡飛翔的感覺讓他激動得渾身發抖。

那次夜火車之行陳木年回味了很多年，想起來就抖。很多年裡他也再沒有乘坐夜火車的經歷，白天也沒有，沒機會。他的小城生活不需要火車。小學，中學，都在家門口不遠，大學還是這座小城。而小城不通火車，他又沒機會到其他城市去，想看都看不到。

大二下學期一個人坐車到相鄰的大城市，就為了坐一次火車。在白天，短途的。只坐了一站就下來，趕快坐汽車回到學校。他沒膽量一個人長途跋涉地跑，也沒有足夠的錢去盡情感受火車裡的天堂。但就這一次短暫的火車之旅，基本上平息了大學四年的欲望。有時候他想，也許不是迷戀夜火車，而是想出去走走，撒開腳丫子在大地上瘋狂地跑一跑。他常常產生狂奔的衝動，經常一個人在晚上到操場上跑步，一跑就是二十圈。大學四年，每年的運動會上都能拿到長跑的冠亞軍。夜裡也做出走的夢，夢見孤身一人到達不知名的地方，有山有水，有平坦的道路和奇形怪狀的房子，當然還有小車站，所有的火車都在天黑之後出發，在黎明之前到達，夕發朝至。

現在，大學快結束了，出走和夜火車重新找上了他的門。

父親曾許過諾：「只要考上研究生，要錢給錢，想去哪去哪。」

陳木年在保研確定以後，對父親說：「我只要五百。」他通過家教和稿費積累了一些，遠行計畫都準備好了，他想在畢業之前的一段閒置時間裡，坐火車到外面瘋狂地跑一把。根據打聽到的消息，需要不少錢。但他只需要父親給他五百。

父親的臉立馬拉下來了，他看見父親下巴上的那個小肉瘤開始發紅變紫。這是個不祥的警報，父親每次情緒激動要發火，小肉瘤就提前預告。果然，父親筷子啪地摔到飯碗上，「五百？給你去坐火車遊屍？你以為我錢是吃飯吃出來的？」

「你答應過的。」

「我答應過？我還答應你要是當了省長我給你五千呢。你當了？」

「不就五百塊嘛。」

「五百少了？你有還問我要幹什麼？五百我有沒有？有，我五千都有，但也不能拿出來讓你去糟蹋了！」

就是這句話最終惹惱了陳木年，他摔了筷子就出門回學校。一週以後，陳木年半夜裡跑回家，把父親從床上揪起來，一個字一個字地說：「我，殺，人，了。我，得，逃。」父親當時就癱在床上，下巴上的小肉瘤不知道該變成什麼顏色，只是一個勁兒地鑽心地疼。他還沒聽明白兒子描述的殺人過程，就對同樣癱在床上的老婆說：「快，快，把錢拿出來，讓木年跑得遠遠的，先找個地方躲起來。多少？四千五？都給他，都給他。」又過了一週，整個學校都知道中文系的保研生陳木年出事了。

5

那晚陳木年喝得不少，四瓶啤酒。正常酒量是一瓶。整個過程中話少，只喝酒，沉默又悲壯。只是魏鳴和三條腿都沒太在意。他們都忙，嘴沒閒著，放下酒杯就說話，說各自的事，還有陳木年的事。他們的酒量都比陳木年好，所以也沒覺得陳木年喝了多少酒，該怎麼勸酒還怎麼勸。此外，他們眼裡的老陳這幾年都這副半死不活的樣兒，有點苦大仇深，但也沒見他終於怎麼著，所以對他的沉默也沒當回事。他這狀態是理所當然的，他不這樣難道要魏鳴和三條腿他們這樣？沒道理。所以，魏鳴說：

「老陳，想開點。屎盆子扣得再大，還有個沈老頭給你撐著。知足吧。喝酒喝酒。」

三條腿也說：「木年同志，人生不如意事十常八九。人生在世不稱意，明朝散髮弄扁舟。多大的事，哪天不死人。喝酒喝酒。」

然後，他們又說，當然了，一失足成千古恨，吃一塹得長一智。

陳木年本來就不痛快，覺得這兩個傢伙實在有點不地道，這哪像老同學說的話，分明是不痛不癢地拿別人尋開心。但又不好說，就喝酒，他們端杯他也端，他們不端他也端。後來就記不清誰買的單了。

喝完酒，他們去校園裡坐了一會兒。在中文系樓前的草坪上。四年前，他們經常坐在上面，看女生一個個穿著超短裙從面前經過。現在坐下來還是說女生，準確地說，應該是女人。對魏鳴和三條腿來說，女人遠比女生過癮。陳木年還是一聲不吭，被涼風吹著，想起高臺多悲風的句子。這草坪有點低。頭腦漸漸好使了，已經晚上十一點半。三個人站起來告別，陳木年突然想起來新買的拖鞋忘在了「文苑居」，就一個人去找。

飯店正收拾準備打烊。陳木年拿了拖鞋往回走，校園裡很安靜，學校不大，管理又嚴，夜遊的人不多。陳木年急匆匆地走，想抽根菸，口袋裡空了。到了宿舍，其他人都在自己的房子裡。魏鳴和他老婆好像在吵架，門關著，可能鍾小鈴嫌他喝多了。另外一個房間住著教日語的宋權，長得也像個日本人，個頭不高，有點黑，一年四季頂著方方正正的板寸頭，大家都叫他「小日本」。陳木年住三居中帶陽臺的一間。

本來那是個雙人間，他和小孫合住，小孫在校外分到了房子，一直沒住，但留了一個床位，說什麼時候天不好或者工作太忙，沒準也會睡上一兩個晚上。但到目前為止，天氣還沒壞到他回不了家，工作也沒忙到必須在學校睡才能幹完的程度，所以基本上是陳木年一個人住。再之前，陳木年是住在朝北的一個房間，不大，但是個獨立的小世界，後來小日本來了，他就從單間裡讓出來了。小日本原來住樓下，和另一個老師合住，那老師結婚了，學校就把那整套都給了他，小日本是光棍，就讓出來了。陳木年也得讓，小日本是正式在編的老師。

陳木年撒了一泡尿，一頭倒在床上，很想痛快地睡一覺。剛閉上眼，金老師就開始帶著他的拖鞋徬徨了。陳木年覺得血往頭上竄，爬起來，抓著拖鞋就出了門。他把六樓上的門敲得像打雷，半個學校都聽得見。他聽見樓下某個房門口有人說，誰呀，幾點了還玩！陳木年沒理他。

藝術家終於蓬頭垢面地開了門。「你，毛病呀？」金老師用畫筆對著陳木年指指點點，油彩都碰到了陳木年的鼻子。「你知不知道我在工作！」

「不知道！」陳木年說，一把將金老師的畫筆抓過來扔掉，將拖鞋塞到了他手裡。「穿這個，現在就穿！」

金老師一下子沒反應過來，回過神來也火了，一把抓住陳木年的衣領，「你他媽的神經病！想打架是怎麼著？」

陳木年沒掙脫，冷著臉說：「穿上，現在就給我穿上！」

金老師沒吭聲，他確定這小子是來惹事的，也不管自己能耐有多大，抓著陳木年的衣服就前後搖盪。除了這個他幹不了別的，陳木年比他高一頭還多。陳木年的腦袋在他面前晃來晃去，突然哇地一聲，吐了金老師一頭一臉。他忍了很久終於吐酒了，酒勁也跟著上來，身子晃了幾下，抱著金老師一起倒在門檻裡的瓷磚地面上。然後稀裡糊塗就不清楚了。

睜開眼的時候，看到金老師端著一盆涼水在往自己頭上澆。陳木年把頭歪到一邊，找不到起來的力氣。金老師嘿嘿地笑著，說：「剛才的本事哪去了？使出來啊？」他洗過澡換過衣服了才來收拾陳木年，雞窩頭上的水滴還沒有擦乾淨，跟著盆裡的涼水一起落到陳木年的臉上。

「小子，你到底想幹什麼？你給我說清楚。」金老師把盆移到一邊，讓陳木年的頭臉閃出來。他看起來很高興。「快說，要不我還倒。我能用涼水把你澆死你信不信？」

陳木年擦掉臉上的水，看著俯在他上方的那張皮包骨頭的男人的臉，又是哇地一聲，這回是哭了。這招出乎金老師意料，怎麼就哭了呢。老老實實說不就不澆了麼。他把盆放下，半夜三更忍不住笑起來。大男人了，還咧著嘴哭，的確太可笑了。他把門關上，拖了把椅子坐下，就看著陳木年哭。陳木年的嘴越咧越小，聲音也越來越小，但是悲傷是越來越大了。他覺得自己哭得理所當然，哭得及時，哭得舒服，哭得讓自己都忍不住悲傷了。他就一直哭。金老師換了兩次二郎腿，抽了三根菸，陳木年才停下來。

「好了，你哭完了，」金老師把菸頭準確地扔進垃圾桶裡。「說說你是誰，三番五次送拖鞋到底是為什麼。」

陳木年不說話。

「沒名字？還是啞巴了？」

「陳木年。」

「還挺刺。陳木年？哦，知道了，大名鼎鼎的陳木年，就是說自己殺人的那個？」

陳木年噌地坐起來，眉毛也豎了起來。金老師看苗頭不對，趕緊說：「對不起，對不起，不該揭別人的短。你別激動，我知道，你沒殺人。沒殺。咱們有話好好說。你可是先上門來耽誤我創作的。」他給陳木年搬了張椅子。「坐下說。冷不冷？要不先拿毛巾擦把臉？」又去拿毛巾。毛巾哪夠，陳木年不僅頭臉濕了，衣服也被水流濕了。

「你知不知道，你的拖鞋每天夜裡都弄得我睡不著覺。」

「原來是這種小事，」金老師如釋重負，看看自己的拖鞋，又看看陳木年拿來的拖鞋，說，「早說不就完了嘛。嗯，這拖鞋不錯，還有毛茸茸的底，你在哪買的？」

「你把它穿上再在屋裡轉悠。」

「你！算了，不跟你一般見識。我告訴你，以後不許詆毀我的創作，包括和創作有關的一切事！」

「我什麼時候詆毀你了？」

「現在！我轉悠？你的意思是我畫不出來了！」

「沒那個意思。」

「算了算了，反正也畫不出來了。」金老師又坐下來，面對陳木年，像小孩看著玩具一樣看陳木年。「咱們說點別的。你說，你是怎麼沒殺人的？」

陳木年站起來要走，金老師把他拉住了。「別急，要不我們喝兩杯？」他去櫃子裡拿了一瓶二鍋頭和兩只杯子，又拿了半隻烤雞和一瓶辣椒醬。「陪我聊聊吧，實在也畫不動了。對，還有，你知道我叫什麼名字麼？金小異，異常的異，以後就叫我小異，別叫金老師啊，不喜歡。學生都這麼叫，煩死了。」

6

陳木年也沒客氣，跟金小異繼續喝。吐完了就跟沒喝過酒似的。金小異是個大大咧咧的人，上來就自報家門。金小異，男，漢族，三十五歲，光棍，和四個女人同居過，都好景不長，不是踹人就是被人踹，最後一次和女人上床是在一年前，現在都忘了啥感覺了。搞油畫，偶爾也弄點其他的。原來在南京一所藝術院校教書，因為搞了一次行為藝術，讓領導很不喜歡，待下去也不痛快，就在一年前自願下放到這個小城，教一群三流的學生。其實那次行為藝術很有意義，人道。金小異至今得意。他覺得大學裡長得不好的女生總是被壓抑，就自己出錢租了一次大學生活動中心，開舞會。然後在門口守著，長得漂亮的女生必須買票，醜的免費，還可以得到一枝開得正好的玫瑰。那晚上是全校長相差強人意的女生翻身得解放的好日子。但校方不這麼看，認為他在侮辱相貌不出眾的女同胞，舞會快結束的時候砸了他的場子。緊接著找他談話，從系裡到學校，一級級談上去，作檢討，實在把他弄煩了，就到這裡來了。

「我的目標是成為大師。沒問題。」

金小異說這話時沒有任何羞愧之色，反而目光純淨得像意氣風發的少年。陳木年喜歡這種放曠乾淨的神態。他順著金小異的手指，發現牆上貼滿了大師的畫像和作品。梵谷。塞尚。畢卡索。達文希。等等。其他的大部分都不認識。梵谷的畫和像最多。金小異說梵谷是他的導師，他的神。陳木年覺得有點滑稽，缺了一隻耳朵的梵谷跟金小異還真有點像，只少了一撮紹興師爺的山羊鬍子。

陳木年傾訴的欲望就這麼被啟動了。輪到他，就開始說整個學校都知道的虛擬殺人事件。

「那些天我真想出去，」陳木年捏著酒杯兩眼發直。「再不出去我覺得就會死掉。可我爸不給我錢，五百也不給。其實沒有那五百也無所謂。我就是怕，沒出過遠門，不知道深淺。我當時也一根筋，生我爸的氣。不就五百麼，至於火成那樣。但我得出去，一定得出去。都準備好了。就想怎麼才能從我爸兜裡掏出錢來。」

按當初那夜他對父親的說法，他是家教回來的路上，經過水門橋時勒死了人。

那晚上他給城南的一個孩子做家教。那小孩過兩天要月考，輔導的時間長了點，離開的時候已經十一點多了。公車都收工了，出租車也很少，陳木年也不願花這個錢，就步行。從城南到學校要一個多小時，他走到水門橋時大約午夜十二點。路上基本上見不到行人。要在平時，陳木年會很高興，他喜歡一個人走在路燈下空曠的街道上，今夜不行，他想抽菸了。菸在，打火機丟在那學生的桌子上了。一路上的店鋪沒一個開門的，他想找人借個火。

在水門橋上終於碰到了一個瘦小的男人，三十來歲，從運河邊上走過來。水門橋底下是裡運河，過去大運河行經小城時的一條分支。多少年前，裡運河也風光一時，貨船、客船和竹排都打橋下經過，給小城帶來了不小的熱鬧和收益。現在河邊還有很多大大小小的石碼頭，依然有船經裡運河駛向遠處，打沙的，運貨的，偶然也有送人的。在汽車、火車和飛機之類的東西盛行之前，水路的繁華可想而知。因為南來北往的野遊客多了，河邊滋生了一系列相關的生意。妓女即為其中之一。水門橋南，貼著運河往東走不遠，有一處相當大的石碼頭，拐一個彎往碼頭邊的巷子裡走，有一條街專門經營男女身體的生意。很多年前叫水邊巷，後來大家都叫「花街」，意思很明瞭。街上雲集了本地的和外地的不少女人，租了房子，在屋子裡接客。來往的水手和船老大在碼頭上停下來，都去找相好的。現在水運衰敗了，但花街還在，花街的女人還在，只要嘴饞的男人絕不了種，她們就時刻準備開門迎接。

陳木年碰到的那個男人，看他的來路和軟不叮噹的走路姿勢，很可能是剛從花街上出來。

「喂，先生，」陳木年在後面客氣地跟他打招呼。

那人停下來，回頭看他，說：「幹什麼？」

「借個火，抽根菸。」陳木年把菸掏出來對他晃晃。

陳木年的塊頭讓他警覺，周圍沒有其他人。他開始加快腳步，邊走邊說：「沒有。我沒火。」

「你剛才不是丟了一個菸頭麼？沒火怎麼點上的？」

「沒有。就是沒有。」他竟然要跑起來。

陳木年突然就生氣了，三兩步追上去，從後面一胳膊夾住他的脖子。「有沒有？」

「快放開！我沒有！」

胳膊又緊了一點。「有沒有？」他已經在對方的口袋裡摸到一個打火機形狀的硬物。

「沒有！再不放手我就喊人了！」那人開始掙扎，聲音被勒得已經變了形。

「打火機拿出來。」

「有也不給！」接著就喊，「搶劫啦！殺人啦！」

這個說法把陳木年嚇了一跳，胳膊下意識地又緊了一圈，他不想讓那人難聽的聲音驚動別人還有這個安靜的夜晚。搶劫和殺人這類詞也讓他本能地緊張。不能讓他發出聲音。胳膊再緊一下。只有嘶嘶啦啦出氣的聲音了。喊不出來了。陳木年很高興，終於制止了這個多嘴的傢伙。胳膊再用一點勁。兩個人相持著。陳木年感到了某種難以名狀的隱密快感，掌控的或者施予的，如此自如。水門橋上的也安寧平和，橋下運河的水聲都消失了。靜美的夜晚。那人的腦袋一歪，搭在了陳木年的胳膊上。陳木年動一下身子，那顆腦袋也跟著晃蕩一下。陳木年突然覺得不對勁，左手放到男人的鼻子前，什麼動靜都沒有，鼻子成了沒用的裝飾。陳木年慌了，把他轉過來，左右開弓打他的臉，手都打痛了還是沒反應。他終於知道這個小個子男人再也不會有什麼反應了，就更慌了。

陳木年前後左右慌張地看，怕被別人發現，整個人劇烈地哆嗦起來。他不知道怎麼辦。什麼事都需要經驗，沒錯。然後看到了運河。手腳從來沒有如此不聽使喚，好像用的是別人的。他連拖帶拽總算把那人拖到了水邊，累得一身汗。那傢伙個頭不大，重量倒不小。為了防止被過路人看到，他把那人繼續往橋底下拖。路燈照不到了，世界暗下來。陳木年就著朦朧的光，把那人抱起來，用力拋進水中。只三四秒鐘，就不見了。運河水總是流得激情澎湃。

他又在橋底下等了一會兒，確定屍體已經流走了才上到路面。到了橋上，世界還是亮的，水面上幾十米之內清晰可見，但是沒有一個人在起起伏伏。運河水什麼可疑的跡象都沒有，和多年前一樣坦蕩地奔流向前不復回。陳木年鬆了口氣，掏了一根菸叼著，沒火也吧嗒吧嗒地吸著，開始向學校走。還是沒有一個人。快到了學校，他進了「文苑居」的那條巷子，路邊到處都是垃圾，煤渣、爛菜葉、油膩膩的洗碗水，滿街飄的白色塑膠袋。他聽到了身後有腳步聲，回過頭，一個人沒有。繼續走，又聽見了。回頭看還是沒有。恐懼再次襲來，他撒腿就跑，經過校門也沒進去，而是繼續跑，一口氣不歇地跑。

陳木年那天夜裡對他爸媽說，他是一口氣跑回家的，奔跑的時候也沒想要到哪兒去，但跑著跑著一抬頭，就到家門口了。他爸媽也嚇壞了，根本沒想到，從學校跑到家，即使用的是自行車的速度，也得一個多小時。也就是從市中心到郊區的距離。

「就這樣殺了？」金小異搓著手掌心問。

「就這樣。」

「真的殺了？」

「假的。」

「操，假的你講得跟真的似的幹什麼！」金小異聽進去了，一直在緊張，兩手心都是冷汗。「早說啊，」他抹了一把額頭上細汗，「把我嚇得，跟自己殺了人似的。媽的，喝酒喝酒。」

「不像真的我爸媽能信麼。」

「那倒是。那人是真的假的？」

「真的。他借了火給我，還跟我說，有空去花街轉轉，那地方好。」

金小異呵呵地笑，說：「嗯，我聽說了，那地方不錯。後來你怎麼弄的？如願以償地出去了？」

「你讓我喝兩口行不行？」

「好，喝酒喝酒。你還挺能吃辣。」

7

兩人喝得很投入，你來我往，把「後來的事」都忘了。一瓶二鍋頭喝完了，烤雞和辣椒醬吃光了，兩個人也不行了。眼睛睜不開，只想睡覺。迷迷糊糊爬到床上，一人抱著半邊被子就什麼都不知道了。

醒來已經快十點了。陳木年出了一身的汗，這是新一撥領導上任後，他獲准繼續幹下去的第一天。又起遲了。他隨便洗了把臉就下樓往單位跑。金小異還在睡，陳木年跟他告別也沒聽見，嘴裡還在咕嚕咕嚕地說著夢話。說：「梵谷。梵谷。大師。大師。」

到了單位，頂頭的余科長正在抱著茶杯轉，看裡面的茉莉花茶在哪個方位上才能更好看。看到陳木年，就說：「是不是張處又找你談話了?」

陳木年順勢撒了個謊，「剛談完。」

「是麼?張處剛打電話過來，要你帶幾個工人幫他一個親戚搬家。」

陳木年知道穿幫了，就說：「余科長，昨天張處長說相信我是清白的，一高興，喝多了。睡過頭了。」說完感到一條火辣辣的疼痛從小腹竄上來，臉上的表情僵硬得幾乎動不了。

「算了，老陳，啥也別說了。幹活去吧，這是他親戚的電話，你聯繫一下。工人在倉庫裡等著你哪。還有，搬完家我再跟你說，你的工作以後比較機動，後勤總務這塊，都是你的工作範圍。去吧。」

陳木年知道余科長的意思，就是從今天開始，他就是一個標準的工人了。過去好歹還坐坐辦公室，現在是什麼事都得做，隨叫隨到。他捏著那個號碼，一看就是健康新村的電話。所謂張處長家的親戚，就是張萬福的弟弟，在環保局上班，因為哥哥的關係，優惠得到了一套學校在健康新村的房子。

工人橫七豎八地躺在倉庫裡，搬家的車已經準備好了，就等他領路。見了面，都親切地叫他「老陳」。

在二十五歲那一年，別人開始叫他「老陳」。現在二十六，大家已經叫順了嘴，四十歲的人也叫。去年，別人一個接一個地叫他「老陳」時，他覺得自己不是二十五，而是五十二。已經老得不行了，都老得懶得跟他們矯正，老得心灰意懶。他不喜歡別人這麼稱呼，但不得不承認，老陳可能更符合他目前的心境。就讓他們叫吧。

老陳說：「起來走吧。」

這群工人裡，唯一不叫他「老陳」的，是教工家屬區的清潔工老秦。平時打掃衛生，工人不夠了就來湊個數，掙點力氣錢零花。老秦五十多歲，跟陳木年父親差不多大。他們兩家距離也近，前後兩條巷子。老秦老婆十年前死了，一直沒再娶，也沒錢再娶。後來就託關係在這所大學裡找了個清潔工的差事做，掙得不多，但生活多少有保障了。現在老秦住學校裡，就在陳木年那棟樓前面的一棟破樓裡，學校裡都叫「老三樓」。很多年前建的，設計簡單粗糙，主要是給青年教師過渡用的。大多數是一居室的格局。現在老秦就住一居室，在二樓，陳木年站在陽臺上就能看見他家洗手間的窗戶。老秦和女兒秦可一起住，女兒住裡面的一室，老秦住外面的小廳。

秦可陳木年當然也認識，現在這所大學裡念化學系大三，如果不是中間休學兩年，早畢業了。秦可小時候經常和陳木年玩，上學放學都有陳木年保護，否則會有小流氓欺負。她長得好。身體也好，一米七的個頭，該鼓的地方鼓，該凹的地方凹。後來小夥子小姑娘都長大了，就不再一起玩了，不好意思，男生女生流行陌生，見面低下頭，躲開了各走各的。陳木年大三的時候，倒是和秦可常見面的，後來也生疏了。現在陳木年還是能經常見到秦可，見面招呼一聲。也僅止招呼，笑一下就散開。

車往健康新村跑，陳木年和老秦面對面坐在車廂裡。

老秦說：「木年，昨天我回去，見著你爸了。他讓帶個話，想著沈教授，好好幹。」

「嗯。謝謝秦叔。」

接著都沒話。過了一會兒，陳木年說：「秦叔，秦可功課還忙吧？」

「還行，沒什麼問題。女大不由人，有話也不跟當爹的說了。」

「都一樣。都是大人了。我也不常和爸媽交流。」

車子晃蕩晃蕩就到了健康新村，陳木年打了電話，張處的弟弟說馬上下來，帶他們去原來的房子裡搬家具。這是個胖子，長一張標準的官僚臉，而且是官不大僚不小的那種，上來就哈哈哈哈，和陳木年握手。互通了姓名，張處弟弟說：「哦，聽說了。你就是陳木年？看起來就不像殺人的人嘛。」

陳木年說：「那沒準。」

張處弟弟說：「你看看，到底是小夥子，脾氣槓。」

「從哪搬？現在我們就去。」陳木年不想和他囉嗦。

「你說你，當初撒個什麼謊呀？」

老秦上來說：「木年那會兒還小，誰年輕時還不犯一兩個錯誤。咱別說這事了，搬家。各位，上車走。」

「那倒是，可就是你這錯誤犯大了，它不值。你說是不是？」

陳木年的臉掛不住了，「你還有完沒完？不搬我們走了。」

張處弟弟也掛不住了，好歹是副處長的弟弟，陳木年說到底就一個出苦力的工人，甩臉子給他看，他當然不樂意。張處弟弟說：「脾氣不小啊，我哥就是讓你這樣來幹活的？要走你就走，我再打個電話，要多少人有多少人！殺沒殺人自己都搞不清楚，還在這哼哼哈哈的！」

陳木年一聲不吭，轉身就走。老秦和一幫熟悉的工人上來又攔又勸，沒用。他把他們一胳膊送到一邊，跨著大步子走了。

他們在後邊喊：「老陳！老陳！」

陳木年已經出了社區大門。出去看見路左邊一個收拾了半截的早點攤子，感到了饑餓，過去要了一碗豆漿兩根油條，咬牙切齒地吃下去。吃完了還餓，又要，最後把攤子上賣剩的十根油條全吃了下去。吃完早點天就晌了。

8

下午上班，陳木年來到單位，余科長還在抱著他的寶貝茶杯看裡面的茉莉花。陳木年不記得余科長什麼時候喝過杯子裡的水，他的茶杯似乎就是用來觀賞的。

「上午怎麼回事？」余科長說。「張處在電話裡把我訓了一頓。你就不能老老實實地給我幹活，少惹點麻煩嗎？算我求你了好不好？」

「對不起。」陳木年覺得連累了余科長。

「好了好了，訓也訓了。就是你得為自己考慮一下，別老讓領導不高興。」

「嗯，下不為例。」

「你去花房幫幫忙，」余科長說。坐下來把杯子放在一張報紙上，低下頭不知道是看花茶還是看報紙。「學校開會要用花，這兩天那裡忙不過來。找老周。」

陳木年就去了。見了老周，都認識。老周很高興，表示熱烈的歡迎，說張處真為我們花房著想，上午聽說缺人，下午就把你調過來了。原來過來不只是幫兩天忙，是要待這裡不動了。陳木年心想，余科長犯不著曲裡拐彎的，直說就是了。

老周把花房的其他人都喊過來，介紹給陳木年。三個，一個大林，一個杜凱，外號二梆子，都二三十歲，臉膛黑黑的，肉也結實，能幹活。還有一個是老頭，斜著眼看陳木年，手裡拿一把鬆土的鏟子，左手缺了半截食指和中指。陳木年一愣。這老頭是他對門，姓什麼叫什麼不知道，但見過，一週能碰上三兩次，迎頭撞上也不說話。生活在樓上的人好像都這樣，如果不認識，住一個樓道都不打招呼。老周說，這是許老師。陳木年恭恭敬敬叫了一聲許老師。許老師頭髮鬍子都亂，看不出準確的年齡，說六十行，七十好像也可以。整個身子也是斜的，總之怪怪的。但不討厭。大林和二梆子都跟著羞澀地歡迎，許老師不說話。

「現在人手差不多，」老周說。「老陳你現在就得上陣了。開始擺花吧，兩人一組，老陳你看看，跟誰一組合適？」

「我和許老師一組吧。」

大林和二梆子很高興，誰願意跟一個糟老頭子一起幹活。尤其擺花這種事，力氣活，要從花房裡把花一盆盆用平板車拖出來，再一盆盆挨著擺在通往校門的主幹道兩邊。許老師只能擺擺花，還缺了兩根比較關鍵的手指。所以，拖空平板車過來時，大林對陳木年說，跟許老頭搭檔，你得多吃兩個饅頭。

他們背後都叫他許老頭。

「我叫許如竹，」許老頭帶陳木年取花時對他說。「你叫陳？」

「木年。陳木年。」

「哦，陳木年。」許老頭若有所思，歪著頭看一盆花。「我有個同學，叫陳木天。不過早死了，三十年前的事了。」

「怎麼死的？」

「被人打死的，」許老頭又停下來，把花盆抱在懷裡不往下放，好像他沒能力同時做兩件事。「那會兒有你麼？」

「什麼時候？」

「文革。」

「我還沒出生呢。」

許老頭呵呵地笑，說是啊，你才多大。他對他們早就是鄰居似乎沒什麼感覺。兩個人往車上裝了四十盆花，拖著往主幹道走。他們的花運到主幹道，大林和二梆子的一車花都擺好了。大林和二梆子對陳木年笑，許老頭說，就擺擺花，又不是賭錢搶銀行。

許老頭的速度的確夠慢，也快不了。年紀大了，左手又不完整，搬起花來很吃力，顫顫巍巍的老抖，每次花盆都要貼身才能端穩，前襟沾了一塊塊土。陳木年讓他別搬了，衣服都弄髒了，只管擺就行了。他也擔心許老頭把花盆給砸了。老周說，花是集體財產，砸了是要賠的。許老頭就笑笑，說廉頗老矣，只能吃飯。

陳木年本能地糾正：「廉頗老矣，尚能飯否？」糾正完了才發覺自己的可笑，然後開始驚訝，一個花房的老工人竟能說出這樣的話。他轉頭看看許老頭，許老頭蹲在地上擺花，很認真地把枝葉和花朵繁茂的一邊都朝向道路。從已經擺過的花看，他們這邊的好看多了，大林那邊只顧著快，顯出了凌亂和衰敗。

整個速度他們慢了一半，大林和二梆子兩趟，他們一趟。許老頭不著急，也不讓陳木年著急。擺完了兩車，對陳木年說：「慢工出細活。來，坐下歇會兒。」陳木年不想坐在馬路牙子上。在後勤這一塊做臨時工就夠沒面子了，現在成了花房工人，就更不願意招搖地讓所有人瞻仰了。他找棵樹背對著路倚著，掏出菸來抽，遞給許老頭，不要。許老頭說，十年前就不抽了。

「戒了？」

「不想抽。」

「酒呢？」

「也不喝了。」

「那多沒意思。」

「年輕時覺得不抽菸不喝酒就解不了悶，老了才發現，要是愁煩，把樹枝砍了當菸抽，喝敵敵畏都不管用。管用的不是真的愁煩。你說呢？人哪，爭得自由的方法沒有想像的那麼多。」

還一套一套的。陳木年慢慢地轉過了身，不得不刮目相看。他磨磨蹭蹭地挨著許老頭坐下來。「許老師，」他說，「能問你個事麼？」

許老頭看看他，說：「差不多了，該幹活了。」

「許老師，還是想問一下。」

「這種活沒什麼好問的，走吧。」

陳木年又被堵回去了，下一趟運花和擺花，他就在心裡嘀咕，這老頭哪像個花房工人。最後一趟花擺完了，他們又在路邊休息，陳木年忍不住又問了：「許老師，以前您是幹什麼的？」

「一直在這學校裡，半輩子了。掙錢吃飯，還能幹什麼。」

「就在花房？」

「那不可能，原來哪有這些東西。過去領導開會不需要花，連話筒和喇叭都不要。」

他還想再問，金小異拎著一堆東西從校門口進來，見了他，老遠就喊木年木年，走，喝酒去。陳木年只好去搭理他，看他走近了，手提袋裡油畫的顏料、火腿、二鍋頭都有，還有一本書，抽出來看一眼，是伊爾文・史東寫的《梵谷傳》。

「新買的？你床頭好像有一本。」

「那本舊了。新的看了更有感覺。你又被下放了？」

「是啊，要努力活得比底層還低。」

「吃晚飯了，走，一塊喝兩杯。拖鞋我試了，感覺還真不錯，穿壞了你再給我買一雙吧。」

然後笑起來，讓陳木年現在就跟他走。「下午我畫了一點，絕對天才。去看看。」

許老頭站起來，「該收工了，回去吧。」

陳木年說：「那好，許老師，您先回去，板車我送到花房去。」

許老頭也沒客氣，背著手就走了。陳木年看著他往校門走，問金小異認不認識，金小異說：

「操，你以為我是人口普查員啊。」

9

進了門金小異就穿上了毛底的拖鞋。陳木年想，這下好了，以後可以睡個好覺了。小日本在五樓的廚房裡唱歌，好像是一首和西藏有關的歌。小日本喜歡唱歌和打籃球，再就是談女人看毛片，此外沒有愛好。應該說，這幾個愛好他玩得都不錯。現在歌聲激昂響亮，傳到家屬區路邊的公共廁所應該不會有問題。但金小異煩，罵了一句：「這誰啊？整天吊著個烏鴉嗓子亂叫！」進了門就把窗戶都關上了。

「我室友，教日語的老師。」

「性壓抑。一定是。」

這個陳木年說不好，壓抑是一定的，哪個年輕的光棍不壓抑。至於是否因為壓抑才唱歌，陳木年就沒有研究了。小日本是那種狂熱的濫唱之徒，逮著機會就唱。陳木年和魏鳴都納悶，這小日本都不小了，幾年前就三十開外了，談了五個都熄火了，就是一個下崗的女工，和他交往了一週也不再聯繫了，而且這麼多年他一直在考研，一直沒考上，他哪來那麼多高亢的情緒需要抒發？但小日本就是唱，哪天要是聽不到他的男高音，一定是人不在學校裡。

「你性壓抑麼？」陳木年開玩笑地問金小異。

「我？」金小異嘿嘿地笑，「哪有時間整那事。你過來看看就知道了。」

他讓陳木年跟他進了自己的畫室，就是陳木年頭頂上的那個房間。一進去就看到牆角堆著花花綠綠的紙和布，一層摞著一層，那麼多畫，怕要一兩年才能畫出來。空閒的地方支著一個大畫架子，畫布上的人像只完成了鼻子以上。地上亂七八糟地丟著畫筆和顏料，還有菸頭、酒瓶和被茶垢染得烏黑的大茶杯。牆上也貼了一些，都有點眼熟，陳木年想了想，覺得那些都應該是梵谷的作品，至少是像梵谷的畫，其中還有幾幅經典的梵谷自畫像。

「看看這個，」金小異指著畫架上的半個頭像。「天才之作！我都捨不得畫完了。」陳木年看了看，也沒看出什麼大的名堂，就覺得那雙眼有點像梵谷，怯生生的，偏執，憂鬱，有點瘋狂，看人的時候像在偷窺。

「啥意思？」他問金小異。

「你看看色彩和線條，金黃的，所有的線條都是成熟的麥子。你看過梵谷的畫吧，他用無數的箭頭來畫自己的臉，我用的是麥子。麥穗，麥芒，麥秸，金黃的麥葉。再仔細看看。」

陳木年趴上去看了，更不清楚了。退遠幾步，還真是那麼回事，那半邊臉就像農民用收割過的麥子搭建和擺設而成。渾然天成，妙不可言。雖然陳木年對繪畫基本是外行，還是能看出那些麥子像燃燒一樣的金黃。

陳木年說：「好。」

「豈止是好？是天才之作！想起來我就想哭，梵谷創作出了如此偉大的作品，為什麼整個世界同時都瞎了眼。這是我向梵谷致敬的作品之一，也是目前我最滿意的一幅。」

「要多久才能畫完？」

「不知道。我要等他的靈魂降臨到我身上時再接著畫。」

「誰？梵谷？」

「梵谷。我的精神導師，我的宗教。」

這話實在太酸了，陳木年背誦過數不清的詩賦的人都扛不住了。他見過幾個所謂的藝術家，他們的言行似乎統統都是這樣，有時候真誠得讓人覺得難為情。金小異在半個頭像前抱著下巴一聲不吭地站了足足五分鐘，像一個自戀的人在照鏡子。照完了，他從牆角的一堆畫裡拽出了一疊讓陳木年看。他說，這些他都不是很滿意，但和其他畫家比，還是能看的。陳木年就一張一張翻看，發現了很多熟悉的景物，比如學校裡的主教學樓、行政辦公樓、校門、噴泉、小松林、師陶園、老三樓，甚至還有很多人，看樣子也挺眼熟。還有一個鮮豔快樂的女孩轉身回眸，像是秦可。他很認真地在畫中找起來人物，他沒法像金小異說的那樣，從技術上和思想上去欣賞它們。幹不了。但他認真的樣子讓金小異以為是在欣賞，金小異很滿意地說：

「你慢慢看，我去搞點吃的。」

金小異做起吃食來遠沒有畫畫時有耐心。不到二十分鐘就搞好了，沒有扯嗓子喊，而是靜悄悄地走進畫室，讓陳木年出來喝酒吃飯。陳木年已經把牆角的那一堆畫翻得差不多了，覺得是找到了幾個熟人，但認真推敲，又不像。

三個菜：黃酒燒肉，片狀火腿，涼拌海帶絲。每一種菜的量都很大，足夠兩人吃的。還有辣椒醬，一瓶新開的「老乾媽」。然後是二鍋頭。米飯還在電飯煲裡煮。

「怎麼樣？」

陳木年說：「嗯，看起來不錯，味道一定很好。」

「不是菜。我說的是畫。」

「比菜更好，非常好。」

金小異倒了一大杯二鍋頭給陳木年，說：「好，知音。今晚多喝點。」

陳木年想起許如竹的話，爭得自由的辦法沒有想像的那麼多。酒也不是通往自由之路。他端詳那杯白色的液體，他需要它把他送到自由之境嗎？金小異說，喝，喝呀。陳木年把酒杯送到嘴邊，喝了自己的酒史上最大的一口白酒，如同喝一口白開水。都讓金小異刮目相看了，以為他海量。只是酒下了肚，他的臉就開始紅了。

小日本的歌聲更大了，換了一首〈草原之夜〉，拐彎抹角的地方處理得挺不錯。但金小異不愛聽，他把酒杯啪地頓到飯桌上，問陳木年，什麼方法才能讓小日本住嘴？

「請他吃飯，堵上他的嘴。」他知道小日本喜歡佔點小便宜，平常在一起生活，能用別人的就省自己的。喜歡就著別人的大腿搓繩子。陳木年這麼說也是開玩笑。金小異當真了，堅持讓陳木年把小日本叫上來，他要灌死這個烏烏鴉。

陳木年下去了，小日本正在吃飯。從食堂買來的饅頭，自己炒的一個攤雞蛋，還有一袋榨菜，喝白開水。這樣簡單的飯菜更適合他這個花房的工人來吃。

「樓上的金老師請你喝酒。」

小日本很高興，但很快又覺得可惜。「今天不行，下次再請吧。晚上有事。」

「給學生補課？」

「不是。相親去也！聽說長得不比李玟差。」

李玟是他的夢中情人，多少年了。一看到李玟的笑和她優美的大腿和屁股，他就哆嗦，手就不知道往哪放合適，最後往往只好隨便地放在襠部。陳木年也沒強求，他知道樓上就是一桌滿漢全席，也比不上李玟的半個飽滿性感的屁股。上了樓，他告訴金小異，小日本要去相親，來不了。金小異不關心能不能來，只要不再唱，小日本跳樓跟他也沒關係。

小日本果然就不唱了，去見李玟了。金小異的談興慢慢上來了，加上二鍋頭的刺激，重新對這個世界產生了濃厚的興趣。首先是陳木年，他念念不忘陳木年「後來的事」。

10

那天夜裡回到家裡，陳木年氣喘吁吁地告訴父母，殺人了。為了讓他能順利逃脫，父親把家裡所有的現金都拿了出來。大宗的整錢四千五，父母又從口袋裡找出了三十多塊零錢，都給了他。陳木年當時有點後悔，不應該把父母嚇成這樣，父親摳門是有點摳門，但他們的生活一直都很簡樸，拚命幹活，要買新房子，還要為以後他讀研究生、結婚之類的事情作積蓄。說到底，可憐天下父母心，不容易。他們沒錯。但沒辦法，已經箭在弦上，沒辦法撤了。

陳木年就握著父母的手，一個勁兒地掉眼淚。這麼多年，他很少和父母如此親密地接觸，他們都不是情感強烈和外露的人。他甚至從記事起，就沒看過父親和母親的手拉在一起。他們沒有親暱的表現，反倒經常吵架。一度，陳木年覺得父母之所以還能一起生活下去，除了因為他，還在於他們可以相互折磨。他們似乎都想打敗對方，在一方倒下之前，他們就會牢固地維持著這種相互折磨的局面。在這個夜裡，他看到爸爸和媽媽是空前團結的，而且因為他，他們也把手相互緊緊地纏繞在一起。母親沒有責怪他，只是哭，擔心，她不知道兒子應該逃到哪個地方去，如果有可能，她一定希望木年能夠到地球的另一面，或者乾脆離開地球，到一個誰也不知道陳木年和水門橋的地方。父親也一改常態，沒有教訓他半句，只說，快走，快走，遲了就來不及了。完全不像多少年來教育他的那樣：做人要誠實、正義，不能逃脫責任，更不能違法亂紀。

開始是狂喜，然後陳木年感到了悲哀。他就這麼輕易地將他們騙了。父親大大小小騙了他好多次，但他騙這一次就足以把所有的委屈全賺回來了。他裝好錢，隨便找了幾件衣服，拎著包就出了門。不讓父母送。出門的時候他回頭，看到父母謹慎地站在門口看他，連門燈都不敢開。父親的腰都弓下去了，一會兒的工夫彎下去就直不起來了。為了不讓自己反悔，陳木年堅持沒回第二次頭。出了巷子，又經過一條巷子，才站住。按照計畫，應該先回學校，把整理好的行李和裝備帶上再出遠門，現在看來回去有點不合適了。他也被父母弄得有點緊張，像一個真正的殺人犯那樣，迫切地需要現在就開始逃亡。

他就上路了。一直往東走，小城的邊緣有條高速路，他到那裡去攔車。走到高速路邊，天早就亮了，很多客車行駛在路上。他攔了一輛到南京的車。南京他稍微了解一點，南京有火車站，可以把火車開往全國各地。坐在車上，他想到終於可以如想像中和夢裡的那樣漫遊，又興奮起來。馬上就實現了，或者說，已經在實現了。陳木年激動得面目通紅，看著窗外掠過的景物，忘了饑餓和睡眠。有種正在飛起來的感覺，整個人都變得輕盈了。

在南京，他隨便找了一趟車，去四川的。等車的當兒，在候車室睡了一覺。他發現第一次出遠門並不害怕。還做了一個夢，夢見馬群跑在塵土飛揚的道路上，還有大山、古寺和大森林。穿越森林的道路有點像瑪爾羅筆下的《王家大道》，充滿了新奇、神祕、死亡和磨難，以及熱帶的叢林風光。

買的是硬座。陳木年喜歡硬座。在他看來，若是趕著時間去目的地，臥鋪比較合適，因為睡眠好，下了車不耽誤幹正事；若是旅行遊歷，硬座更合適，揀一個靠窗的位子坐下，一路好景盡收眼底。白天看見大地、草木和村莊，晚上看見黑夜、燈光和星星。如果不是上廁所，他能呆呆地對著車窗外看五六個小時，不和陌生人說話。不想說，一個人就夠了，他把渾身的感覺細胞都調動起來，感覺火車，感受它的一靜一動，聽它的聲音，想像火車穿過大地的樣子，甚至想像他駕駛火車是何種感覺。很多想法在大腦裡高速運轉，傳到舌頭上和手指上，但他沒法說，跟著也後悔沒帶上紙和筆。他決定下了車第一件事就是買一套紙筆。

在火車上，陳木年零零散散寫了一些東西，記錄當時的所思所感。比較完整的，是一篇叫〈開往黑夜的火車〉的小散文。那時候他已經坐了不少火車了，在四川、湖南、湖北、江西、北京轉了一圈，儘管省吃儉用，錢還是花得差不多了。從北京回來，他坐的是臥鋪，就著床頭的燈光寫下了〈開往黑夜的火車〉：

開往黑夜的火車

車過濟南，透過窗簾的淺淺的燈光就把我驚醒了。也不算驚醒，一直是眠淺，耳朵裡的車輪聲半個晚上都清晰地響著。我撩開窗簾，凌晨兩點的濟南站冷冷清清，沒有見到下鋪預言的那種擁擠，他說濟南是個大站，上車的人常常要把車門給擠破。我看到幾個乘客拎著包袱，搖搖擺擺地向車門走，瞌睡和等待把他們折磨壞了。火車安靜地停在昏黃的燈光底下，像一個不喘氣的動物，同樣無精打采。車廂裡也很安靜，其他人都睡著了，對面的上鋪在打呼嚕，有那麼一會兒我覺得是在家裡。風捲起紙片和塑膠袋在月臺上飄，然後火車歎了一口氣，動了。燈光向後走，黑夜又來了。窗外是緩慢移動的墨塊，樹也像山，遠遠近近，重重疊疊。我放下窗簾，躺下來，感覺重新漂在了夜裡，像一片樹葉漂在水上。

接下來連眠淺也沒有了，我精神很好，像是在黑夜裡突然睜開了眼。坐夜車我很少能正兒八經地睡點覺，要麼趴在床上看窗外，要麼躺在床上胡思亂想，至多是眠淺，好像是睡了，又好像沒睡，翻一下身心裡都明明白白。車輪聳動就在身底下，頭腦裡沒來由地替它一尺一尺地向前丈量。在夜車上我心裡很平靜，可以說是平和，對失眠毫無恐懼，有種心安理得的家的感覺，安詳地飄動的感覺。我常常覺得只有在夜車上，而且是躺著，才能真正感受到黑夜。

四肢伸展。大地也如此，火車在上面奔跑，聽不見聲音。黑夜此刻開始開放，像一塊永遠也鋪展不到盡頭的布匹，在火車前頭遠遠地招引著，如同波浪被逐漸熨得平整。黑暗再次從大地上升起來，清爽地包容了一輛寂靜穿行的火車。我躺在其中的一個角落裡，平穩地浮起來。黑夜裡的火車我只能想見它的頭和一部分身子，沒有尾巴，我看不見的後半個身子只是隱沒在黑暗裡，而不是斷絕，它是不可斷絕的。甚至我也想不到還有鐵軌的存在，因為它像兩條明亮的線，與黑夜和沉靜的大地格格不入。那些陰影似的群山遠遠地避開。如果夜色不是濃黑，就讓十幾戶矮小的房屋和院落來到路邊，我能看見窗戶裡一點讓人身子發暖的燈光，看不見人，或者只有人影在窗戶紙上半夢半醒地晃動。我想像出了沒來得及收拾的飯桌，他們的輕微而又散漫的腳步聲，一條窩在筐子裡無所事事的狗，還有他們平凡狹隘的生活。

這些安寧的感受和想像是在白天裡無法得到的。我總覺得陽光底下的世界繁亂不堪，所有的東西都擁擠到你面前，把大地瓜分得七零八落，找不到一塊可以安坐的地方。他們為什麼都那麼忙呢。他們就不能安靜一下，讓世界大起來。他們停不下來，一個比一個跑得快。

而在他們顧不上的地方，一輛火車整裝待發，只等陽光和塵土落下去，在看不見的時間裡。它從城市的邊緣啟動，一路都在扔掉那些忙來忙去的累贅，見到第一片野地時，夜晚開始降臨，火車一頭扎進去。耳朵突然安寧，世界大起來。

我就在這一輛輛傍晚開出的火車裡，因為我不喜歡在白天坐車。它們從傍晚出發，開往黑夜。俄羅斯作家維克多・佩列文有部名叫《黃箭》的中篇小說，講的是一輛名叫「黃箭」的火車再也停不下來，帶著一火車的人永遠奔跑下去，失去了終點。想逃離的人要麼被扔出窗外，要麼跳車摔死。當然這只是一個有關人類的寓言，作家要知道的是，世界有一天真的瘋了我們該怎麼辦。我不知道人類該怎麼辦。我只是想，如果我就在這輛名叫「黃箭」的火車裡，只要它永遠行駛在夜裡，我一定會是那個甘願留在其中的人，因為對我來說，「黃箭」並沒有把世界變小，恰恰相反，它讓世界變得更大了。

現在讓陳木年說出遊歷各處的感受，他會覺得有很多話要說，但真正張開嘴了，又感到了虛空和無有。他說不出，或者說，說不清楚，也不想說。那一趟為期二十一天的走世界，無異於一場惡補，他消化不良地回來了。夜火車的興奮，自由舒展的生活的實現，置身於陌生地方的新鮮感受，讓陳木年激動得幾乎夜夜失眠。終於，兜裡的錢要見底了。他不懂得理財，按他後來的一次出走的經驗，根本花不了這麼多錢，但他還是花了，去的地方的確相當多。學校裡的事情也要開始忙了，答辯，畢業，等等。另外，促使陳木年作出立即回來的決定的，是一個在火車站追著火車奔跑的母親。

那個黃昏，在河北某個小鎮的火車站上。車緩慢地停靠在那裡。陳木年伸出頭，看到幾個小孩在旁邊的鐵軌上玩，一隻腳踩著一條鐵軌，看誰走得更遠。黃昏的天光把他們的影子拉得細長，跟著他們一起沿鐵路向前走。還有孩子在撿小石頭和煤渣。另外一個女孩坐在車站的牆角下，瞇縫著眼看火車裡陌生的客人。賣瓜子、火腿腸和礦泉水的小個子老大媽在車邊走，眼巴巴地叫賣籃子裡的東西。車站上沒幾個人，一個下來的乘客都沒有，冷冷清清的。一個十八九歲的男孩子拎著一個老式的皮箱從陳木年的窗口下經過，後面跟著一個中年女人，應該是他的母親。母親說，慢點，慢點，非要走嗎？

兒子說：「走！走！這輩子都不回來了！」

母子倆經過了車窗，陳木年聽聲音知道母親在哭。母親還在說：「慢點，慢點，非得走嗎？」

停車三分鐘，然後開了。兒子上了車。陳木年看到那個母親站在鐵軌邊上，向正在前行的兒子揮手。火車一下子就快起來，把母親甩到了後面。陳木年扭回頭繼續看她，她跑起來了，喊什麼聽不太清楚。他不知道她兒子在哪節車廂，但他看見了她在跑，一直在跑，直到火車完全離開了月臺，她停下來，高高舉起的手僵在那裡。

兒子說：「走！走！這輩子都不回來了！」

陳木年覺得自己好像在什麼時候也說過類似的話。那天在去往南京的車上，他是否也這麼想過？很小的時候，以為那個小城是世界的中心，這一遭出去了，發現這地方完全可以忽略不計。母親為什麼不想讓兒子走呢？他為什麼又要回去呢？就是為了把過去的生活重新再過上一遍？陳木年不知道那個男孩出走的原因，但還是覺得，他們的問題也許是相似的，每一個這個年齡的人，都將面臨同樣的問題。

但最後，陳木年還是決定現在就回去，他想他母親也許也像這個母親一樣，站在哪個地方堅持把手高高地舉起來。出來的這些天，他竟然一個電話都沒打回去過。他決定回去。

到了南京，陳木年下了火車，在出站口遇到了盤查。一個員警抓著他的胳膊把他帶到了一邊。另外兩個員警也跟過來。

員警說：「你是陳木年？」

「是。」

「你涉嫌殺人，現在要拘捕你。」

明晃晃的手銬套上了他的手。他看見一個員警手裡拿著一幅放大的照片，上面的人是他。

11

「然後呢？」金小異問。

然後我就被抓起來了，在南京關了一天，就被帶回來了。坐了一趟免費車。

「怕不怕？」

怕，當然怕。沒殺人我也怕，就是一個清白的人被員警盯上，也讓你發毛啊。只是我不明白，他們怎麼以這個罪名來拘捕我。我跟他們說，我沒殺人，你們為什麼抓我？

員警說：「有人報告你殺了人，畏罪潛逃已經二十多天了。」

二十多天，我知道了。就是水門橋上的那樁虛構的殺人事件。我在車裡和他們爭辯，說那是鬧著玩的，根本沒有的事，只是為了向家裡要錢，你們看我在外面旅行了一圈剛回來呢。

「別嚷嚷，有話回局裡說！」

金小異說：「他們怎麼知道的？」

我爸主動告發的。

我爸媽不是那種喜歡來事的人，多少年都謹小慎微地過日子。那夜裡嚇癱以後，後半夜在床上坐到了天亮，不知道該怎麼辦。兒子殺人了。他們認定我已經殺了人。開始他們還相互埋怨，沒有提供一個明確的地方讓我去投奔，否則就可以及時得到我的消息。他們覺得我一個人在外面逃難，人生地不熟，還要擔驚受怕，真不知道我的日子怎麼過。而且，現在年紀輕輕，這樣逃，哪天是個頭。擔心我出問題。他們自己也緊張，此後的幾天我爸連三輪車也不蹬了，怕人看出來他兒子殺了人。明知道額頭上沒有標記，還是害怕。我媽也是，連著三天沒出去買菜。就窩在家裡，兩個人蓬頭垢面地坐著，大眼瞪小眼。「殺人」這兩個字簡直像每天早起的鬧鈴一樣，時刻在他們腦袋裡面響。他們覺得走路都跟平常不一樣，整個人都變了，反正是不一樣了。

除了因為我而恐懼，過兩天他們接著因為法律而恐懼。我爸媽都是小民，一輩子幹過最血腥的事就是殺雞。像我爸，蹬三輪車從來不闖紅燈，不騎反道，規定不能行駛的道路絕對不會衝進去。定期交納稅金。就連淮海路上一個地頭蛇每年搜刮的非法保護費，他也保質保量地完成。兒子殺人，這是犯法的事。犯大了。他們老覺得家裡不安全，早就有很多雙眼睛在暗中窺視我家，覺得在黑暗裡，有人拿掉了大蓋帽，脫掉了制服，把手槍和手銬藏在口袋裡，他們不急於行動，而是就這麼看，看他們到底會把殺人的事掩藏到什麼時候。法律那是多大的一個東西啊。我爸媽難以形容的恐懼，甚至比兒子殺人本身還要恐懼。一聽到警笛響，整個人都會從床上掉下來，救護車聲音也能讓他們心驚肉跳。他們又想得到我的消息，就看電視上的新聞。一有犯事的，他們連呼吸都停住了，想看又不敢看，不看又不放心。每次都沒有看到我，他們鬆了一口氣，同時又把心懸得更高。按我媽後來說的，他們都不知道是希望能在電視裡看到我好，還是看不到我好。他們的膽子幾乎要給一驚一乍的折騰弄碎了。

一週過去，爸媽終於扛不住了，再不說出來他們可能會活活把自己整死。兩人商量了一下，決定報案。我爸說，國家這麼大，能逃到哪呢？在哪都會被抓住。我媽說，抓住了是不是判得更重？我爸說，當然，自首還能爭取寬大處理。還有，木年的研究生怎麼辦？爭取寬大處理了，學校應該能網開一面吧，以後讓他繼續念書。他們把能想到的都列出來，覺得差不多了，我爸就去了派出所。

他把我描述的殺人經過按照他的記憶力和表達重新敘述一遍，大體上說清楚了。告訴員警，我已經逃跑了，但是現在他代我主動自首，希望政府能寬大處理。員警說好，儘量寬大。

我爸說：「不能儘量，一定要寬大。」

員警說：「那好，一定寬大。」

出了派出所，我爸扭著麻花又跑回來，「還有，還有，員警同志！」

「還有什麼？」

「還有，我已經代我兒子自首了。你們也得幫我一個忙。」

「說。」

「別跟我兒子的學校說，他馬上畢業了，已經保送研究生了。千萬得把這研究生保住。」

「我們儘量吧。」

「不是儘量，是一定要！我兒子的前途不能就這樣毀了。」

員警說：「好。一定保密。」

我爸覺得踏實了，回到家端起飯就吃，他已經一週沒正經地吃幾個米粒了，一邊吃一邊對我媽說：「保住了，保住了。我們兒子保住了。我們兒子的研究生也保住了。」篤定的神態讓我媽以為，事情這樣就可以結束了。

我爸前腳走，派出所後腳就把這事報到了局裡，跟著就派人到學校去調查我的情況。學校提供的情況沒什麼大問題，從宿舍裡了解到我好多天不在，給他提供了一個佐證。他們一邊在水門橋附近的運河裡打撈，一邊四處聯絡各地的兄弟單位，請求協助搜捕嫌疑犯。學校裡開始還比較隱祕，幾天過後就變得公開，不知誰傳出來的，反正大家都知道我在水門橋上殺了人，現在畏罪潛逃。

我被帶回來時，案情的疑點已經越來越大，很多人對案子的真實性產生了懷疑，為此他們找了我爸媽三次，以證明事情的真實性。通過調查，本城最近一個月內沒有任何人失蹤，也沒聽說有外地人在這裡找不到下落。另外，他們一直在運河裡打撈，以水門橋為起點，往下游打撈了十公里，只找到幾隻死狗死貓和一些瓶瓶罐罐。我爸媽只能轉述，他們也辨不清真假。所以我被帶回來後，直接去了審訊室。他們讓我回憶當時的情況，我直截了當地說，只借了個火，點上菸就走了，那個人的臉甚至都沒看清。我沒殺人。

「也就是說，」一個員警站起來，「殺人事件是你編造的？」

「是。我就是想從父親那裡拿到一點錢。」

「真沒殺？」

「沒殺。」

那個員警抽下皮帶劈頭蓋臉就開始打我。我手被銬著，想躲都躲不了，只好弄翻了椅子倒頭栽過去。他打了我五六皮帶繼續問，我還說沒殺。他又繼續打，我依然說沒殺。最後他累了，一屁股坐到桌子上。

「真的沒殺？」

「沒殺。」

「沒殺人你他媽的為什麼說殺了？」

「我已經說了，我想出去走走，想從父親那裡拿一點錢。」

幾乎所有的審訊都是這個程序。先是讓我回憶，然後審問，結果相同。不同在於，以後就不再打了。第二次學校和系裡的領導，還有沈鏡白老師和我爸媽都來了。他們分別由警務人員陪同著，變相地審問我。我的回答都一樣。

案子就這麼懸著，沒有證據證明我殺了人，但也沒有證據證明我一定沒殺人。後來他們懷疑我有精神和心理問題，就找了心理醫生給我檢查。檢查的結果完全正常，醫生對他們說：「比正常人還正常。」大家都沒轍了，耗下去也沒什麼意思。學校為了維護自身的聲譽，也要求早點放人。這件事已經鬧到舉城皆知了。公安局也想早點放，沒理由地關著一個大學生不是個事，他們也頂不住輿論的壓力。我就被放出來了。

學校對我的處理決定讓我始料不及。據說主要壓力來自省教委。省教委對此也很重視，認為是我們大學教育存在漏洞的明證，並且面向全省高校發文，要從「陳木年虛構殺人事件」中汲取教訓，及早做好大學生心理健康諮詢和治療工作。文中的鋒芒所向，讓我們學校很沒面子，領導很火，為了挽回一點面子，幾個人一拍桌子，處理決定就下來了：留校察看。剝奪保研的資格。畢業證和學位證暫不發放，視其反省和改正情況再行決定。

「就這樣。」我對金小異說，「你看，我現在是典型的三無人員。」

「那你為什麼還要留在學校裡？到社會上，隨便幹點什麼一個月也掙八百塊錢了。」

沈老師希望我能留在學校裡，堅持看書思考，以後有機會繼續念他的研究生。要不是沈老師，我早就走了。文憑這個東西，你看重它，它就有用，不看重，就是一張廢紙。沈鏡白老師是我在這學校裡唯一敬重的先生，他希望我能摒除雜念和紛擾，潛心做點學問，他覺得我的資質還不錯。而且，在學校對我的處理上，沈老師也做了相當多的工作，否則，我極有可能被開除，那樣畢業證和學位證就永遠沒有希望了。我爸媽也贊同沈老師的意見，他們都很敬重沈老師。我爸甚至還用了一句不知什麼時候學來的話教育我：「士為知己者死。」他說你看，沈老師跟咱們沒親沒故，對你沒偏見，和過去一樣好，幫了這麼大的忙，還指導你看書做學問，將來還要留你做研究生，別說讓你留在學校做個臨時工，就是腦袋掉了，也應該！士為知己者死嘛！

我就這麼留下了。漫無邊際地等著學校對我兩證的解禁。

「什麼時候能解禁？」

「領導高興的時候。」

可是，領導什麼時候會高興呢。

12

這一夜果然沒有了拖鞋的踢踏聲，陳木年還是沒睡安實，魏鳴和鍾小鈴在吵架。不知道為什麼吵，兩口子關起門來鬥氣，貼門上聽不好。小日本興奮，半夜了還不睡，哼哼哈哈地唱歌，聲音不大，只在他們的三室一廳裡飄蕩。看來對李玟挺滿意，人家也給了他一個好臉。要在前幾次，他早就跑到陳木年這邊來傾訴了，他會說那個騷婆娘臉長得跟個馬桶蓋似的，還踐，好像中國男人都配不上她。這麼說，陳木年就知道人家沒給他好臉了，或者在他的理解能力範圍內，已經委婉地拒絕了。陳木年就開他玩笑，你跟她說，我是日本男人呢。小日本就說，日本男人更不行，那娘們可能喜歡高頭大馬的洋鬼子。操，真他媽的。陳木年聽著小日本唱一首纏綿悱惻的流行歌曲，好像是〈真的好想你〉，覺得就是上帝再有偏見，也該照顧一下小日本了。他太不容易了，對無比熱愛婚姻的三十多歲的男人來說，失戀的次數實在是相當驚人了，而且這些年堅持考研，屢敗屢戰。這兩種打擊，在任何一個意志稍微薄弱一點的人，都是扛不住的，上吊都得上好幾回了。而小日本還雄糾糾氣昂昂地打球、唱歌，繼續談戀愛和進考場。憑這點，上帝也該給他開一回小灶，起碼要在睜一隻眼的同時閉一隻眼。

祝願他有戲吧。陳木年在對小日本美好的祝福裡睡著了。第二天早上去花房上班，老周說，擺上去的花都得撤回來，領導不喜歡。老周沒說清楚，不是一把手就是二把手。該領導晚飯後出來散步，走到主幹道上，燈光底下花顏色有說不出的怪異，一會兒黃的，一會兒藍的，一會兒又紅的，像什麼？什麼都像，就是不像迎接重大、喜慶的好日子。然後現場辦公，直接給總務處處長打電話，讓換掉。處長又找老周，原樣傳達，換掉。至於換成什麼顏色和什麼品種的花，處長沒說，因為領導就沒說。

老周就問處長：「那到底換什麼樣的花？」

處長說：「我怎麼知道。先換了再說。」

陳木年說：「換完了還不滿意怎麼辦？」

老周說：「再換。」

大林和二梆子說：「有道理。不行再換。」

接著開工。許老頭還穿著昨天的那身衣服，反正也髒了。他們把花先搬上車，運回花房，再搬一車別樣的花，拖到主幹道擺上。陳木年和許老頭這組的速度還和昨天一樣，慢條斯理地幹。大林和二椰子就不行了，明顯在磨洋工，一盆花搬下車擺出來，花費的時間幾乎趕上現場培育一盆花的時間了。擺得更凌亂。

陳木年擺得也亂。中間休息時，在路邊上抽菸，看見許老頭不僅把自己擺的花弄整齊了，把他擺的也收拾利索了。陳木年勸他別費那個神，萬一領導不滿意了，還得推倒重來，現在沒必要操心，過了關再整不遲。

許老頭說：「幹活得有幹活的樣，一遍淨。」

「領導不滿意還不得浪費時間麼？」

「你以為滿意了就不是浪費時間？」

「但是要我們重擺。」

「重擺就重擺吧，」許老頭說，手裡的活兒沒停。「不重擺這東西，就得重擺別的。不然時間怎麼打發。」

陳木年越發對許老頭肅然起敬，這個毫不起眼的花房工人，半天來一句，每一句都夠你停下來想半天。往往一句話就是人一輩子過日子的心得。他想想這句話，的確有點道理，大家不都是在重擺麼。不是這樣，就是那樣。形式主義的表面文章重擺就不說了，那是最簡單的重擺，就像眼下重新擺放主幹道兩邊的花。一輩子也是在重擺，一遍遍地跟自己較勁，橫著不行豎著豎著不行再橫過來，一輩子就打發了。陳木年覺得自己也是在重擺自己，現在的生活，在某種意義上就是大學四年的生活。他把自己重新擺進了大學，再來一遍。但是，許老頭有句話還沒有說，那就是：重擺也得認真擺。否則連重擺的意義都沒有了。

陳木年想起沈鏡白曾跟他說過一句話：民間有高人。沒錯。沈鏡白把陳木年叫到他家，告訴陳木年，即使在大學裡做個臨時工也是值得的。沈鏡白說，別以為只有書本上的學問是學問，民間裡更有大學問。當年他下放在農村，一直堅持自學吟誦，但很多韻律就是把握不好，不知道一些詩詞在當時應該發什麼樣的音。有一天他跟別人去荒草甸裡放牛，在樹底下睡著了。迷迷糊糊聽見有人吟誦，聲音高亢悠遠，韻律幾乎與他一直尋找的毫無二致，立刻就醒了，睜開眼到處找吟誦的聲音和人。四圍靜寂，只有夏天裡的蟬聲和空氣的燥熱聲，此外就是牛和幾個放牛的農民。什麼都沒有。他真以為是夢中開了竅，試圖重新回到夢裡，這時又聽到了吟誦。他看到一個放牛的老頭拿著柳枝給牛趕蒼蠅，嘴裡發出的聲音就是他聽到的吟誦。他激動壞了，趕快去請教。老農很難為情，說他哪裡知道什麼吟誦，連自己的名字都不會寫，就是瞎哼哼，小時候聽別人哼，就學會了，沒事的時候一個人哼給自己聽，也不懂說的是什麼，因為根本就沒詞，只剩下了調調。沈鏡白繼續打聽老人小時候的住址，後來，他經過研究發現，那地方古時候的確是辭章盛行，文人騷客穿遊如織，一些失傳的音律還一定程度地通過這些民間調調保存了下來。沈鏡白還說，他不僅從老人那裡受到啟發，還得到了很多第一手的珍貴資料。

由此他告誡陳木年，不要因為是一個臨時工有什麼情緒，苦其心智，勞其筋骨是必要的，甚至要看做天賜的。不能因為工作環境不好，就以為周圍一無是處，很可能就會遇到意想不到的收穫。民間有高人啊。

陳木年左看右看許老頭，不像高人。這樣的老頭，在城市十有八九也就掃掃馬路，在農村，就去溜牆根了，在暖洋洋的太陽底下等死。別的幹不了。許老頭在花房挺合適，悶聲不吭地擺弄一下花草，半天不抬一下眼皮，弄不死花，也累不著人。他看著許老頭看了一根菸時間，沒看出什麼名堂，就決定什麼時候請他老人家吃頓飯，多聊幾句。

飯是兩天以後吃的。這兩天一直都忙，忙著擺花。真讓陳木年他們說著了，還真又擺了第三次。有點過分，誰都想不到領導竟然就無聊到這種地步。但是沒辦法，這回是另一個領導下的旨，換了重擺。他們把花搬回花房，又搬了一些回來，擺完了，老周請示處長，處長再請示領導，兩個領導都下了樓，勉強通過。大家無話可說，這花有一半就是原來的花，原封不動地擺過來再搬回去，再搬過來再搬回去。只有這麼多花了。擺法都沒怎麼變，但是領導滿意了。這就好。為這幾盆花，他們折騰了差不多四天。大林找老周訴苦，老周說，別找我，按領導說的辦。不擺花，反正還要幹別的，其他的活更重，撿了便宜還叫。這就沒有許老頭總結得好：「不重擺這東西，就要重擺別的。不然時間怎麼打發。」陳木年倒是想，幸虧慶祝的大日子馬上就要到了，要不，沒準還有領導站出來說話，讓來第四遍。

第三天中午終於擺完了，陳木年請許老頭吃飯。有點熟了，請吃飯開得了口了。之前幾天不行，陳木年有想法，又覺得不妥，冒冒失失地請，有刻意巴結和圖謀不軌的嫌疑。許老頭還愣了一下，竟然有人請他吃飯，他說都十幾年沒這待遇了。不吃。

陳木年說：「許老師，你看，我一個光棍，回去也得吃食堂，您就當陪我吃一頓。」

「這樣，要陪算你陪我的，我請。」

「許老師，您得讓我尊老，您也得愛幼啊。這樣的機會總得給我吧。」

許老頭後來妥協了，但必須他點飯菜。陳木年沒問題，跟著許老頭走。進了小飯館雲集的那條巷子，飯館裡坐滿了學生和社會上的人。許老頭把他領進了一家店面寒磣的包子鋪，陳木年不進，許老頭說，那你回去吧，我自己吃。陳木年只好找個地方坐下來。

陳木年其實對這家包子店很熟，老闆什麼的都認識。早飯晚飯經常在這裡吃。水煎包子，豆腐卷子，稀飯，辣湯，外加一碟辣椒和小鹹菜。這個連名字都沒有的小吃鋪子，早晚的客人還行，簡單便宜，中午就沒什麼人了。都去吃四碟八碗的大餐了。現在鋪子裡就三個人，他們倆，還有一個學生模樣的，看樣子是從農村考上來的，還穿著千層底的黑布鞋。老闆也認識許老頭，拿著抹布在桌子上舞了一圈，說：

「許老師，老規矩？」

「老規矩。再加五個包子，一碗辣湯。」

煎包子的平底大鍋在鋪子外面，老闆叫著來了，包子先到，接著是辣湯。所謂的老規矩，是四個包子和一碗辣湯。另外的五個包子和一碗辣湯是陳木年的。陳木年一看嚇壞了，五個包子！這東西一個個又大又圓，餓極了也不過吃四個，許老頭竟然給他要了五個。

「吃不完啊，許老師。」

「吃得完。我這糟老頭子都吃四個，你個小年輕的，吃不了五個？怕不夠呢。」

陳木年又吃驚了，許老頭乾乾瘦瘦的，竟能吃四個包子。他能吃下四個，我就能吃五個。耗上了。那學生吃完了，付帳時發現缺了三毛錢，臉一下子紅到脖子。許老頭頭也沒回，對老闆說：「算我的。」那學生尷尬得都不知道說謝謝了。許老頭擺擺手讓他走，然後問陳木年：

「喜歡水煎包子和辣湯？」

「挺喜歡的。從小就吃。」水煎包子和辣湯是當地的特色小吃，雖然名氣不大，但的確是獨一無二的，其他地方沒有。陳木年在外面轉了一圈，都沒見過哪個地方也有這東西。

「哦，你是本地的。」許老頭說，「我也喜歡。三天吃不著，心就慌。就為了這點東西，一輩子都搭進去了。」

「許老師不是本地人？口音都聽不出來了。」

「南京的。四十年了，一口彎彎曲曲的洋話也給你拉直了，何況還是南京話。」

「南京的？那怎麼到這裡來工作？您這個年齡的老師，好像都是本地人。」

「下放，正念書的時候犯了錯誤，就下來了。過幾年有了這個學校，就進來了。」

「下放我知道。後來都平反了，就走了。」

「是啊，都走了。」

「您就為這個留下了？」陳木年指著水煎包子和辣湯。

「就這個，」許老頭呵呵地笑。「當然，還有老婆。人嘛，不就食和色兩件事麼，大英雄都過不了這關，我小英雄都不是。」

陳木年也笑了，「原來許老師被師母拖累了。師母是個大美人吧。」

「不，是我拖累她。她還行吧，呵呵，看著能吃下飯。」

「有機會拜訪一下師母。」

「她身體不太好。不說這個，吃包子吃包子。人是越活越簡單了，越來越在乎這點兒口腹的樂趣了。」

陳木年就不再問。兩人繼續吃，許老頭果然吃下了四個包子。陳木年硬塞，成功地把五個吃了下去。吃完了，許老頭說坐著歇歇。也不說話，盯著門外看，來往的行人經過門前，太陽很好，所有的影子都是短的。陳木年看到許老師臉上的皺紋越來越鬆動了，一條接一條地舒展開來，如沐春風一般，不知在想什麼好事。陳木年忍不住又問：

「許老師，您為什麼要被下放？」

「陳年老事了，呵呵，說它幹啥，」許老頭回過神來，接著就站起來，要走。「我都想不起來了。」

陳木年也趕緊站起來，掏錢包準備付錢。許老頭擺擺手，說付過了。陳木年沒明白。老闆樂呵呵地說，許老師一年放這裡一筆錢，每次吃完了直接從錢裡扣，用光了再放一筆。老顧客了。

13

回到宿舍，魏鳴和小日本出人意料地站在陽臺上。鍾小鈴去學校教孩子們跳舞了，她這體育老師當得值，不僅教體操、排球、籃球、乒乓球、單槓雙槓和跑步，還教舞蹈。鍾小鈴身材不錯，看走路就知道柔韌性不錯，當時魏鳴就看上了這一點。如果說還有什麼遺憾，那就是臉蛋還可以長得再漂亮點，比如兩隻眼睛不要離得太遠，鼻子的位置再往上挪一寸，嘴巴適當地小一號。魏鳴對這點遺憾耿耿於懷，想起來心裡不舒服了，就聲討陳木年。當時陳木年是他的主要參謀，陳木年點頭了，說值。一聲討陳木年就說，知足吧，咱自己也就這麼一塊。你還有個人喜歡，我他媽的都沒被哪個女孩正眼瞅過呢。魏鳴又找到一點優越感，就不提了。哪天又覺得不對勁了，再抱怨。陳木年是找到經驗了，都不需要說別的，就把自己光棍的事實放大一下，魏鳴就滿意了。

往常這個時候他們都在睡午覺。都是閒人，上班也不幹力氣活，漫長的中午只能在床上打發。現在他們一起站在陽臺上。陽臺就一個，在陳木年的房間裡，晾衣服曬被子都過去，所以他的房間基本上等於第二個有陽光的客廳，除了晚上睡覺，隨便進出。魏鳴、小日本他們都有他房間的鑰匙，鎖和不鎖沒任何區別，陳木年乾脆就不鎖門，一天到晚敞開著。

「幹嘛呢？」陳木年看到他們倆在太陽底下，親密地交頭接耳，聲音不大，不時發出被魏鳴稱為「淫蕩」的笑聲。

「看風景，」魏鳴說。「像卞之琳的詩裡寫的，當看者被看的時候。」小日本說：「操，不就是中文系的麼，酸個錘子。看你的小鄰居。」後一句是對陳木年說的。

陳木年明白了，他們在看秦可。他們經常看。值得看。「你應該說，不就是個教大學語文的麼，」陳木年說，走過去。哪有秦可的影子。二樓老秦家的窗戶都關著。

「等會兒，說不定還會出來的。」魏鳴說。

「那你等吧，」陳木年脫掉外套，換上拖鞋，準備躺到床上歇一會兒。剛躺下，魏鳴說，快，出來了。

陳木年起來，看到秦可拎著一大袋垃圾從樓道裡走出來。真是不錯。女大十八變，當年跟在他屁股後頭上學校的小秦可漂亮是漂亮，比今天的可就差遠了，都不像一個人了。秦可把頭髮披在肩膀上，從中間隨便抄了兩綹上去，夾一個簡單的夾子，可就是好看。胸也挺起來了，腰也細下去了，屁股就只能撅起來了，走路還有彈性，裝了彈簧似的。

「真不錯，」魏鳴說，接著惡作劇地大喊一聲，「陳木年！」

秦可聽到聲音轉頭往這邊看，陳木年想躲都來不及。他想這下壞了，老秦要是知道了，一定以為他對秦可沒安好心。他似乎還看見秦可對著他笑了一下。笑得他很難過。現在也就是笑一下了。小時候，放學晚了走黑路，她都緊緊地抓住他的胳膊。下大雨時運河漲水，他還背過她，她在他後背上睡著了，流了他一脖子口水。

「以後千萬別這樣，」陳木年說，「被秦叔叔知道，我跳進運河也洗不清了。還有，你們當老師的，也得注意一下師表形象。」

秦可丟完垃圾，走到樓的另一邊去了。魏鳴和小日本從陽臺上進了屋。「老師也他媽的是人啊，」魏鳴說，「這妮子可真不賴。說正經的，老陳，我們為你著想呢，你們兩小無猜，有雄厚的情感基礎，搞了吧，出了校門就不一定有機會了。你說呢，小日本？」

「還行吧，不過比李玟，還是有一定差距的。」

「見你的大頭鬼！我就等著，看你的李玟長得啥天仙樣。」

「沒問題，過幾天搞定就帶回來，讓你們開開眼。」

陳木年懶得聽他們神神叨叨，重新躺下去。「你們省省吧，留點力氣在老婆身上使。」

「老陳，你不會看不上你的小鄰居吧？」魏鳴還不死心。

「我說，你是哪兒跟哪兒呀？你讓秦可過兩天安生日子吧。」

「操，虛偽！」魏鳴說。「老陳，別不承認，男人都他媽的這德行。你嫌人家被開過了，名聲不好是不是？說，直說！」

陳木年覺得這傢伙簡直是沒事找事，他實在想安安靜靜躺一會兒，得想想手頭上論文的事。沈老師布置的任務，時間快到了，他還沒寫完，煩著呢。他把他們兩個推出門，跟魏鳴說：「不是，絕對不是。我不配，行了吧？好，下次再討論，你讓我睡一會兒。就半小時，拜託。」好歹把他們弄出去了。

前些日子，陳木年去沈鏡白家，談一些讀書方面的問題。沈鏡白問他最近在看什麼書，他說蘇曼殊。大一的時候讀過一些，讀完就忘了。剛讀了一本蘇曼殊的傳記，突然又有了興趣，就把蘇曼殊所有的文字都找來重讀了一遍，又查閱了相關的資料和研究文章，越發覺得這個和尚有意思。沈鏡白說，那好，你就好好看，完了寫個東西，談談你對蘇曼殊悲劇性格的成因的思考。任務就這麼下來了。陳木年還是比較樂於接受這樣的任務。沈鏡白雖然是先秦方面的專家，但從不固守一隅，厚古薄今，而是廣泛涉獵，甚至對當代文學的某些問題都有自己精闢的見解。對陳木年也是，從不把他關在某個歷史時段裡做書蟲，隨陳木年的興趣，想看什麼就看什麼。他的想法是，先讓陳木年打好基礎，鍛鍊好獨立思考和科研的能力。這是做學問的童子功。陳木年這段時間又集中地把相關書籍資料重讀了一遍，有了些頭緒，開始下筆。前半截都挺順，滿腦子的想法攔都攔不住，手追著大腦跑。過了一萬字，大腦的速度慢下來，猶猶豫豫找不到路，就停下了。停下也有停下的惰性，像趕遠路的人，歇倒了就不想爬起來，甚至對繼續走下去產生了恐懼和焦慮。這幾天忙著擺花，都被紅紅綠綠的弄暈了，閒下來就為蘇曼殊焦慮。焦慮的結果只能是更焦慮。他在想，盡快接上個頭，續一點地氣再寫，說不定就順當了。問題就是接頭這點，他得搞明白。

現在頭腦裡轉的就是這個節骨眼。中午的校園安寧，窗簾拉上，陽光都進不來，陳木年喜歡這樣類似黑夜的狀態，他在夜晚的床上思維最活躍。閉著眼想。想著想著就走神了，一睜眼把自己嚇了一跳，他根本就沒想什麼蘇曼殊，滿腦子都是小鄰居秦可。

14

那個小姑娘秦可，已經不小了，現在二十三。實際年齡比陳木年小三歲，因為上學早，念書的時候比陳木年只低兩級。陳木年大三那年，秦可也考進這所大學。那會兒老秦已經在學校裡當清潔工了，負責的是教學區的衛生。秦可報到那天，老秦不放心，提前跟陳木年打了招呼，讓他領著秦可辦理入學的有關手續。此前也找過，在秦可高考之前，讓陳木年給輔導一下語文和外語。時間不長，小時候的熱乎勁還沒能及時地恢復過來，高考就結束了。他們又變成了羞澀且相互本能地戒備的年輕人了。見了面笑笑，打個招呼就過去了。有時候甚至害怕碰面。報到那天，秦可一直叫他木年哥，這麼多年都是這麼叫的。因為行李多，陳木年找了一個同學幫忙，樓上樓下收拾停當了。老秦對陳木年說：

「木年，秦可就交給你了。我是個粗人，什麼都不懂，在學校跟不在學校沒大區別。秦可以後有什麼難處，你要多幫幫。」

陳木年爽快地答應了。從小到大他都樂於幫助秦可，為什麼，說不清。反正只要秦可有事，他能拉下來臉衝上去，就幫。為了讓老秦放心，陳木年充著臉裝瀟脫，對秦可說：「馬上就是大學生了，大人了，得學會照顧自己了。有什麼事就說，我幫你搞定，包括打架。」

秦可蹙著鼻子說：「知道啦，木年同志！」

那是長大以後，陳木年和秦可感覺上最近的一次。他一直記得秦可撒嬌的樣子，鼻子、眼睛和眉毛都皺在一起，像隻小貓，她說「木年同志」。事實上，從那次開始，秦可就不再叫「木年哥」，而是直呼「木年」。陳木年當時心裡咯噔響了一下，但是當同學取笑他時，他又反駁了。同學說：「豔福不淺啊，都送上門了。『木年，秦可就交給你了。』」他學老秦的聲音維妙維肖。陳木年本能地說：「別瞎說，她是我妹妹。」同學說：「操，多好的事，讓一個『妹妹』弄壞了。」

讓同學說著了，就給一個「妹妹」弄壞了。秦可已經不叫「哥」了，他還在這裡堅守著「妹妹」，跨不過去。後來他想過，這是個心理學問題，心理暗示。若當初不跟同學強調一下「妹妹」，說不定就坦蕩蕩地該幹啥幹啥了。他先弄個籠子把自己裝進去了。後來秦可找過他很多次。化學樓和中文樓前後鄰居，串門方便，秦可有事就上去找他，從家裡帶來什麼好吃的也送給他一份。那時候老秦還不住在學校裡，每天騎自行車來打掃衛生，也沒人知道老秦是秦可的父親。陳木年不常回家，他爸媽也託秦可給他捎東西，所以秦可找他的次數比較多。

陳木年讀本科的時候，學生沒現在這麼多，每個班都有自己固定的教室。秦可在教室門口露頭的機會多了，同學就開始開陳木年的玩笑，說陳木年，你的小媳婦又來了。陳木年就趕緊爭辯，說那是他鄰居，從小當「妹妹」看。說了大家還不信，有一次誰的聲音大了，說「小媳婦」的時候被秦可聽到了，秦可的腦袋立刻縮了回去，紅著臉站在門外等。陳木年出來了，她低著頭把東西往他手裡一塞，一句話沒說轉身就跑下了樓。陳木年也沒好意思在樓道裡大聲喊。回到教室，他臉紅脖粗地跟惹事的同學急，搞得全班都相信了，那女孩的確是他的「妹妹」。此後，秦可就很少來找他了，他也不敢去找秦可，兩個人就僵在那裡，時間久了，大家都灰了心，覺得自己多情了。

這是後來魏鳴給他分析的。魏鳴說，你小子，呆鳥一個，你非要「妹妹長妹妹短」的幹嘛？衝上去，主動點，就搞定了。你想想，人家一個女孩子，一個漂亮可愛的女孩子，都做到那樣了，你還他媽的衰，我給你氣死了！我真是給你氣死了！這種好事我他媽的怎麼就遇不到呢？你知不知道，她當年往我們班門口一站，多少男生想為她跳窗戶。真不好說你了。要我說什麼好呢。

陳木年覺得魏鳴有點道理。現在看來，只要當初秦可紅臉之後，他主動出擊幾次，就搞定了。老秦的「託付」誰知道是不是這個意思呢。可惜啊，陳木年這個呆鳥此後更加膽怯了，只好去看書，寫東西，把自己全身心地塞進圖書館裡，出了圖書館透口氣時，又去想他的夜火車和小車站了。一年就過去了，大四了，忙著考試、保研，在想像的黑夜裡出走，幾乎都沒時間想起秦可了。直到深秋的一個週末下午，他坐在圖書館的自修室裡看書，一個同學告訴他，你的小鄰居出事了。他當時沒反應過來，哪個小鄰居？

「秦可。原來經常找你的那個女孩。」

「出什麼事？」

「大出血，正在醫院裡搶救呢。」

陳木年的腦袋嗡地響起來，隱藏了多年的小蜜蜂一起飛出來，繞啊繞，繞得他滿頭滿眼的燦爛金光。他在想該怎麼辦，在圖書館樓前的草坪上轉來轉去。找不到探望的可靠理由啊。正轉著，三條腿到圖書館來還書，三條腿說，轉什麼轉啊，你的小鄰居出事了！

小鄰居。陳木年終於找到讓自己踏實的藉口了。他只是以鄰居的身分去探望。儘管當時秦可沒有見他，但後來陳木年還是認為自己太他媽的不是個東西了，都這時候了，還找藉口，真他媽的膽怯和虛榮。有多大自尊需要維護？為什麼就不能把關心坦蕩地表現出來？

他來到八二醫院的急救室，看到老秦和秦可的同學守在門口，要麼伸著脖子想看透被白布遮住的玻璃門，要麼互相耳語，要麼焦躁地在走廊裡走來走去。老秦蹲在牆角，抓著腦袋一聲不吭地哭，頭髮亂得像爆炸過了似的。陳木年走過去，在老秦身邊蹲下來，不知道說什麼。說什麼都沒用，他從不相信勸慰，只相信事實，所以也不喜歡勸慰別人。老秦看到他，突然抓著陳木年的手，說：「小可她不會有事吧？」

陳木年說：「不會有事的。我問過了，我姑媽是婦科醫生。」他根本就沒問，哪來的時間打電話。他是從圖書館門口一路跑過來的。但他還是破例撒了一回謊。他覺得都不是他撒的，而是謊話自己迫不及待地跳出來的。

「真的不會有事？」

「真的。」

這個可憐的父親害怕極了。他就這麼一個女兒，如花似玉，也是他唯一的親人。陳木年感到老秦的手在哆嗦，握得多緊都哆嗦。他治不了秦叔叔的哆嗦，只有秦可的大出血止住了才能治癒秦叔叔的哆嗦。他就那麼握著老秦的手，老秦也甘願讓他握著。要在平常，兩個男人的手如此長久地緊密相連，陳木年身上會爆起經久不息的雞皮疙瘩的。但此刻他堅持握著，一直握了一個半小時。老秦也哆嗦了一個半小時。實際上哆嗦了兩個多小時，從知道的時候就開始了。漫長的哆嗦給他留下了後遺症，以後一遇到緊張的事，手就自作主張地自己抖起來。

醫生出來了，疲憊地說：「沒事了。哪位是病人的家屬？」

老秦噌地站起來，大腦供血不足導致的眩暈都忘了。「我是。我是她父親。」老秦是唯一獲准進去的人。三分鐘左右，出來了，站在門口對大家說：「謝謝各位同學，小可已經沒事了，你們先回去吧。謝謝大家的關心，謝謝啊。」老秦幾乎要鞠躬了。

但大家都不想回去，想看看親愛的同學秦可，一起擁到門口。一個大個子男生擠到老秦面前，說：「叔叔，讓我看一下可哥吧。」老秦臉就撂下來了，什麼也沒說，把那男生推到了一邊去。男生尷尬地躍躍欲試，但老秦冷著臉堵在門口，他也沒辦法。陳木年說：「秦叔叔，我看看小可行嗎？」老秦看看他，說你等一下。他關上門，進去了。一會兒又出來了，「小可有點累，下次吧。」陳木年訕訕地退後了。

大家陸續都走了，就剩下陳木年和那個男生。陳木年這才仔細看他，一下子想起來了，這傢伙就是仇步雲，體育系大四的學生。個頭不是很高，一米七多一點，但長得不錯。大家都知道他是舞場高手，也是個泡妞高手。傳說學校裡有四大泡妞高手，體育系兩個，仇步雲是其中之一。

另外兩個分別在中文系和歷史系。陳木年也知道，這個仇步雲就是秦可的男朋友。陳木年還想起來，他們一起踢過球，大二那年，系際足球賽，有個傢伙在禁區前對他下了絆子，爽快地把他放倒了。裁判沒看見，中文系領隊去理論，差點被出示場外黃牌。原來放倒他的那傢伙就是眼前的這個仇步雲。

仇步雲又蹭上前去，希望老秦能放他進去。老秦抬腳要踹，仇步雲躲開了。仇步雲說，可哥一定願意見我的，她需要我的安慰，不信您去問問可哥。否則可哥不僅會怪罪我，也會怪罪您的。

老秦猶豫一下，還是進去了。陳木年找了個椅子悲哀地坐下來，覺得有點累。他覺得真正尷尬的是自己。算什麼呢？現在走也不是留也不是了。老秦出來了，說，小可不想見。誰也不想見！仇步雲聳了聳肩，嘴裡面不知道咕嚕句什麼，轉身就走了。陳木年站起來，老秦說，木年，先回去吧，過兩天小可好點了，她會想見你的。

陳木年點點頭，說：「秦叔叔，沒事的。您讓小可好好養病，沒事的。我讓我爸媽過兩天過來看她。」

「別，千萬別讓他們來，」老秦把手按在陳木年的肩膀上，「木年，你秦叔叔還是能分出個好歹的。這種事，祖上八輩子的臉都丟盡了，不能再現眼了。最好不要讓你爸媽知道。聽見了麼？回去吧。好好看書，別想太多，你知道的，小可是個不壞的女孩。你們從小玩到大的。」

最後一句讓陳木年心頭一熱，一下子就湧出了無限的滄桑感。從小玩到大的。他卻覺得他們越來越遠了。

15

陳木年惆悵地往外走，出了大樓，看見仇步雲站在花壇左邊。他從右邊走。走過花壇時，仇步雲也從左邊走到了頭，還是相遇了。

仇步雲說：「你就是陳木年？」

陳木年站著沒動，看看他。

「聽可哥經常說起你。其實早就知道，中文系的大才子，文章寫得一級棒。」

陳木年說：「有事麼？」

「沒什麼事，我請你喝酒。」

「對不起，我還有事。」

「一兩個小時，就當吃晚飯了。」

「我不習慣這麼早吃晚飯。」陳木年說，轉身就走。

「喂，你！我就想跟你說說秦可。」

陳木年站住了，「有什麼好說的？」

「這事真的不怪我，我早就跟她說了，她不聽，所以——」

陳木年繼續往前走。心裡想，瞎了眼了，真是瞎了眼了。其實從開始知道秦可和仇步雲好的時候起，陳木年酸的確是酸的，但更多的是不放心。雖然沒有正面接觸過仇步雲，但他早有耳聞，大名鼎鼎的泡妞高手，聽同學說，他在中文系就先後泡過三個女生。全校一共多少個系，多少個女生，這個機率相當驚人了。他還跟秦可有意無意地點撥過。那時候他們來往已經非常少了，只是偶爾秦可應陳木年爸媽要求帶東西給他時，才見上一面。那次也是送東西，是一瓶自製的麻辣豆瓣醬。

陳木年對秦可說：「聽說仇步雲經常找你？」

「你怎麼知道的？」

「聽說的。」

「消息很靈通啊。」

「呵呵，」陳木年尷尬地笑笑。「沒別的意思，就是想告訴你，仇步雲這人不太可信，喜歡和很多女生，那個，瞎搞。」

「就這事？那你多慮了。我走了。」

就走了。陳木年看著秦可的馬尾巴意氣風發地搖來蕩去，無話可說。有點扮演不光彩角色的感覺。這感覺讓他發愣。然後豆瓣醬瓶子歪了，辣椒油流出來，滴了一褲腿。他用舌頭抄了一下瓶口的油，被狠狠地嗆了一下，咳嗽了好多下，鼻涕眼淚都下來了。所以他一直記得，那次手裡還捧著一瓶麻辣豆瓣醬呢。

以後就沒機會說了。見秦可的機會也少了，見了面點頭笑笑，招呼一下，沒有說點什麼的機會，停頓的規模不夠。接著就斷斷續續聽到關於她和仇步雲的消息。據一些八卦的同學透露，秦可剛入學時認識的仇步雲，被泡上已經是大二的事了。

大一的新生要進行廣播操比賽，這是這所大學多年來的革命傳統。鍛鍊身體，報效祖國。要比賽就要訓練，要訓練就得有教練。教練就是體育系的學生。開學伊始，體育系的學生總是很風光，各個系都要低三下四地去請。秦可班上的廣播操教練之一是仇步雲，另一個是女生。以仇步雲已達泡妞九段的眼力，從一個班的女生裡把秦可挑出來太容易了。根本不要挑，往那一站，一動不動她就顯出來了。仇步雲從那會兒就兩隻眼皮直蹦躂，想找茬接近，找不到，想開小灶，秦可不需要。她怎麼就做得那麼好呢，不給仇步雲一點機會，甚至都沒怎麼正眼瞧過他。她兩眼看天，天上有她的木年哥哥。直到廣播操結束了，仇步雲還沒有得手。但他不急。他不僅可以做廣播操教練，還能做舞蹈教練，而且做得更好。從三步、四步到交誼舞、踢踏舞甚至草裙舞，都會，精不精誰也不知道，但對一群剛從中學試卷堆裡爬出來的新生來說，夠了，足以讓他們乾枯的眼睛一亮。那是自由舒展的新生活的驚豔。還有動人的音樂呢。

新生班上總要舉行幾次舞會，開始是學習跳舞，後來是娛樂活動。不想搞都不行，學生會不讓。這是他們寫進學生會工作日程裡的，要在大學生中普及舞蹈，交誼舞，就是交際舞，以後要走向社會，展開交際，不會跳舞怎麼行。而且，會跳舞是大學生確認自己成人的某種標誌，它能把自己和中學生成功地區別開來。每年新生入學，一到週末的晚上，到處都是簡陋的旋轉彩燈在轉，亂七八糟的音樂在吵。仇步雲的好日子來了，到各個系去蹭舞，忙得不可開交。他存心蹭到化學系了，秦可的班上。

秦可本來不打算學跳舞的，陳木年就不會。陳木年說，沒什麼意思，要鍛鍊身體就到操場上跑幾圈。說者無心，聽者有意。木年都不會跳呢，秦可就沒必要學了。但是不行，這是普及，是集體活動，不能開小差。她看也得看。不可能一直讓你看下去的。學生會的領導主動要求要做你老師，不學不行。開始是女生教，後來男生上來了。跟一個男生跳過了，戒律就打破了。跟一個男生跳和跟十個男生跳已經沒有本質區別了。

仇步雲老來，開始從不找秦可跳，而是極盡舞蹈之能事，把舞跳成了舞場的焦點，把所有的眼珠子都抓過來。他成了所有女生最理想的舞伴。能不理想麼，他能帶著你一起，把一個公共空間變成個人表演的舞臺，那感覺很少有女生能扛得住。都想上，仇步雲就開始挑挑揀揀了，他不表現出來，依然隨意，轉了幾圈走到秦可旁邊，優雅地伸出紳士的手。秦可可以拒絕一次，兩次三次就沒有理由了。一跳上了就下不來，移動、旋轉、飛翔，簡直成了天鵝湖。她只能是那隻最漂亮、最高潔、最耀眼的天鵝。

因為陳木年，秦可天鵝的感覺出了舞會就沒了。但是偏偏木年哥哥不爭氣，既不主動也不表示，讓秦可覺得自己是剃頭挑子一頭熱，就氣。再跳舞就有種報仇和發洩的快感。轉著轉著就被仇步雲轉得恍兮忽兮了。到了大二，秦可對陳木年絕望了，被仇步雲水到渠成地轉暈了。仇步雲什麼事都摳門，泡妞不摳，大把大把的時間和耐心都可以拿出來。跳舞就是好，比體操高明多了。上了手仇步雲就更有經驗了，就不再跳舞了。他把秦可往黑暗的地方帶，越黑的地方越去。讓女孩子覺得危險和刺激，她們越是叫，就表明越喜歡。她們還越得依靠你，你說一就是一，說二就是二。她們在黑暗裡閉著眼，看不見，全聽你的。他就在學校東南角的共青團花園裡，一個黑咕隆咚的角落裡，把秦可那個了，像仇步雲向舍友炫耀的那樣，「辦了」。他得意的不僅是把化學系的大美女「辦了」，而是「又辦了一個」。「辦」一個美女並不難，難的是在同一個地方把很多的美女都「辦」了。這是他的理想。他堅持要讓共青團花園那個冷僻的角落成為他情慾的溫床。

當然秦可不知道，她雖然恐懼和憂傷，依然以為自己是第一個從那裡爬起來的女生。白天一個人去看了一趟，什麼都沒有，但她還是很幸福。她把自己交出去了，得到的是滿身的小疙瘩。回到宿舍清洗的時候，舍友發現她身上起了很多紅豔豔的小疙瘩。她嚇壞了，以為是「那個」後的生理反應。她還太小，沒有足夠的知識準備就提前成了女人。這個沒經驗簡直要了她的命。她只好搪塞說，可能是過敏了，癢也不敢撓。一夜沒睡好。第二天見到仇步雲，仇步雲把胳膊一伸，也有小疙瘩。他有經驗，說，一天就消下去了，沒事。都是小蟲子鬧的。這是個曖昧的雙關，仇步雲在「那個」的時候說，一想到她，他的小蟲子就不老實了。秦可的臉一下子就紅了。

此後，秦可身上經常「過敏」。「過敏」也不怕了，該撓就撓，反正第二天就會消掉。她願意這麼「過敏」下去，癢並快樂著。撓癢癢的時候再也想不起陳木年了。然後就出事了，同學告訴她，在生物系的舞會上經常看見「你們家的」仇步雲，「你們家的」仇步雲經常和一個蘇州過來的大一女生跳舞。「經常」顯然不是一次兩次了。秦可心裡抖了一下，上來就問：「那女生長得怎麼樣？」

同學說：「蘇州的女孩，你想想。」

秦可心裡又抖了幾下。她對仇步雲多少知道一點，那麼大的大名人，不想知道都不行。陳木年也告誡過她。但是她覺得問題不大。所有女人都這麼莫名其妙地自信，認為自己能把男人擺平，擺得直直的，一點脾氣都沒有。儘管是這樣，秦可還是不放心，決定下週末去偵察一下。週末之前，她建議晚上去新亞商城逛街，仇步雲說，到時再說，有時間就去找你，沒時間就下次吧。秦可說，你忙什麼呢？這段時間週末都沒空。仇步雲為難地說，人在江湖，身不由己啊，誰讓俺是個部長呢。沒錯，他是體育系學生會宣傳部部長。秦可有數了。

週末晚上，生物系的舞會開張了。秦可躲在走廊盡頭看著有舞會的那間教室的門，開始快十五分鐘了，仇步雲還沒到，她又去教室裡找，也沒找到，那個蘇州的女生閒在那裡，沒事就往門外瞅，別人邀請她一概搖頭。二十分鐘了，秦可剛想離開，仇步雲急匆匆來了，蘇州女孩立馬對他搖胳膊。他們在閃爍的彩燈裡沒有任何障礙就接上了頭。秦可躲在人後，聽見仇步雲說，對不起，遲到了，找了半天才找到領帶。蘇州女孩說，討厭，誰讓你非要戴領帶的。秦可整個人都涼了。她記得仇步雲開始追她的時候一直堅持打領帶，兩人「那個」了之後，就很少見他的領帶了。

仇步雲和蘇州女孩進了舞池，郎情妾意地跳起來，秦可從他們身邊經過都沒看到。秦可涼颼颼地走出教室，心想，沒錯，他們說的都沒錯。一下子心如刀絞，覺得腳底下的生物樓都空了，一個人直往下墜，怎麼墜都墜不完。不僅樓空了，大地也空了，世界都他媽的空了。她蹲在教室門口不遠的地方，淚流滿面。她想起自己的小紅疙瘩，開始在肚子裡笑，原來不是她秦可才有，很多女孩都有，或者將會有，她們一個個把自己交出去，換回來一身身小紅疙瘩。想起那些小疙瘩，她覺得噁心，覺得肚子裡難受，只想吐，迫不及待地跑進了女廁所。什麼都沒吐出來。能吐出來什麼呢？小疙瘩在身上，又不在肚子裡。

但她克服不了這種噁心嘔吐的感覺，很多天都不能克服。覺得肚子裡也不舒服，整個人從裡到外都不舒服。都多餘。這就是病了，起碼是心理疾病。舍友建議她去校醫院看看。

秦可掛了心理諮詢門診。四十多歲的女醫生，短頭髮，有點胖。問明了情況，女醫生竟然拿起了聽診器，先聽，又把脈。都忙完了，醫生嚴肅地說：「說實話。」

秦可點點頭。

「大幾？」

「大二。」

「有男朋友嗎？」

沒說話。

「有沒有？」

「有。」

「那個沒有？」

「哪個？」

「性交。」女醫生一點都不含糊，輕描淡寫地就把這個詞給說出來了。它像炮彈在秦可眼前炸響了，震得她身子劇烈地晃蕩了幾下，眼皮都忘了眨。她就是木頭也明白醫生的意思了。脖子像斷了一樣，怎麼也抬不起來，眼淚跟著就啪嗒啪嗒往下掉。她數著自己的手指頭，一個個掰，掰完了再掰。醫生說，「你應該掛婦科的。」

「不！」秦可六神無主地叫起來，抖得像個永動機。「醫生，求求您，我害怕。我該怎麼辦？」校規有一條，本科在校期間，凡懷有身孕者，一概開除。

醫生看著她，讓她先坐下。「你們這些孩子啊，說什麼好呢。這種事，按規定要報到學校的，我們校醫院有這個責任。」

「醫生，求求您。我該怎麼辦？」除了這個，秦可就不知道說什麼了。

「你和我女兒一樣大。」醫生敲著手中的筆，敲了半天，才說，「你回去吧，趕快去別的醫院。誰都別告訴。這病歷，我就隨便寫寫了。快走。記著，誰都別說。」

出了校醫院，秦可不覺得自己輕飄飄的了，而是覺得重了，身體有她無法承受的重量。她甚至都感受到了另一個生命的重量。她還是不知道該怎麼辦。只能找仇步雲，是他惹的事。找了半天，總算找到了仇步雲，秦可也鎮定多了。她把他帶到一個隱蔽的角落，直截了當地說：「我懷孕了。」

「我以為什麼大不了的事，神神祕祕的。打掉就是了。」

「你好像很有經驗啊？」

「怎麼這麼說話？」仇步雲有點想撒手了，懶得爭辯。「都是過去了，你不是說不提以前的事麼？」

「你以前跟我說讓人墮胎的事嗎？」

「說了有意義麼？」仇步雲說。「都過去了。好了，聽話，過兩天我陪你去醫院打掉。」

「過兩天？一分鐘我都等不了！」

「沒事的，多一天少一天都無所謂。這兩天不是正忙著嘛。」

「忙著跟蘇州女孩談情說愛？」

「你怎麼知道？」其實仇步雲想說「你怎麼知道蘇州女孩」，但說了也就說了，也不打算更改。

「別聽別人瞎說。抽空打掉了再給你解釋。」

「打掉你就沒事了是不是？我還不打了，我就留著，讓你去跟蘇州女孩搞！」秦可說完眼淚就出來了，轉身就跑，一口氣跑回宿舍。六樓，從來沒有這樣一口氣跑上去。到了宿舍就趴到床上哭。天已經黃昏了，太陽血紅血紅。

秦可不是不想打掉，只是想氣氣仇步雲，借此拉他回頭。第二天週六，上午她一直賴在床上，等著仇步雲服個軟來找她，沒等到。一氣飯也不吃了，躺在床上哭。到了下午，突然大出血，把舍友都嚇傻了，半天才想起來打一二〇。

救護車一開進校園，整個學校的耳朵都豎了起來。

16

事鬧大了，誰也藏不住。學校的領導都驚動了。據說女心理諮詢醫生都被罰了公開檢討。至於秦可和仇步雲，按學校規定，開除，沒有商量的餘地。影響太惡劣了。但後來的結果是，仇步雲被開除，秦可被勸休學一年。

原因之一是，秦可是學校藝術團舞蹈隊的，各種演出都挑大樑，團長說了，藝術團可以沒有團長，但不能沒有秦可。離不開她。原因之二，老秦拚命地求學校領導，都給最高領導下跪了。他說女兒要是被開除，這輩子就毀了，女兒家聲譽不好，在外面一輩子都抬不起頭做人，開除只能把她往死路上逼。如果是這個結果，他也對不起死去的老婆，他答應要把女兒養育成人，開除了他就是死也沒臉去見秦可的媽媽。老秦在領導面前聲淚俱下，一個大男人哭成這樣，那悲傷的勁兒，就是塊石頭也感動了。老秦還說，只要學校不開除秦可，他情願下半輩子每天都給學校打掃衛生，一分錢不要。領導沒招了，只好含混答應了。但更改校規師出無名，幸虧這時候仇步雲主動向學校承認，責任全在他，都是他主動的，跟秦可沒關係，要開除就開除他，千萬別殃及秦可，他一個男孩子，到社會上照樣能混口飯吃，女孩子就不同了。然後他對領導說，希望你們別把她逼到花街上去。這句話形象地表現了開除之後可能出現的後果。我們大學是培養人，不是坑人害人。領導正好接著仇步雲的臺階下來了，最後決定：開除仇步雲，同意秦可休學一年。

仇步雲離校的前一天，陳木年請他吃了頓飯。仇步雲對陳木年的行為大惑不解，秦可進醫院的時候，他要請陳木年都沒答應。

「祝賀我被開除了？」仇步雲說。

「不是，我寧願你不被開除，這件事如果沒發生最好。」

「為秦可？也是。不枉她喜歡你那麼久。」

「別瞎說。你把她害苦了。」

「沒瞎說，」仇步雲大口地喝酒。酒量不錯。「真的。她是我花時間最多的一個。因為你，她轉變得可夠慢的。當然了，最後我還是成功了。這是我願意看到的。」

陳木年沒說話，看他自斟自飲。仇步雲也不客氣，吃喝都很兇猛，像死囚行刑前的斷頭飯。

「請你是因為你還有點人味，還像個男人。」

「別這麼說。花心的男人未必就是壞蛋。我覺得應該為秦可做點什麼，畢竟我還是比較喜歡她的，而且，的確是我種下的種。我得負點責任。」

陳木年立馬站起來，提著酒瓶指著他，「再說你現在就給我滾！」

「兄弟，別這樣，」仇步雲壓下酒瓶子，「我學體育的，沒文化。不過話粗理不粗，就那麼個意思。她是因為我才大出血的。」

「不是這個。你比較喜歡？比較喜歡你就亂來？你知不知道她為你付出了多少？」

「不能這樣比，」仇步雲立刻有了優越感。「兄弟，看來你真沒正經地談過戀愛。愛情這個東西，不能從付出和回報上來量化，要從感覺上。感覺對頭了，那就是了；不對頭，把命搭進去也沒意義。理論上你比我懂。即使像你說的，我現在被開除了，她不過只是休學一年，也是她賺。你不能認為她就是無辜的，兩個人的事，說到底誰也撇不清。」

「不錯啊，學體育屈你的才了。你該念中文系。」

「過獎，不過是實踐多了一點。不能跟你們中文系的才子比。」

陳木年發現仇步雲也不是那麼討人厭，甚至還有點可愛，即使無賴也是坦蕩的無賴。秦可和很多女孩喜歡他，也不是什麼大錯誤。他總比那些整天板著臉的虛偽的假道學要可愛。但他不想表達出來，沒必要。正如仇步雲自己說的，讓秦可好好活下去吧，忘掉那個王八蛋的仇步雲，我們以後可能一輩子也碰不上面了，我可真要浪跡江湖、四海為家了，混到歪路上去了。你們還是念書，工作，水到渠成，平安，穩定，一切按部就班。也不錯。陳木年覺得請他這一頓還算值。

吃完了，分手的時候他們又爭起來。原因是仇步雲說了一句他不愛聽的話。

仇步雲說：「兄弟，我走了。以後秦可就託付給你了。」

又是一個「託付」。陳木年覺得這話怎麼這麼耳熟啊，想一想，當年老秦就是這麼把秦可「託付」給他的。就「託付」成了現在的樣子。他覺得這個詞十分可疑。仇步雲的意思一目了然：我走了，你就不計前嫌地再喜歡秦可吧，其實她內心裡還是喜歡你的，我就把她轉交給你了。陳木年覺得太可笑了，一個人有什麼需要託付的？又有什麼可以被託付的？秦可她能被託付麼？再說了，誰有託付的資格？

陳木年說：「你憑什麼把一個人給託付出去？誰給的權力？除了自己，秦可還有別的所有者麼？」

「別搞得這麼複雜深奧，兄弟。我就是想，秦可算是受到了傷害，以後你多照顧一下。」

「希望如此，」陳木年說。

兩人在飯店門前分了手。以後再也沒見過面，也沒有得到過仇步雲的消息。他像一滴水消失在這個世界上。

現在陳木年只能看到秦可。休了一年學，接著又休了一年，老秦覺得這樣更妥當些。當年和秦可一屆的同學都畢業了，「當年」的痕跡基本上也就消失得差不多了，秦可就能坦然地面對新的學校生活了。為了能讓秦可安心平靜地念書，把失去的時間和功課補回來，老秦甚至把家都搬到學校裡，託人從房管科弄到一居室的房子，給女兒做飯，照顧她。當然，也為了看守，防止女兒再犯類似的錯誤。

應該說，秦可插班大二以後，表現得要比老秦和陳木年預想的狀態要好，好很多。課程沒什麼問題，只要聽好課，考試前把筆記背熟了，應付個及格不在話下，秦可又不笨。反正就這樣的學校，老師也半夢半醒地混日子。藝術團團長又把秦可緊急召回了麾下，她需要這員大將。她驚喜地發現，秦可在舞蹈上不僅沒有退步，反而長進了，過去不敢做、不能做的動作，現在迎刃而解；過去做得不錯的動作，現在更到位了。秦可被打開了，被開掘出來了，被徹底激發出來了。

她把舞臺當成了大澤鄉，當成了瓦崗寨，當成了絞首架和斷頭臺，她把舞臺跳成了去革命、去犧牲。她把自己一點一點地全給跳出來了。

這是老秦願意看到的，也是陳木年願意看到的。但是他只能遠遠地看著了。先前的那個秦可回來了，而過去的那個陳木年沒了，現在他是一個幾乎被忽略身分的臨時工，一個花匠。

現在他躺在床上，從蘇曼殊的論文越跑越遠，跑完了秦可的多少年的歲月。最後發現，越跑離秦可越遠，都看不清她長什麼樣了。秦可模糊了，整個世界都模糊了。陳木年睡著了。

17

小日本開始敲門，陳木年和魏鳴的門輪流敲，把他們都從床上敲起來。

「她約我見面了！快起來，快起來！」

陳木年和魏鳴從午睡的床上爬起來，來到客廳，小日本正在破沙發邊上跳可怕的小天鵝。魏鳴問出了什麼事，需要用這麼難看的舞蹈來慶祝。陳木年說，還能什麼事，李玟約他晚上見面了。小日本突然含蓄了，害羞了，說是。差點讓陳木年他們吐出來。媒人剛打電話給小日本，說對方同意今晚再見一次，放開了聊聊，相互了解一下嘛。但是，李玟是個羞澀的女孩，所以希望每一方都能帶一兩個朋友，這樣氣氛會更好一些。喜事，陳木年說。的確是喜事，小日本看好的女孩，一般只能見一面。人家不願意見第二面。

「快，幫我參謀一下。天時、地利、人和都要考慮到，爭取一次把她搞定。」

小日本屢敗屢戰的熱情，以及每一次都像第一次一樣澎湃的激情，讓他們羨慕不已。一個人竟能如此之快地從愛情的廢墟上爬起來去經營下一次，開了眼了。他們開始積極出謀劃策。首先是飯店，這地方要選好。不能太奢華，像個暴發戶；也不能太寒酸，人家會瞧不起。要有情調和品味，像個知識分子的。商量之後，定在了「五棵松」。一家新開的咖啡館，據說是小城名流最近特別愛去的地方。除了常規意義上的酒吧功能之外，還有一個比較高雅的餐廳，飯店裡能吃到的，這裡也能。喝茶，吃飯，再喝茶，多有情調，女孩子一定會喜歡。還有，「五棵松」三個字其實已經是一首詩了。小日本眉毛跳了幾下，這地方消費有點高。

「操，」魏鳴說，「吃頓飯都嫌貴，還找什麼老婆。入贅賣給人家算了。」

小日本咬咬牙，說：「娘的，拚了！你們倆給我壯膽。帶多少錢合適？」

「帶卡就行，可以刷。」

下了班回來，陳木年推開門就看見小日本在鏡子前搖頭擺尾。白襯衫，藍領帶，西裝。怎麼樣？他蹺起腳問陳木年。陳木年說，嗯，皮鞋不錯。魏鳴也回來了。三個人一起去「五棵松」。

他們都是第一次去那地方，很不錯。不像大城市的咖啡館酒吧，出入的都是頭髮衣服不好好整的時髦青年，這裡主要是文藝界的大本營，陳木年遛了一圈，覺得文藝界聯合會完全可以在這裡召開，碰破臉的都是這座城市裡有點頭臉的人。他們找了一張假木雕的桌子坐下，等李玟。

一刻鐘以後，李玟帶著一個小丫頭過來了，大約十三四歲，是她哥的孩子。即使在不太明亮的燈光底下，陳木年也覺得她實在算不上多漂亮。真正的李玟他也不認為有多漂亮，但相對於這個假李玟，那真是美女了。身材還不錯，屁股不小，有點翹，大概小日本就是被這個搞得如醉如癡的。

都介紹過了，開始點茶水飲料。李玟把茶單翻來覆去地看，也沒想好喝點什麼，倒是小丫頭爽快，單子都沒看就要橙汁。

小日本建議說：「來的是咖啡館，就來點咖啡吧。」

李玟說：「還是別的吧，聽說咖啡對皮膚不好。」然後憐愛地摸了摸自己的臉，好像咖啡已經喝到了臉上。又翻了一遍，說：「午夜紅茶吧。」

服務員在一邊記下了。接著是小日本他們點。小日本被上面的價格嚇壞了，臉上的肉直哆嗦。他知道這種地方價不低，沒想到高成這樣，又不敢說，只好點了一杯最便宜的可樂，輕鬆地說：「我最喜歡可樂了，喝下去一肚子汽，解渴。」

魏鳴說：「聽說國外都用可樂來沖洗廁所了，效果很不錯。」

陳木年說：「人也是廁所，涮一涮也應該。我來杯咖啡吧，提提神，回去還要幹活。」點了一份老巴布咖啡。

李玟問：「回去還幹活？加班？」

魏鳴說：「是不是沈老頭逼著你要蘇曼殊了？」

「就那個。」陳木年說，對李玟笑笑，「一個文章，交差的。」

李玟也笑笑，把面前的茶單又拿起來看，說：「老巴布？挺好聽的。小姐，要麼我也換這個吧。我喜歡好聽的名字。」

小日本跟著也看了一眼，抽了一口涼氣，一杯二十八塊錢。這哪是給人喝的啊。他覺得不能讓魏鳴再折騰了，自作主張給他也要了一杯可樂。魏鳴卻說，嗓子有點不舒服，還是來點熱的吧，就給杯熱開水吧。小日本心裡一下子對魏鳴充滿了感激之情。

在約會裡，喝茶只是一個程序，喝不喝不重要。只有小日本、陳木年喝光了。小日本是捨不得剩下，陳木年是需要咖啡提神，在花房裡幹了一天，疲憊不堪。魏鳴和小丫頭有一搭沒一搭地喝。李玟看樣子很想嘗試一下老巴布，但覺得苦，就不斷地往裡加糖，最終還是沒喝完，放下杯子去餐廳的時候，說：

「老巴布真不錯，下次也買點回家喝。」

點菜的時候小日本又開始心驚肉跳了。李玟點的的確都是名字好聽的，陳木年是沒聽過那些稀奇古怪的菜。點了兩個，小日本讓她繼續點，她把菜單遞給了陳木年，讓陳木年點。陳木年想，還是點兩個便宜的家常菜吧，省得小日本回去一個星期都睡不好。就點了兩個最便宜的蔬菜，點完了問李玟，合不合她胃口。

李玟說：「我就喜歡清淡的。」

她的姪女看不懂小日本的臉色，上來就要一大盤手抓羊肉和一份龍蝦。剛說出口，小日本的手就開始抖了，眼前一片亮閃閃的黑。小日本心裡疼得血淋淋的，這哪是手抓羊肉啊，分明是手抓他宋權的肉。一頓飯吃得心不在焉，有種上當受騙的感覺，魏鳴和陳木年根本不是在幫他，簡直是在害他。但他吃得最多，他要把花掉的鈔票盡可能地吃回來。

大概是因為坐對面，李玟更多是和陳木年聊天，把小日本扔在了一邊，有時候小日本同一個問題問了三次她才聽到。她不是一個羞澀的女孩，聽陳木年說話，兩眼直直地盯著他，要麼是眼，要麼是嘴。陳木年說什麼她好像都感興趣，陳木年不小心幽默了一下，她就像小母雞一樣咯咯地笑。若是稍有點離奇的事，她就張大嘴，哦哦哦，天真的樣子一下子變得比她的姪女還小。

那頓飯總算吃完了，實質性的問題一點都沒涉及，意義只在於見了第二面。送李玟回家跟陳木年、魏鳴就沒關係了。他們鼓勵一下小日本，讓他在路上好好發揮，兩個人就回學校了。回去路上，魏鳴說，小日本又沒戲了。陳木年認為他是烏鴉嘴，怎麼就能認定小日本沒戲了？

「他要是你，那就有戲了。」

「扯淡，要是我，他更完蛋。」陳木年說。「你又不是不知道，我的情商已經低到他媽的零度以下了。」

「操，那是你。關鍵是人家李玟怎麼想。看那小妮子的眼神，恨不得今晚就做你老婆。」

「瞎說。小心小日本回來扁你。」

「年輕人，不要輕易懷疑情聖的判斷。看女人我還沒走過眼。」

他們回了宿舍，陳木年想起來沒菸了，就下樓去小賣部。小日本回來了，魏鳴問他一路上風月如何。小日本的臉色很不好看，說：「那個騷娘們，一路上都在打聽老陳，多大了，有女朋友沒有，家庭背景怎麼樣，跟查戶口似的。」

魏鳴有點得意，「你怎麼說？」

「實話實說。我說老陳是個臨時工，本科的學位和畢業證還沒拿到。」

「她怎麼說？」

「她說，哎呀，臨時工未必就差，什麼學位、畢業證，又有什麼用，學歷又不等於能力，能力強就行。操他媽的，你聽聽這騷貨，哪跟哪呀！」

陳木年買了菸回來，他們兩人已經各自進屋了。他也沒問，點上菸開始寫論文。第二天中午，就陳木年和魏鳴在宿舍裡，電話響了。魏鳴拿起來，剛喂了一句，就把電話給了陳木年。找陳木年的。陳木年拿起電話一問，竟然是李玟。

「你找宋權吧，他出去了。」

「不，我就找你。」

「找我？有事？」

「我覺得我和宋權不合適，麻煩你轉告他一聲。」

「這個，噢。」

「今晚有空嗎？我請你喝茶，『五棵松』，有點問題想請教你一下。我姪女很喜歡你呢。」

「不敢當。不好意思啊，今晚不行，我得盡快把手頭的東西趕出來。」

「沒事。有時間就給我打電話，隨時恭候。」

「謝謝。方便的時候我請你吧。」

電話掛了。

魏鳴說：「這聲音怎麼這麼耳熟啊？」

「李玟。說跟小日本不合適。你真是烏鴉嘴。」

魏鳴嘿嘿地笑：「問題大了吧，不找小日本倒找上你了。老陳，小心啊。」

「操，關我屁事。」

陳木年沒當回事。以後他也沒請過李玟喝茶，李玟又給他打過一次電話，他當時的確比較忙，又拒絕了邀請，就斷了聯繫。他不知道因為這個已經得罪了小日本。他們經常在一起打籃球，在場上，小日本對他下手總是特別狠，打手，帶球撞他，防守時看得也特別死，每一下都用足了力氣。不僅是對手，還是敵人，恨不得你死我活了。陳木年沒想那麼多，還以為是小日本又失戀了，心情不好，就沒往心裡去。打球嘛，磕磕碰碰免不了的，誰能分得那麼細。

18

一進沈鏡白家的門，陳木年就聞到香辣雞胗的味。沈鏡白夫婦倆都不能吃辣，這道菜是單獨為他做的。沈師母知道他愛吃。陳木年的感動一下子就上來了。沈鏡白夫婦對他的好，遠遠超過了師生之情，像魏鳴說的，「視若己出」了。有些道理。沈鏡白的孩子都成家了，兒子在上海，女兒在南京，一年回來一兩次，看看老倆口，屁股沒坐熱又走了。家裡四室兩廳的大房子，一年到頭空蕩蕩的。夏天的時候，陳木年房間裡熱得睡不著，沈師母就讓陳木年搬到他們家的空調房間裡住。陳木年當然不會去，拘謹、不方便不說，也不想再麻煩沈鏡白夫婦了，已經夠讓他們操心了。平常沈師母經常叫他過去吃飯，尤其是過節的時候。沈鏡白知道他不太常回家，總是讓夫人提前給陳木年打電話。沈鏡白和自己的研究生聚會，也要把陳木年叫上，讓他靠著自己坐。他從不掩飾自己對陳木年的偏愛。

因為感動，陳木年臨時工的壓抑就消散了，心情也明朗起來。進了門，沈師母在收拾餐桌，說，木年呀，快坐。好多天沒來了吧？你沈老師沒事就嘀咕，說木年這孩子，也不知道整天忙些什麼。

「師母，沒幾天呢。瞎忙，稀裡糊塗時間就過去了。」陳木年正說著，噌地從沙發上竄出條小狗來，搖著頭站在地板上看他。「咦？才幾天啊，小狗都長變樣了，既不像狗，也不像貓了。」

「那像什麼？」

「像黃鼠狼。」

沈鏡白從書房裡出來，呵呵地笑，說：「我也說像黃鼠狼，她不信，還以為買到個寶貝。」

沈師母也笑，說黃鼠狼就黃鼠狼，黃鼠狼也有好的。然後又說，這小狗買了二十天了，原來的那隻，小狗呼嚕，被車撞死了，心疼得她好幾天沒吃下飯。

陳木年說：「沈老師，蘇曼殊的論文我帶來了。」

沈鏡白說：「好，我看看。」

沈師母說：「先吃飯，吃完了慢慢看。木年一定餓壞了。」

沈鏡白說好好，先吃飯。嘴裡說著，坐在飯桌前就翻開了陳木年的論文，一邊抽著菸斗一邊點頭。等陳木年幫著沈師母把飯菜都擺好，沈鏡白大體上已經瀏覽了論文，之前的擔憂基本上放下了，聲音也響亮了，招呼陳木年坐下來，「木年，坐這裡。你師母特地做了幾個你愛吃的菜，多吃點。」

飯後他們進了書房。沈鏡白的書桌放在窗戶底下，陳木年側身坐在書桌旁，背對著窗戶，滿眼都是四壁上的書，那種充實富足感讓他沉醉不已。他希望自己什麼時候也能有這樣一間書房，十五平米大，能再大更好。但他又不願意整天守在裡面，每年，或者每個月，能夠離開所有的書，一個人到遙遠闊大的遠方走一走，就像大四時的火車之旅，看一遍這個世界再回來，那才好。

「寫得還不錯，」沈鏡白說。比他預想的要好，但他沒說。他對陳木年的思路其實很滿意。陳木年把蘇曼殊放到儒釋道三種文化和精神傳統裡去解讀，認為蘇曼殊矛盾的悲劇性格正是在儒釋道三者之間輾轉徬徨的必然產物。陳木年論述得也比較扎實，在材料的徵引上也很見功夫。這是沈鏡白的一貫要求，既要言之成理，又要言之有據。他希望陳木年能夠養成良好的學術規範。

然後，師徒兩人就儒釋道三者中，每一種傳統參與蘇曼殊精神世界和性格特徵建構的比重作了討論，提出了各自的見解。討論不僅有提綱挈領的發現，還有具體而微的材料論證。沈師母進來添了五次熱水，他們才差不多討論結束。討論中，沈鏡白越發感到陳木年思路的清晰和論述的力量，也相應地感到在某些問題上自己思路的局限，對此他在心底裡暗自高興。這是他多年來一直希望看到的頭腦，也是六十歲以後一直在尋找的學生。他樂於看到自己能被打敗，乃至於敗得一塌糊塗。

蘇曼殊的問題告一段落。沈鏡白讓陳木年把剛才爭論的結果繼續補充進論文，完善之後再交一份定稿給他。然後從書架上抽了幾本書，有古代文學方面的論述，也有文化研究領域的專著，讓陳木年抽空看一下，都是最近出來的比較好的書。陳木年接過了，站起來要走，沈鏡白示意他坐下。

「說會話吧，木年。工作上還舒心麼？」

「還行吧。意思不大。」

「我聽說了，」沈鏡白點上大菸斗。「張處長跟我說，你有點抵觸情緒。」

陳木年想了想，說：「其實工作本身沒所謂。就是覺得壓抑，整個生活一片迷茫。」

「哦，你說。」

「我不知道以後會怎樣。」這是陳木年很久以來的想法了。他覺得現在他的生活中有個裁判，在監管著他的未來，像上帝之手。他的奮鬥目標是什麼？若是照沈鏡白的設計，當然是成為一個優秀的年輕學者。只待那兩張證件下來，他就可以成為名正言順的研究生，路就順暢了。可是對他來說，那兩張證比死亡通知書還難以預期。它們能否下來，什麼時候下來，他一點把握都沒有。他只是在為一個預支的虛幻的目標努力，而它的脆弱在生活面前是如此的不堪一擊。「像漂在海上。如果不是把精力分階段地集中在一本本書和一篇篇論文上，我可能早就失去了方向感。」

「為什麼不能埋頭看書、思考，把知識和學問當成方向和目標呢？」

「它們又是為了什麼？」他知道沈鏡白在說這句話時，已經越過了兩證，已經把他看成了具備做學問的身分和資格的研究生，或者說，甚至這個「研究生」沈鏡白也已經跳過去了。在他看來，陳木年應該與終極意義上的學問直接掛上鉤。而對陳木年來說，迫切需要的是兩證賦予他明確的身分，然後成為他繼續奮鬥的基礎和理由。他們完全走岔了。

「對一個學者來說，學問、研究是本質化的東西，如同信仰，不需要理由。陳景潤會質疑2＋1的意義麼？愛因斯坦會懷疑求證相對論的理由麼？這就是我對你的期望。不要把世俗的追求帶進學術研究中。從根本上說，任何生活中的困難都不應該影響學問的進行。偉大的學者應該有能力排除生活對學問設置的障礙。臨時工又怎麼了？畢業證遲早會給你的，都不需要擔心。如果你把這些看成對你整體素質的磨練和提高，就能想通了。而且多少年後，你甚至會感謝這一段坎坷的經歷，它對一個人的塑造是如此重要。在你這一代學人中，你很可能會因為這一段特殊經歷而遠遠地把他們拋在身後，你要感激這段生活。很早以前我就跟你說過了，成就一個大學者，僅僅佔有大量的資料、擁有一個聰明的頭腦是不夠的，它是對一個人整體的要求。你的意志，你的胸懷，你的體魄，你的修為，你內心的豐富程度，包括你面對重大挫折的心態和應對能力，就像目前這種情況。」

陳木年看見他的老師有點激動，因為激動頭髮白得更多了。他不停地抽菸，菸斗上的火光急速地閃動。陳木年一聲不吭。

「我六十多了，到了知道自己能走到哪裡的時候了。十年前，我曾對我兒子寄予厚望，但他中途轉向了法律，九頭牛都拉不回來。他的天賦還不錯，不過比你還是差了一些。後來發現了你。有時候我也在想，是不是對你太苛刻、太殘酷了，但一想，這一切都將增益你的能力，我就很欣慰。這樣一個地方，我這麼大年紀的，有幾個還有希望？大家都在稀裡糊塗混日子。我不想和他們混為一談，我還有一件事要做，把你送出去。」

陳木年不太明白把他「送出去」確切的意思是什麼，但他聽出來了，想到一個詞：衣缽。就是衣缽。他點點頭。

「我知道，年輕人這麼壓著也不是個事。若是感覺悶了、煩了，就出去走走。」沈鏡白停下了，他擔心再說下去會讓陳木年想起當年的那次引出大麻煩的遠行。

「過些天再說吧。我是想出去走走了。」

19

父親的三輪車被交警沒收了，停的地方不對。他把客人送到汽車站，正打算離開，旁邊一個騎自行車的經過，車後座上的一個大紙箱子掉下來，他幫著給抱上去，捆住。這個人說完感謝之後騎車剛走，交警過來了。上來就將一把大鏈鎖套上三輪車頭，要拖走。違規了，三輪車是不允許停在車站門口的。經過可以，停不行。老陳就向交警解釋，是幫助別人才違規的，下不為例。交警根本不理會，他們沒有耐心聽別人清楚地說完一句話。

「別瞎雞巴扯了，」交警說。「還助人為樂了呢！助誰了？找來給我看看。」

老陳到哪去找，就是個蝸牛這會兒也跑得沒影了。

「算了，別裝了。什麼人我沒見過。拿錢去隊裡領車吧。」

老陳一輩子沒惹過事，口舌也不俐落，只好眼睜睜地看著交警把他的三輪車扔到大卡車上。他對交警喊，別把我車摔壞了，千萬別摔壞了。這輛車跟了他十年了。他像這座小城裡的有錢人愛護他們的別克、桑塔納一樣愛護他的三輪車。它是他的別克、桑塔納，是他的寶馬和賓士，還是他的飯碗。蹬了這麼多年三輪車，第一次被抓到，老陳非常難過。不僅是要交罰金的問題，更是面子和尊嚴的問題，有點晚節不保的感覺。在同行中間，誰不知道老陳的車跑得最規矩。老陳一屁股坐到車站前的臺階上，止不住地發慌。兩根菸的工夫，終於想起來接下來該幹什麼，就去電話亭給老婆打了個電話，說車被扣了。老婆說被扣趕緊想辦法贖出來啊，往家裡打電話有什麼用。要掛電話時突然想起來，兒子有個同學在交警大隊，就跟丈夫說，快，找木年。老陳說好，一塊兒去吧，好多天沒見到兒子了。

兩口子來到學校，正好是星期六的上午，陳木年在宿舍裡寫東西。亂寫，記夜裡做的稀奇古怪的夢。他又夢見了出遠門，坐在一輛沒有輪子的夜火車上，空曠的車廂穿行在空曠的夜裡，天上有星星，沒有月亮。星星多得流成了河，伸出手舀一下，就是白花花的一手銀子。他在夢裡想，這就是他們說的天河了。車子停下來的時候，他下了車，火車突然棄他而去，他看到沒有輪子的火車像一條遊弋在夜空中的巨蟒，嗖的一聲不見了。他轉過身，天亮了，發現自己站在懸崖邊上，周圍的草木綠得發黑。他伸頭往下看，看到了兩具古代的懸棺，朱紅和靛藍相間的顏料早已剝落褪色，但它們安寧，有種浩茫的滄桑。再往下，是蔥鬱的林木鋪排成的谷底，在樹林裡陳木年看到一棟建築翹起的飛簷，像傳說中的鳳凰展翅欲飛。然後他夢見自己飛起來，向崖底降落，風大如旗經過耳邊。風是冷的，把他凍醒了，睜開眼，天早就亮了，他把被子踢到了床下。果然是被凍醒的。陳木年做過很多類似的夢，沒法解釋，就記下來。他喜歡夢中那種開闊孤獨的場景，在學校裡他永遠找不到。

剛好記完，母親敲響了門。這幾年父親和他交流極少，總覺得對不住他，當年要不是膽小如鼠去派出所替他自首，他也不會淪落到今天這步田地。老陳害怕和兒子單獨在一起。父親進門的時候說，忙哪。陳木年說嗯，媽，你們怎麼來了？快坐。小日本在自己的房間裡唱歌，陰陽怪氣的。李玟沒談成，他唱歌的風格大變，聽不出什麼來路。陳木年關上門，給父母倒水。母親說：「別忙了，不渴。你爸他，車被扣了。」母親說話有點拘謹，生分了。

陳木年看看父親。父親搓著手說：「嗯，扣了。」

母親說：「你不是有同學在交警大隊麼？不怪你爸的，他沒違規。」

陳木年說嗯，他知道他爸是不可能違規的。「等一下，我打個電話。」去客廳給三條腿打電話。三條腿說，小事一樁，我跟隊長說一聲，過來領車就是了。什麼時候咱們聚聚啊。陳木年說好。回到屋裡，他告訴父母，沒事了，過會兒去領車。父親的表情有點怪異，分不清是受驚若寵還是受寵若驚。事情到了兒子手裡，一下子就變簡單了。他發現兒子真是長大了，一個月不見，更不像自己的兒子了。他低下頭。陳木年也發現了父親的衰老。當年他對自己吆喝的時候何等威風，現在，才幾年，就老了，委頓了。一輛三輪車被扣就讓他低下了頭。父親的手很大，多年來抓車把的結果，現在不知所措地相互搓。他到了看兒子的臉色的年齡了。陳木年覺得有點難過，就跟母親說：

「媽，我們出去吃個飯。」

母親說：「領了車我和你爸回家吃吧。老陳，你說呢？」

父親說：「嗯，回家吃。」

父親的窘態讓陳木年心痛，鼻子也跟著發酸。「還是出去吃吧，爸，」陳木年說。「我們很久沒在一起吃飯了。」

父親費了很大的力氣才抬起頭，看著兒子，眼淚啪嗒掉下來。「出去吃。出去吃。」他慌張地對兒子說。

三口人下樓，走到師陶園門口遇到秦可，手裡拎著兩方便袋的菜，老遠就跟老陳夫婦打招呼，很是親熱。「我爸這兩天一直念叨你們呢，太巧了，叔叔阿姨，去我們家一塊兒吃飯吧，我爸在家。」

陳木年母親說：「小可真是越長越好看了。嘴甜呢。下回吧。」

秦可放下菜拉住陳木年母親的手不放，說不行，一定要去，要不她爸會怪她的。母親看看父親，父親又看看兒子。秦可的目光跟著轉了一圈，和陳木年對上了。她沒徵求陳木年的意見，就是瞪大眼睛看他，什麼意思都在裡頭了。看他的了。陳木年慌忙低下頭，說：「好。」然後他聽見秦可咯咯地笑起來，再去看她，她也在看他。她笑的樣子讓他揪了一下心，很多年前他就喜歡看她笑。乾淨的，什麼心思都沒有的笑，如果有什麼，也只是對他才有的。

老秦在歪著頭開酒瓶，看到陳木年一家來了，非常高興，說：「我說這酒怎麼老打不開，原來是不想讓我喝。老陳來了，該喝勁大的。」

秦可和陳木年的母親去廚房了，老秦和老陳在聊天，陳木年沒事幹，就在秦可的書架上找書看。看到幾本面熟的小說，翻開第一頁，看到了自己的名字。他當年送給秦可的。那時候秦可也愛看小說，經常向他借。他拿著書翻了翻，又放下了。這時候他媽從廚房裡出來，對陳木年說，她有點不舒服，讓他去給秦可打打下手。陳木年猶豫一下，母親就說，快去啊。他只好硬著頭皮進去了，站到秦可身邊，說：

「我媽讓我過來幫你。」

秦可嘟起嘴用下巴指著水池裡的香菜，「先把那洗了吧。」

陳木年悶著頭洗，不知道說什麼。自從秦可長大了以後，他一直都不知道說什麼。兩個人沉默著幹活。洗完了香菜他拿在手裡，想問秦可放到哪，秦可正忙著炒菜，他就站著等她的吩咐。秦可翻過了菜，轉身看見他還站著，噗哧笑了，「傻不傻呀？你就這麼站著？」

陳木年抓著腦袋笑了，「還有什麼要幹的？」

「笑得都傻。」秦可斜著眼看他一下，「沒事就不能陪我說說話呀。」

陳木年就說：「好。最近功課忙麼？」

「還行，應付得了。」

「藝術團那邊還去？」

「去呀，一直在排練。過幾天有個演出。」

「哦。」陳木年找不到問題了。

「你，怎麼樣？」

「就那樣。稀裡糊塗過。」

「別想太多，畢業證不會有問題的。我打電話諮詢過一個法律教授，他說學校最終沒有權力扣你的證，只是個時間問題。」

「哦。」

「別哦了，端菜。」秦可把盤子遞過來。陳木年看到了秦可端著盤子的手指，白淨細長，他謹慎地伸出自己的手，接過盤子的一刻，秦可往前送了一下，他還是碰到了她的手。陳木年的身子暗中抖了一下，盤子差點脫手掉到地上。

吃飯的時候，秦可一直在給老陳夫婦夾菜。老陳夫婦忍不住又誇秦可懂事，陳木年的母親說，多好的丫頭，老秦你有福了。老秦笑笑說，窮人家的孩子，不懂事還怎麼活。然後對秦可說，給你木年哥也夾啊。秦可臉紅了一下，夾了一塊肉到陳木年的碗裡。秦可說：「你怎麼不吃呀，木年？」陳木年說，吃，吃，一直在吃。陳木年他媽對丈夫笑了一下，老陳沒明白，回去以後又問老婆。老婆說，死腦子，你沒聽小可怎麼叫我們家木年的？她叫「木年」。你記不記得，過去她都是叫「木年哥」的？老陳說，那又怎樣？老婆很氣憤，說算了，不跟你說了，越老越像豬了。心裡卻在偷偷地喜。

老秦和老陳好長時間沒一塊兒喝酒了，湊一起喝得開心，一不留神兩人都喝多了。老陳說，不行了，這可怎麼去領三輪車啊。老秦說，讓木年跟小可去吧，年輕人該出來撐撐門面了，我們都老了，承認不承認都老啦。老陳看看老婆，老婆說：

「好，好，就讓木年跟小可去。木年，小可，你們倆吃完飯就去。」

兩個人都沒吭聲，只顧低頭抱著飯碗往嘴裡撥飯。

吃完飯，兩個人奉命去交警大隊。路上秦可又活潑了，問陳木年三輪車還會不會騎。陳木年說當然會，我帶過你很多次，你忘了？

「沒有。」秦可說，盯著頭頂上的藍天看了半天。「你都很多年沒帶過我了。」

「我也很多年沒騎過三輪車了。」陳木年看著地上，想在水泥路面上找一顆小石子踢，找不到。

「那你還說會騎！騎不好摔著我怎麼辦？」

「不會的。騎不好我就不騎，推著你走。」

秦可在前面站住了，回頭看了陳木年一眼，說：「說話算數。」

20

老陳意味深長地說：得有事。

老婆認為這話有道理，簡單，而且管用。解決人和人之間的關係，不能靠瞎想，得折騰出點事。老陳是有感而發。三輪車不被扣，他就沒理由和老婆到學校來找兒子，就不會發現兒子原來也挺管用，長大了。最主要的，通過這件事，他們父子關係多少有了點改善。這是大喜事。更大的喜事，是老婆發現的。老婆說，你看哪，咱們家木年，和小可，為了表達內心的喜悅，她把兩隻手都用上了，兩個大拇指不停地碰頭，私下裡開小會的樣子。她知道丈夫懂這意思，她高興得都不願意把話挑明了說。老陳懂了，心裡說，好。他對秦可是滿意的，多少年前就滿意。老婆也是。

多少年前，他們以為就差不多了，當然是在內心裡。誰知道半路跳出來個仇步雲，把秦可弄成了那樣。就不好說了。姑娘家，那點事很重要。老陳兩口子既失望又絕望，心疼得一顫一顫的，多好的女孩啊。剛幾天，木年出事了，他們的內心就更複雜了。秦可雖然「失過足」，但眼下的社會，三兩年過去，只要你過得體面了，誰管你過去是黑的還是白的。電視裡有些頭頭臉臉的女人，不也是花街上從良的妓女麼。他們的兒子木年，就說不好了，那不是一般的「生活錯誤」。儘管沈老師一再承諾，畢業證會有的，學位證也會有的，將來研究生畢業證都毫無疑問會有的，但目前他沒有，一窮二白，還是個臨時工。那是踩著薄冰生活。人家秦可現在還是大學生，畢了業找個好工作，還是國家的人。兒子被比下去了。兩口子很難過，一點勁兒使不上，那點心思基本上得由著它自然死亡了。沒想到，現在它又冒冒失失地活過來了。一點心理準備都沒有。陳木年他媽見到秦可的第一眼，就知道有戲。

真有戲。老陳回頭想了想，不住地點頭。連老陳這樣的榆木腦袋都開了竅，可見不是一般的有戲。不能再錯過了。木年不小了。陳木年他媽坐在丈夫的三輪車上，心裡急啊，催著丈夫快點再快點，老陳說，怎麼快，你以為我是開飛機的？老婆說，那你就開一回。老陳就拚命蹬。到了家她就開始給兒子打電話。

「兒子，咱別再呆了，」她說。「多好的丫頭，你要給我娶回家。」

陳木年說：「媽，你在說什麼？」

「秦可。一定要。」

陳木年明白了。他說：「媽你說什麼呢。」

母親意氣風發地說：「兒子，能行。媽看出來了，小可喜歡你。眼神都不對了。」

陳木年覺得老倆口有點隆重了。為什麼不想想你們的兒子呢？三無人員，臨時工，花匠，連自己都看不到前途。有拿出手的東西麼。他不想打擊父母，就說，這事你們就別操心了，我會處理好的。怎麼處理他沒說。他也不知道怎麼處理。掛了電話，陳木年盯著老秦家的窗戶發了一陣呆，玻璃後面有含混的人影在晃動。陳木年站了一會兒，神情黯然，隨手抓起陽臺上的一張舊報紙看起來。前兩天的一條小消息讓他眼睛一亮。

消息說，為迎接國際勞動節，經過有關部門幾年的奮力拚搏，五月一日上午九點，我市有史以來第一輛火車將在東北郊新建火車站舉行試行儀式。屆時，市有關部門和領導將出席該儀式，見證這一偉大的歷史時刻，市長某某同志將親自為試行火車授彩。這一儀式意味著我市將從此結束看不見火車的歷史。

陳木年翻開日曆看了看，「五一」節那天正好是週六，立刻興奮起來，他也有機會像領導一樣親自見證「偉大的歷史時刻」了。小城早幾年就開始鋪設鐵路，他還去看過，沿著鐵路一個人在黃昏裡走了很遠，回來後激動得一夜沒睡著。但鐵路鋪完了就沒了下文，火車遲遲不來。據說是資金接不上火了，也有人說這筆錢被前市委書記貪了。後一種似乎比較在理。按國家頒布的統計數字，這小城算是比較貧困的地級市了。上面曾撥下來九百萬的扶貧款，就被前市委書記一分不剩地塞進了自己的腰包，事發了搜他的家，光在空煤氣罐裡就翻出了兩百萬。以這樣的胃口，貪幾列火車難不倒他。單軌鐵路就那麼晾在野外，鐵鏽一天天長得比青苔都快，大家都以為這東西遲早要作廢鐵賣了，竟然又等來了火車。

無論如何是個好消息。陳木年攥著報紙在房間裡走來走去，他想找個人告訴這一好消息。

魏鳴和小日本都不在，他噔噔噔爬上樓，敲開了金小異的門。金小異在睡覺，蓬著獅子頭站在門口，眼還沒睜開。陳木年說，看，火車要通了。

金小異艱難地睜開眼，把報紙都拿倒了，擰著脖子找火車。「哪有？」陳木年找到消息指給他看，建議下週六一塊兒去看火車。金小異眨巴幾下眼，把報紙塞回到陳木年手裡，歪歪扭扭又往臥室裡走，「火車有什麼好看的。睡覺。」

陳木年看到金小異的畫室裡到處扔著畫筆，畫架上的畫剛開了個頭，色塊濃重，顯然是塗了一遍又一遍。他又畫不下去了。梵谷當年不知道是不是也這樣。

「喂，老金，」陳木年隨手翻開書架上梵谷的畫冊，「梵谷也畫過火車，你知道嗎？」

金小異從床上坐起來，「誰說的？我怎麼沒看過？」

「我在一個史料上看的。回憶的那人說，梵谷的火車畫得棒極了，可惜我們見不到了。」

「什麼樣的火車？」

「野火車。穿過野地的，應該就像我們的那個火車。」

金小異來精神了，跳下床跑過來，「下週六？我們一起去看看吧。」

陳木年搖搖頭說：「恐怕不行。可能要忙。」

「兄弟，就當陪我的。想吃什麼？我請客。」

陳木年說那我再想想，提前把事情安排一下。他哪裡知道梵谷畫過什麼野火車，信口胡說而已。金小異真跟梵谷幹上了。有了金小異，陳木年覺得再找幾個人更好玩。好長時間沒正經地出去散散心了。他讓金小異接著睡，下樓回了自己宿舍，坐在書桌前，拿著一枝筆在紙上亂畫，竟然畫出秦可的名字。他明白了，不是想找幾個人一起去，而是想找秦可去，其他人只是遮擋和掩護。人少了他開不了口。

但怎麼跟秦可說，這是個問題。找上門邀請他做不來，只好等，希望在半路上碰到，或者某個偶然場合遇上。他只想到兩個笨辦法，一是在校園裡和家屬區到處走，二是站在陽臺上等秦可經過時先和她打招呼。前一個方法可操作性更大一些，校園就這麼大，想不碰上都難，何況他處心積慮地亂轉。那兩天他幾乎把所有閒置時間都花在樓下的路上了，化學樓，家屬區，菜市場，大學生藝術團活動中心，凡是秦可會出現的地方，他都一遍一遍地繞。真是命不好不能怨政府，偏偏就沒遇上一次。有一回遠遠地看見了，他又沒法把舌頭伸得老長去喊，緊追慢趕還是讓秦可走丟了。

都週四了，陳木年都開始否定自己了，勇氣和信心差不多磨光了。午飯後他午覺都沒睡，決定最後一搏，就在陽臺上站著，盯緊老秦家的樓道口。不信她不露面。一個下午過去了，太陽快落了，站得兩條腿都灰心了，陳木年正打算回屋拿個凳子坐，秦可從老三樓左邊的路上拐過來，他情急之下喊了秦可的名字，聲音很小，除了自己大概別人都很難聽見。但秦可好像聽見了，因為她在那一刻恰好抬起頭向這邊看。他們的目光像四顆子彈撞在了一起。他聽見秦可對他喊：「木年！」還看到秦可對他招手。他轉身就往樓下跑。到了樓下才意識到，秦可有可能只是跟他打個招呼，他屁顛屁顛跑下樓幹什麼。

已經下來了，陳木年硬著頭皮想，死活就這一下子了。他低著頭走到老三樓前，秦可還站在那裡。他走上前，說：「你回來了？」

秦可說：「明晚有空嗎？」

「有事？」

「明晚學校『五一』會演，我多一張票。」

「我想想，應該沒事吧。」

「噢，」秦可說，「你要忙就算了。」轉身就要走。

陳木年愣了一下，突然想到演出裡一定有秦可的舞蹈，趕緊說：「有空。有空。」

秦可說：「真的，沒空就算了。別勉強。」

「沒勉強。真的有空。好幾年沒看你的舞蹈了。」

「你又不想看，當然看不到了，」秦可噘著嘴說。「票我沒帶在身上。明晚你早點到會堂，我在門口把票給你。我走了。」

陳木年說嗯，看著秦可進了樓道，又看到她在一樓和二樓之間的樓道窗口前站了一下，繼續上樓梯。然後想起來，忘記了跟她說去看火車的事。

21

週五下午陳木年下班早，去圖書館查了點資料。與古代文學無關，是關於火車的。幹活時他向許老頭說起即將試行的火車，許老頭沒有驚訝，只是說早該有了，如果早十年通車，小城會和現在大不相同。火車是經濟發展和人才交流的一條長腿，缺了火車跑得就快不了。在陳木年，火車的意義只在於滿足多年來對火車和出走的想像，與城市發展和人才交流的關係他倒是沒有考慮過。許老頭說，應該考慮，全面、立體才行，眼光得大，得遠。又說，你喜歡火車，最好有空找點相關的書籍看。陳木年覺得有道理，下了班就去圖書館找書了。

搜了一圈，關於火車的書很少，零星出現在雜誌裡的內容倒不少。他就先去了閱覽室，找了幾本雜誌翻開來看。有關於火車製造的，有關於火車旅行的，還有關於火車的歷史和記憶的，後兩種他更有興趣。翻了幾本，猛然想起晚上的演出，還有一個小時，他借了一本雜誌就往會堂跑。秦可在演出之前得有足夠的時間來化妝。到了會堂門口，秦可果然已經等在那裡了，手裡正拿著個雞蛋煎餅和一袋牛奶到處看。見到陳木年就在幾個女孩中間搖起了手。

「吃晚飯了嗎？」

「沒有。」

「喏，給你的，」秦可把雞蛋煎餅和牛奶遞給他。「就知道你沒吃。先吃點墊一墊吧。」周圍的幾個女生都看著他竊竊地笑。陳木年紅著臉接過了，說：「不遲吧。」

「遲了，」一個女生笑嘻嘻地說。「秦可早該進去化妝了，就等你的。快點，再不進去團長又該來找了。」幾個女生一起笑起來。秦可說：「去，別胡說！」又對陳木年說：「你也進去吧，有幾個節目還在彩排，你可以邊吃邊看。」

陳木年隨她們一起進去，根本沒人檢票。到了會堂裡面，秦可才給他一張票，最前排靠中間的座位。陳木年在會堂裡從沒坐過這麼好的位子，這地方一般放的都是領導的屁股。舞臺上還有節目在演出之前的最後一次彩排。陳木年坐下來，吃煎餅喝牛奶。彩排實在沒什麼好看的。陳木年不是特別喜歡看這類的演出，平常學校裡有活動，總務處給職工發票，他很少要。中央電視臺的春節聯歡晚會他都沒興趣。吃完了，他看起了雜誌。燈光還不錯，陸續有人落座，會堂裡喧鬧起來。

越來越吵，陳木年實在看不進去了，就到處亂瞅，看著舞臺側後面，那裡已經算是後臺了，很多人在走來走去。他在眾多的人裡找秦可，只有這種時候他的膽量才最大。演出快開始的時候，幕布後面伸出半個身子，還有一隻手在搖晃。那張化過妝的臉他一下子沒認出來，看到那隻搖晃的手他才醒悟過來，是秦可。他就拿著雜誌對她晃了晃。幕布拉上了，燈光暗下來，演出開始了。

前面的演出乏善可陳，陳木年看著看著就走神了。也想不了什麼別的，來來回回就想雜誌上的圖片和文章。都是些火車的老照片，看著特別有感覺，所有的火車都像野火車。野火車這個詞純粹是陳木年的個人發明，他把穿行在野地裡、有點荒涼衰敗的小火車稱作野火車。與那些豪華巨大的現代火車相比，他更喜歡野火車，覺得野火車更有自由、出走、流浪的感覺，甚至是孤獨、悲壯的感覺。它慢悠悠地行駛在野地上，遇到一個小站就停，像離家出走的人一樣，見了人就打招呼，在本質上它是自由邁動的腿，而不是一種用來直奔目的地的交通工具。據說慈禧同志第一次見到火車，不知道它是怎麼跑起來的，就吩咐人找來馬匹去拉。這個傳說在別人看來可笑，陳木年倒覺得很可愛。為什麼就不能用馬拉著火車走呢。蒸汽機讓它跑，馬讓它慢下來，像走。火車走的感覺可能會更好。所以，野火車在陳木年想來，應該是慢的，慢得像一個人在散步。他甚至希望，有朝一日能和火車並肩散步。

大半場演出過去，秦可出場了。陳木年看見一個女孩像隻白鴿子從舞臺的左側飛上來，昂頭挺胸，舒展著四肢落到舞臺中央。她剛站好，一頂花草帽從舞臺右側飛過來，她接住了，腰身扭動的第一下，動感的音樂響起來。陳木年看到秦可閃著烏溜溜的眼，每眨一下都火花四濺。音樂的層次感完全呈現在秦可的身體上，從頭髮到手指到腳尖，一寸一寸地變化，彷彿身體分成了相互獨立的無數節，每一節對應著一個音符，她像楊麗萍似的把身體控制到了具體而微的境界，可以說是相當苛刻了。她讓身體之間相隔遙遠，又讓它們團結一致、嚴絲合縫，她把它們直接置換成了音樂本身。秦可一個人在臺上追逐音樂、創造音樂，草帽前後左右上下躲藏舞動，草帽也成了她身體的一部分、音樂的一部分。她從中間走到舞臺的左邊，左邊觀眾的掌聲響起來；她走到舞臺的右邊，右邊觀眾的掌聲響起來。

秦可一個人在舞臺上獨舞了差不多五分鐘，其他女孩子才上來，八個。九個女孩子排成「人」字形，秦可打頭領舞。這個叫〈草帽舞〉的舞蹈融合了古典和現代的兩種風格，既有東方式的含蓄，又有西方式的大膽潑辣，尤其是秦可清爽俏麗和精確的表演，得到了觀眾的極大歡迎。

整個舞蹈過程中，陳木年的臉都在發燒，管不住的燙。心跳也不對勁兒，都快趕上臺上動感的音樂了。如果他跟前有面鏡子，他還可以發現自己在某個時候下巴曾經掛了下來。當然也不是他一個，很多人在觀看過程中下巴都掛了下來。沒辦法，也管不住。但是陳木年跟他們不一樣，舞臺上的秦可他認識，很認識了。退場的時候，秦可和他幾乎就是面對面，區別只在於她在臺上，他在臺下。他們在臺上和臺下同時看見了對方。然後秦可才在掌聲裡離開了舞臺。

下面的節目接著乏善可陳，兩首歌之後陳木年就不想再看了。他又摸出了雜誌。好在坐第一排，舞臺上的燈光足夠他看清楚雜誌上的字。他看到了一篇與火車有關的散文，不長，但很有味道，其中對火車穿過大地的感覺與他頗有會心。一個叫穆魚的作家寫的〈那些路〉：

火車開過去，十萬條道路從大地上浮起來。從北京到東海，幾千里也，城市、村莊、樹木和行人，然後是光禿禿的冬天。北國的野地裡什麼都藏不下，那些道路一條條浮出大地。我從小迷戀火車，喜歡簡陋蒼茫的小車站，開始坐上火車之後，又迷戀火車經過野地的時分。很多年了，說不清楚為什麼獨獨喜歡窗外一路荒涼的景色。車穿過城市，我有離愁；經過村鎮，我心生溫暖；唯有駛入野地，我才充實、喜悅，莫名的悲壯一般的興奮。

夜火車也好，白晝的旅行也好，我總要把持住窗口的位子，一直歪著頭看窗外。窗外有好景致麼，我就是喜歡看。那些一掠而過的草木和房屋，那些向後倒退的三兩個行人，移動不了，再快也跑不過去的是一片大野地。我說過，只是在火車上我才真正看見了大地，大地之大，大的地。所有的葉子都黃了，慌了，落了，幾棵柳樹繁茂的細枝條叢叢簇簇，竟然是泛著紅色。沿途多處的蘆葦荒在乾枯的河道裡，沒有人收割。還蓄著去年河水的水渠和河流，滿滿當當地結了冰，遠遠看去我以為是一條明亮的路。光滑，慘白，是這個冬天的鏡子。

看，我說到了路，終於找到了。我一直在窗外的野地裡尋找的，大約就是這個「路」。這些年裡堅定地不把目光從火車外的野地裡移開，應該就是因為這些路。現在，它們終於浮到我的眼前。在此之前，它們已經浮出了大地之上，只是我沒有看見。現在看見了，那麼多。像從座下的鐵軌處開始生長，曲折蛇行，盤旋著一塊野地。也有直走的，跟風的路向相同，直來直去。幾乎所有的路都高出地面，這是我在火車上發現的。

冬天裡，它們結實，明亮，如同一條條帶子和河流，它們把大地聚集在了一起。人家說，路是腳踩出來的。其實不如說，路是腳印堆積而成的。所有的腳印都是透明的，無數的人把他們的腳印疊放在一條帶狀的土地上，就成了明亮的路，就有了厚度，它們不得不高出地面。你第一次看到它們，才會發現，它們像突然之間從大地上浮起來。一茬茬人死去，腳印留下來，變成路，交錯，糾結。不知道他們從哪裡開始落下第一個腳印。也不知道這一條條的路最終通向哪裡。

我對每一條路都充滿興趣，它們在我視野盡頭隱入大地深處，它們會在哪個地方結束，又會從哪個地方重新開始。我盯著一條路，看它被兩行樹和一片荒草淹沒。看不見，它也在，那麼多的腳印必要有個好的去處。我想像它如一條水蜿蜒前行，奔向一間屋子，一個人，那個人站在門前，舉起清白的手，她望去路如看來生，她如送如迎對遠道而來的人微笑，在風裡她有鮮活溫潤的身體。那條路在她腳邊停下，然後重新開始，從此布滿大地。

後半截的演出裡，陳木年都沉浸在這篇小文章裡。他覺得文章雖小，但空間卻闊大，精神空間和想像空間都很大，同時不乏動感和浪漫。他覺得這篇文章和他寫過的〈開往黑夜的火車〉有某種隱祕的相似性，而這篇文章的內核似乎更大。這個叫穆魚的作家給他提供了新的經驗，這經驗讓他沉醉不已。陳木年心中充滿了去探望那些路的欲望，他想像明天試行的火車將如何與大地發生聯繫。這種想像讓他激動得發抖，躍躍欲試，拳頭都捏緊了。

然後晚會結束了。觀眾離開會堂，椅子掀起來的聲音此起彼伏。陳木年坐著不動，不想和別人擠，就坐著繼續為火車激動，他也想在這裡等秦可，儘管拿不準她是否會過來。過了一會兒，觀眾幾乎都走光了，陳木年看看舞臺斜後方，裡面的人還在忙活。他想秦可也許已經離開了，他又不好意思到後臺去看，就站起來要走。剛要走，聽見秦可在叫他。她在幕布後面伸出頭，讓他等一下，馬上好。她剛卸完妝，正在收拾服裝和道具。

時間不長，她就和幾個女生走下來。還是進門時等她的那幾個。

「晚會怎麼樣？」秦可問他。

「一般，」陳木年搖著雜誌說，「還不如看雜誌。」

「你不喜歡？」

這時候他們已經出了會堂的大門，兩個男生捧著花等在門外，見到秦可立馬衝上去，爭相把自己的花送上去。他們說，秦可，你跳得太好了，真是太棒了，向你致敬，可以請你吃個夜宵嗎？秦可謝過他們，就拒絕了，說她已經和朋友約好了一起去。她收下了花，隨手給了旁邊的兩個女孩，送給你們吧。那兩個男生訕訕地離開了。

「你真覺得晚會品質很差？」秦可又問。

陳木年這回有點明白了，他覺得自己的頭腦在這方面怎麼就老慢半拍。他趕緊說：「說實話，這臺晚會真是一般，幸虧〈草帽舞〉給它挽回了一點面子。」

秦可吊著右邊的眉毛又問：「那，你覺得〈草帽舞〉怎麼樣？」

「好，」陳木年壓低了聲音，怕旁邊的女孩聽見。「你跳得最好。」

秦可立馬高興了，說：「討厭。我練了好多天呢。我們去吃夜宵吧。」

同行的幾個女生回藝術團排練中心了，陳木年和秦可去了新亞廣場的大排檔吃夜宵。吃夜宵時，陳木年請秦可明天去看火車試行。他想把火車試行的意義盡可能地誇大一番，但秦可已經爽快地答應了，她說，好。

22

凌晨五點陳木年就醒了，怎麼也睡不著。乾脆起來，洗漱過後看了一會兒書，六點時他叫醒魏鳴和鍾小鈴，魏鳴和鍾小鈴週末沒事，答應一起去玩。陳木年又上樓叫醒金小異，約定七點半出發。秦可不要他叫，老秦會叫醒她。老秦每天起得都很早，要在老師們早飯之前把家屬區打掃乾淨。陳木年在食堂吃過早飯，剛回到宿舍，秦可背著小包過來了，一身運動裝。她把看火車當成了野外運動。這是她第一次來陳木年的宿舍，布局擺設和架子上的書都讓她興奮和好奇，她的神態在陳木年看來，又回到了幾年前相互沒有戒備的狀態。他希望兩個人都能夠放鬆地面對對方，但他一直做不到，現在秦可好像做到了。他給秦可推薦了幾本比較經典的小說。

七點半他們準時出發，金小異的東西最多，背著畫架和顏料，包裡還裝了相機和一本梵谷的畫冊。校門口的公車，一路直達。到了火車站才八點二十。

過去荒涼的地方現在門庭若市，通火車不是件小事。圍觀的人很多，有城裡的市民，更多的是周圍鄉村的農民和他們的孩子。他們中的很多人這輩子都沒有親眼看過火車。還有儀仗隊，鼓樂都準備好了，是一群穿制服的中學生，小臉興奮得通紅。還有鋪著紅布的主席臺，有幾個人在往臺上走，勾著腦袋找擺放自己名字的位置。主席臺後面是兩個巨大的氣球，垂下來兩條熱烈祝賀偉大時刻的標語。太陽很好，布滿黃鏽的兩條鐵軌毫無光澤。它們都把自己等老了。金小異挑了一個空閒的地方站住，那地方適合他取景構圖。他讓陳木年幫忙立起了畫架，然後左看看右看看，移到一個最佳的位置固定下來。他開始第一張速寫。除了呼嘯而來的火車，他提前讓其他景色進入了他的畫裡。

秦可和鍾小鈴對繪畫挺好奇，湊上去看。金小異刷刷刷舞動炭筆，周圍的景色就栩栩如生地被搬到了紙上。兩個女孩驚歎不已。但看了一會兒就沒興趣了，她們希望火車能早一點到來。快九點了，一點要來的跡象都沒有。她們倆就和魏鳴到一邊聊天了，剩下陳木年陪著金小異畫畫。時間過得很快，九點四十了火車還沒來，鍾小鈴從旁邊走過來，不滿地對陳木年說，你看，你看。陳木年看見秦可被魏鳴逗得大笑。

「你把秦可叫過來，」鍾小鈴說。「要不他會沒完沒了。」她的表情和聲音都酸得讓人倒牙。她對魏鳴一直不放心，他見著漂亮女人就走不動路。

這時候〈運動員進行曲〉激昂的旋律響起來。要開始了。一群西裝革履的人不知從哪裡冒出來，排著隊向主席臺上走。他們按順序坐到了檯子的中央。

一個穿黑色西裝的男人對著話筒說，火車試行儀式即將開始，請市長講話。大家鼓掌的時候到處在找哪個是市長。主席臺最中間的藏青色西裝對著面前的麥克風咳嗽了兩聲，開始說話。市長五十來歲，陳木年儘管離得遠，依然能夠看到他的臉很大，脖子很短。他說的陳木年基本上都能同步想到，彷彿市長念的發言稿是他寫的。市長強調了火車對於本市發展的巨大意義，回顧了全市人民為了迎接即將到來的火車，付出了多少年的辛苦。在市長的發言稿上，辛苦是量化的，可以用一串串數字表示出來。這些陳木年就不行了，他一聽數字就暈。市長的稿子很長，翻了六頁才念完。巨大的掌聲之後，又一位領導講話。這個稿子不長，但是因為結巴，也花了不少時間。接下來還有三個西裝講話，一個比一個短。越來越有希望了。陳木年他們都站累了，早知道就像金小異那樣一屁股坐地上才舒服。金小異的第三幅速寫都結束了。畫裡的鐵軌上都空著，等著火車開上來。累得難受的還有幾個爬在槐樹上的孩子，他們不得不頻繁地變換姿勢以防一失足掉下來。終於，黑色西裝大手一揮，說：

「迎接火車，奏樂！」

儀仗隊動起來，鼓樂震天。像一個信號，遠處傳來一串火車的汽笛聲。人群騷動起來，很多人只在電視電影裡聽過這種聲音。一個大拐彎處徐徐駛來一輛火車，慢得如同在散步。鼓樂和掌聲一直響著，直到火車近了，掌聲開始稀落下來。車頭後面竟然只有兩節車廂，整個火車就像一條被切掉後半身的黑蟲子慢騰騰地爬過來，樣子很滑稽，驚訝之後大家就笑了。這就是盼望已久的火車，不比生了鏽的鐵軌新鮮多少。

失望歸失望，還是高興，再怎麼說也是火車。陳木年也很高興，他覺得火車就應該這樣，破一點，舊一點，他希望火車能夠一直行駛下去，永遠不停下來。他和在場的人一起，感受到了火車行駛過來時大地的震顫。但它在主席臺旁邊準確地停下來了。

新一輪鼓樂又起，地上到處是人和火車和樹的影子。鐵軌邊有一棵大槐樹，陰影落到了火車上。從陳木年的方位看，有點像梵谷在一八九〇年六月畫的「歐皐景致」。他想跟金小異說，發現金小異正在翻梵谷的畫冊，也找到了這幅畫。金小異說，好啊。

秦可對陳木年說：「我還沒坐過火車呢。什麼時候你帶我坐吧。」

陳木年還沒回答，魏鳴就在一邊說：「有空我也帶你坐。」剛說完，屁股被鍾小鈴掐了一把。他猛地跳起來，說：「你幹什麼？」

秦可咯咯地笑起來，陳木年也跟著笑。喇叭裡說，請市長為試行火車授彩。所謂「授彩」，就是「掛彩」，把一條拴著大紅花的紅綢子掛到火車頭上。市長在眾人的幫助下，先把紅綢子的一端拴在火車的右側，再蹣跚地翻過鐵軌到火車另一邊，把另一頭拴上。大紅花處在了火車頭的中間。剛拴完，鞭炮聲和掌聲同時響起來。兩掛五萬頭的鞭炮一起炸，炸了漫長的一段時間。炸完了，周圍一片煙霧和好聞的硫磺味。

鼓樂聲再起。主持人對著麥克風大聲喊：「試行開始！」

火車開始啟動，冒煙，汽笛聲越拉越長。周圍的觀眾都圍上來，樹上的孩子也跳下來，都想看看火車的腿是怎麼走路的。火車慢騰騰地開始行駛，人們叫起來，現場一片喧囂。大地重新激動得發抖。他們看著車頭和兩節車廂簡單地就從自己面前經過了，覺得不過癮，就跟著向前走。開始是走，接著是小跑，火車開始逐漸加速，他們也跟著加速。火車再快一點，大人們就沒興趣繼續跟著跑了，剩下的都是孩子，一邊嗷嗷地叫一邊成群結隊地跟在後面跑。但他們的速度有限，慢慢開始力不從心，被火車甩在後面。

秦可站在陳木年身邊一上一下興奮地跳，拍著手，叫著火車火車。突然覺得肩膀被撞了一下，看到陳木年從她身邊迅速地衝出去，悶著頭向火車跑去。她不再叫火車火車，而是喊木年木年，不是一上一下地跳著喊，而是跺著腳喊。剛開始的幾聲陳木年聽見了，沒回頭，接下來就聽不見了。他看見撒開腿追趕火車的小孩一個個被他超過，他跑得越來越快，越來越穩健，直到把跑在最前面的一個男孩甩在身後。他找到了晚上一個人在操場上萬米長跑的感覺，比那個還刺激，還興奮，耳朵裡灌滿了風聲和燦爛的陽光，他聽到的聲音只有火車的汽笛和自己的喘息，他的喘息好像從腳底下傳上來的，像大地的脈搏。只剩下了他一個人，他和火車之間的距離越來越近。他覺得兩條腿充滿了力量，渾身有使不完的勁。快追上火車時，他跳上鐵軌的路基，踩著枕木向前跑。快一點。再快一點。他伸出手一把抓住車廂後面的一個把手，腳底踉蹌幾下，試探了幾次後，胳膊猛地用力，縱身一越，雙手扒住了車廂邊框，身體貼到了車廂上，然後調整好平衡和姿勢，身體縱上一下，右腿掛到了車廂上。整個人進入車廂時，他面朝後方。兩個大氣球和紅條幅變小了，那棵槐樹和圍觀的人變得更小了，花花綠綠的一堆。他仔細看，還是分辨不出哪一個是秦可。

火車恢復了自己的速度，陳木年不自主地張開雙臂，從內心到身體瞬間感到了飛翔的快意。他看到巨大的風裹著陽光像雨一樣滿天滿地地落下來。

23

火車到達一個陌生的城市時，陳木年睡著了。醒來發現天在變黑。幾個工人在整理車廂，他們打算把這孤零零的兩節車廂連到另外一輛火車上，他們的說話聲驚醒了陳木年。他從車廂裡站起來，嚇了他們一跳。

「你是誰？怎麼跑車廂裡了？」他們問。

「睡著了，」陳木年打著哈欠說。「請問，這是什麼地方？」

他們說了一個陳木年早就知道但從沒來過的城市名字。這城市和他生活的小城差不多，都不大。這裡離他熟悉的南京更近一點。但是現在天要黑了，回南京和他的小城都不方便。陳木年下了車，決定先找個地方填飽肚子。

車站附近到處都是小飯館，陳木年隨便找了一個麵館進去，要了一碗牛肉麵外加兩個燒餅。湯湯水水地下了肚，吃得身上都冒了汗。飽了。付錢時心裡一驚，只有不到三十塊錢。這個數根本坐不上車。陳木年緊張了。過去他曾想像過沒錢如何在外流浪的事，覺得沒問題，大不了沿街乞討，社會主義社會總是餓不死人的。但真的臨到頭上了，還是慌，不知道該怎麼辦了。按他過去的想法，有四條途徑：一、向家裡或者親戚朋友求救，要錢；二、找好心的司機搭車；三、一聲不吭扒車；四、一路要飯回家。

他盯著面前的空碗想了想，現在是晚上，扒車最合適。扒火車。他向跑來跑去的夥計招招手，一個十八九歲的小夥子過來。陳木年問他對火車的班次熟不熟悉。夥計說，他不熟悉，但他們老闆熟悉，他有一本最新的列車時刻表。其實，車站周圍的飯館裡都有一本列車時刻表，專為用餐的客人提供方便的。他就跟著夥計去吧檯找老闆。時刻表油乎乎的，被無數的手指翻過。陳木年單找去南京的貨車，客車他想不出來怎麼扒。老闆見他只找晚上出發的火車，就問他：

「老闆，你是做生意的？」

「不是。」陳木年說。繼續找。

「想坐免費的火車？」

陳木年的臉唰的就紅了，窮人就這麼扎眼，一下子就被看穿了。「沒辦法，」陳木年說，既窘迫又惶恐，手都抖了，掏了半天才把零零碎碎的二十幾塊錢都掏出來，攤在吧檯上。「錢不夠了。」

老闆的反應出乎他意料。老闆呵呵笑起來，「扒就扒嘛。我年輕時也幹過，那會兒窮，滿天下跑，一分錢不花。小夥子，這事不丟人。」陳木年的內心一下子充滿了感激之情。

老闆替他找到一個去南京的貨車班次，晚上十一點半發車，中途會停，到南京正好天亮。他還讓小夥計帶陳木年走一趟去貨車停靠點的小路。小夥計看來經常幹這種事，輕車熟路，一路告訴陳木年要從哪個巷口拐進去，從哪個地方的牆頭翻過去，大概車停在哪個地方。又說起老闆當年的光榮經歷，從哈爾濱一路扒火車到廣州，一趟幾乎把所有貨車都扒遍了，木材車，運煤車，集裝箱車，電器車，等等。還說起自己，也是從江西扒火車過來的，他覺得扒火車比睡臥鋪都好玩，就是夜裡有點冷，讓陳木年做好心理準備。

探過了路，夥計回去了，陳木年按照老闆的指點，去候車室的椅子上睡了一覺。十點時一個激靈醒來，抖擻起精神準備去扒車。他買了兩瓶水，從小路去貨車停靠點。要不是記住了幾個標誌性的路燈，他很可能就在拐彎抹角的巷子裡轉暈了。在黑暗裡爬過了矮牆，陳木年大氣都不敢喘，看清楚了周圍沒人才跨過兩道鐵軌。那地方有很多貨車，陳木年睜大眼看車廂上的字。一輛一輛地找過去，突然聽到有響動，趕緊貼著車貓下腰來。他看到不遠處有個黑影像他一樣鬼鬼祟祟地貼著一輛火車走，身上還背著個包，那個人也在辨認車廂上的字，他找到了，停下來，選了一節滿意的車廂爬了上去。陳木年心想，遇到同行了。他走過去，拍拍車廂，那人剛躺下去要把自己藏住，被驚得又跳起來。

「誰？」那人驚恐地說。一個年輕人，大學生的模樣。

陳木年笑笑，說：「扒火車？」

年輕人大約也看出了陳木年的身分，壓低聲音說：「別說話。」又繼續躺下了，車上裝的好像是煤。

陳木年就離開了，內心裡生出了不少溫暖。

他越過那輛火車繼續往前走，終於找到了「南京」的字樣。他靠著鐵軌來回走，看哪個車廂更適合過夜，有裝箱子的，有裝毛竹的，還有一些亂七八糟他看不出是什麼的，最後選了裝松木的一節車廂。松木的味道好聞，而且在車廂頭還有一塊空間，躺一個人沒問題。就爬了上去。

時間不長，就有兩個人過來清點貨物，粗略地數點了一遍就走了。繼續有人在附近走動、說話，再後來，火車開了。陳木年借著夜光看錶，十一點半。他的扒車生涯開始了。他躺在車廂裡，聞著松木發出的清香，看見天上一頭的星星。

過一會兒他確信安全了，就站起來，城市已經留在了後面，火車駛進了野地。為了看清楚自己的位置，他爬到木材上向前後望，他處在中間偏後的一節車廂裡。夜風激烈，像一匹匹連綿不絕的布一樣掠過他和火車。陳木年覺得自己的背景浩大，又像無所依傍，風經過腋下有種長出羽毛的錯覺，他找到了在夜間飛行的感覺。有那麼一刻，他覺得火車不是在跑，而是在飛，拖著瘦長的細身子在夜裡搖曳地飛，就像蛇在水裡游動。他對著前方張開嘴想大喊，風灌進去，一下子呼吸都被迫停頓了，聲音出了半截只好收住。但他覺得胸腔裡悶熱，燒得難受，就開始喝水，一口氣喝下半瓶。

黑夜的遠處還是黑夜，發出黑藍的光，目力所及的地平線是灰白的。偶爾有燈光，像固定在大地上的一顆顆螢火蟲。豐饒的大地沉寂了，變得簡單和單調，彷彿只有火車和他是活的。陳木年感到了尿意，解開褲子時感到風像涼水一樣淹沒了下半身。尿在夜風裡拉了一條長長的水線，出了車廂外又彎了一個弧度回到車廂裡，落到了松木上，悄無聲息地擊打著松木。它的聲音在獵獵的黑夜裡被忽略不計了。

這就是他最理想的夜火車。一個人漫無邊際地漂。世界是一個黑色的平面，一列更加漆黑的火車像一把刀把它豁開，留下的傷口立即癒合。癒合後的世界安寧祥和。陳木年抓著車廂站到了後半夜，有點累了，也有點冷，他坐下來，喝了幾口水躺下。躺了一會兒就不得不蜷縮起身子和松木擠到一起。

陳木年被凍醒好幾次，翻一個身接著又睡。天快亮時又醒了，不能再睡了，得趕在火車進站之前溜下車。鐵路邊的人家越來越多，早起的行人也開始出現在路上，離車站越來越近。火車減速時，陳木年扒著車廂瞅準時機跳了下來。他用手梳理著凌亂的頭髮，面前是南京。

24

陳木年回到學校是兩天以後，已經週二了。半下午的時候，他鬍子拉茬地出現在校門口，頭髮和衣服都是又髒又亂，門衛沒認出來，以為是要錢的乞丐，不讓他進。他沒帶證件，證明不了自己身分，幸好小日本騎車從外面回來，才把他給帶進來。

「你可真夠行的，」小日本說，「看看火車就跟著跑了，連班都不上了。總務處打電話找你好幾次。還有你那個小鄰居，又打電話又上門找。沒看出來，你還被這個世界強烈地需要著呢。去哪了？」

「就走走。」

「你真能走，」小日本陰陽怪氣地說，然後自顧唱起了歌。別人又給他介紹了一個對象，昨天剛看過人，他的感覺不錯，正在等回話。

陳木年笑笑，坐在車後座上聽他唱歌。一句沒聽進去。他曠了兩個工作日。在外面的時候不覺得有多嚴重，回到單位還是感到挺難為情的。是他的錯。但他當時實在不想回來。到了南京，本想到長江大橋北邊攔一輛便宜車回來的，他不吃不喝也只夠買個半票了。後來轉了轉，覺得意猶未盡，又繼續等到天黑，找了一列貨車偷偷摸摸爬上去，跟著去了杭州。在杭州待了一天，晚上扒了一列回南京的火車又回來了。他喜歡夜火車上的感覺。為了能夠盡可能長地在火車上醒著，白天除了簡單地吃點東西，逛逛書店，其餘時間都在候車室裡睡覺。睡眠品質還很不錯。今天早上回到南京，身上早飯的錢都不夠了，就在一家剛開門的雜貨店裡把手錶給當了。原價兩百八，當了一百塊錢。吃了飯，又去書店買了一本在杭州看中的書，剩下的錢剛好夠一張車票。現在抱著一本書蓬頭垢面地回來了。

這次出走又成了學校的頭條新聞。重點不在無故曠工，而是他竟然追著火車爬上去，一去幾天不回。很多人都看見了，學校裡的不少師生也去了試行現場，親眼目睹了陳木年突如其來的壯舉。當時還有媒體的記者，電視臺的攝影記者還拍到了他奔跑追趕的錄影，當天晚上就在本市新聞裡播放了。這個影響還不算大，因為只是一個背影，而且陳木年爬上火車的情景沒能拍到。晚報的八卦記者就不行了，專門寫了一篇文章報導這件事，同樣用了一張他奔跑的背影照片。幸虧記者對陳木年的背影不熟悉，不知道這人到底是誰，只是說，本市人民對火車的盼望和熱情濃得化不開，這位追趕火車的年輕人充分表達了全市人民的心聲。這其實是往好裡說。

到了學校裡就朝壞處走了。大家都知道陳木年的光輝歷史，一下子聯繫上了，就想，這陳木年是不是真有點什麼病啊，比如精神上的。頭腦好使的誰會去追火車啊，追就追了，還爬上去，爬上去就爬上去，還不下來，跟著跑了。這叫什麼事。不是三歲兩歲不懂事，都二十五六歲的人了。

如果就到這裡打住，問題也不大，但有些人頭腦就比別人快半拍，他們說，這陳木年又追火車了。當年他到底殺沒殺人，值得懷疑，他一個勁兒地說沒殺，一個精神有問題的人，說話就這麼可信麼？我們憑什麼相信？不能不說這種推斷沒有道理，有點道理你就不能置之不理。這種事，古往今來都是寧可信其有不能信其無，領導又緊張了。

星期三早上陳木年剛到花房，老周就隔著五盆花通知他，張處長找他談話。他和陳木年說話時一直保持五盆花的距離。陳木年出了花房，遇到來上班的許老頭。

許老頭說：「回來了？」

「回來了。」

「沒事，」許老頭說，邊說邊往花房走。「出去走走好。」

陳木年到了處長室，裡面坐著六個人。除了張副處長、三個科長和祕書小孫，還有保衛處的一個人坐在處長旁邊，穿制服，手裡提溜著警棍。

「處長。科長。」陳木年向他們打招呼。

「坐。」

他又坐到了被審的位子上。審問開始。先是曠工的問題。需要陳木年回答曠工的原因和後果，以及自我反省和認識。接著進入細節，主要是扒火車的心理動機、在火車上的想法，以及這幾天在外面具體生活情況。陳木年照實彙報。完了，張副處長說：

「真的麼？」

「真的。」

「只與火車有關？」

「是。」

科長甲說：「與那個事件沒關係？」
「沒有。」
科長乙說：「你肯定你的回憶都屬實？」
「肯定。」
科長丙說：「你是否會偶爾出現精神上的問題，比如多疑、臆想、情緒失去控制？」
「沒有。」
「你們轉什麼圈子？」提警棍的傢伙說，「直說吧，殺沒殺人？」
陳木年當時就呆了，轉了一圈終於又轉到這裡了。「沒殺，」他說。
「真沒殺？」
陳木年噌地站起來，上半身不自覺地前傾，「我說過多少次了，我沒殺人！你們還有完沒完？」
「坐下，」保衛的警棍指著他。
「我要不坐呢？」
「坐下！」保衛站起來了，警棍幾乎碰到了陳木年的鼻尖上。
陳木年一把抓住警棍，拽過來就甩到了一邊，然後將椅子往後一拉，轉身出了門。出了辦公樓他猶豫一下，還是回到了花房。
老周說：「談過了？」

「談過了，」陳木年說。「許老師呢？」

「去試驗園了。」

陳木年抓了一把鏟子就往外走，老周在後面問他都談了些什麼，陳木年沒理他。

試驗園是在操場北邊的空地上開闢出來的一塊園子，歸花房管，試驗的不是花，而是一些農作物和蔬菜。有些項目和生物系合作，搞個嫁接、人工授粉或者品種改良什麼的。大部分是自己擺弄，弄大棚，種蔬菜，可以從中創點收，交給學校一些，剩下的算作幾個人的酒錢。

許老頭正蹲在大棚裡掐黃瓜花。總務處和老周放了話，要把黃瓜的產量大幅度提高，準備這兩年就培育出重達一斤半的嫩黃瓜。許老頭心細，黃瓜增產創收的重擔就交給他了。陳木年進了大棚沒說話，一聲不吭地跟在許老頭身後掐花。許老頭也沒問他，只是告訴他，哪些花是多餘的，要摘掉。

這次小孫沒有及時告訴陳木年領導們的態度，但他猜得到。遲早會找上門來的，他等著。折騰的次數多了，他也無所謂了，該滾蛋就滾蛋。宿舍的電話一響，他就站起來，打算出去接。但領導的指示遲遲不到。他甚至都開始考慮給書打包運走的事了，因為在這個屁大的大學裡，追著火車跑實在是件可大說特說的事。陳木年還在等秦可的電話，聽魏鳴和小日本說，他不在家的那幾天，秦可每天都要打好幾個電話問他回來沒有。現在他回來了，反而不問了。陳木年也不願意在這個時候主動去找她，他真覺得這次非走不可了。

一週過去了，誰都沒有找他，陳木年站在黃昏的陽臺上，想不明白到底是怎麼回事。連抽了四根菸，有點頭緒了，他想，也許人家根本就沒把他當回事，陳木年算哪根蔥啊。這麼一想，覺得輕快多了，像脫掉了一件厚重的老棉襖。第五根菸剛點上，老秦家的後窗戶開了，秦可站在窗前，想躲也來不及了。四隻眼對著看，都不說話。後來秦可離開了窗戶，接著出現在樓道口。三分鐘後，陳木年的門響了。

「火車上好玩麼？」秦可說。

「唔。你怎麼來了？」

「一聲不吭就把我扔在火車站好玩麼？」

陳木年對不上話，半天才說：「對不起。」

秦可的火氣有點消了，繞到靠門的椅子後面，小心地說：「你真像他們說的那樣？」

「哪樣？」

「那個，就那個，」秦可還是指了指自己的太陽穴，「這裡。」

陳木年明白了，淚水陡然就出來了，他坐到床上的過程像個慢鏡頭。

「木年，木年，」秦可搖著兩隻手說，「我沒別的意思。我就隨便說說。都是他們說的。要不，你真去醫院看看吧。」說完了她又想過去安撫一下，猶猶豫豫還是沒走到椅子那邊。

陳木年說：「沒事，你回去吧。」

秦可也不知道該怎麼辦了，吞吞吐吐地說不出話來，急得都哭了。陳木年躺到床上，拖鞋倒頭栽在了地板上。秦可還在說木年木年。陳木年沒說話，頭一歪，眼淚從太陽穴處掉下來。秦可尷尬地站在門前，又不敢上前，囁嚅半天就退出了房間。正好魏鳴從他房間裡出來，叫了她的名字，秦可只應了一聲就眼淚汪汪地下了樓。她的確有點害怕，怕陳木年因為大腦出了問題做出什麼匪夷所思的事來。

第二天陳木年在食堂裡吃飯，碰到秦可去買饅頭。秦可排隊的時候回頭看吃飯的人，兩人對了一下眼，就被食堂師傅叫過去了，輪到她了。陳木年換了一個位子，背對售飯窗口。既然她怕，那就不讓她看見。他邊吃邊扭著脖子看窗玻璃，玻璃上照出秦可的影子，她買完饅頭站在吃飯的人後面看了好一會兒，最後還是離開了食堂。她竟然讓他去醫院查查，陳木年那頓飯喝菜湯都被噎了好幾次。

領導一直沒有繼續表態，但陳木年自覺地恢復了在校園裡低頭疾走的習慣。下了班就回宿舍，能不出門就不出門，待在屋子裡看書抽菸，或者拎著一瓶二鍋頭到樓上找金小異喝酒。金小異對他的到來十分歡迎，他的創作陷入了更大的焦慮狀態，怎麼畫都不滿意。他受邀請參加北京的一個國際油畫藝術雙年展，正在創作一幅名叫「下一個是你」的油畫，剛畫了三分之一，剩下的三分之二步履維艱，每一筆對他既是挑戰又是打擊。現在他每塗上一筆都像對著畫布和自己劃上一刀。而展出的日期越來越近了。

「兄弟，我就快受不了了，」他對陳木年說，過去光滑的上嘴唇上也開始亂了，鬍子好多天沒刮。「該去醫院的是我。你說梵谷那狗日的當年是怎麼畫的？他像頭驢一樣不停地畫，還畫出了那麼多好東西。」

「沒有瘋子，只有被逼瘋的。」陳木年說，「梵谷就是被這個世界逼瘋的。」

他把二鍋頭喝得嘖嘖直響。這段時間酒量突飛猛進，每喝一次就上去一點。兩個人惺惺相惜的時候甚至能喝掉兩瓶，喝到兩個男人啪嗒啪嗒莫名其妙地掉眼淚而毫不難為情。跟金小異相比，陳木年的日子要好過得多。他是躲避的焦慮，金小異則是進攻的焦慮，若繼續久攻不下，末了打敗的只能是自己了。

「那怎麼辦？」陳木年問。

「能怎麼辦？」金小異疲憊地說，「繼續畫。可是，靈感在哪裡。」

25

五月一日晚上，陳木年父母坐在客廳的沙發上看電視，新聞裡出現陳木年奔跑的背影時，老陳下巴上的小肉瘤及時地紅了。紅的速度像火燒的，陳木年還在電視上跑，他就感到了火燒火燎的燙和痛。他下意識地看正在剝花生的老婆，她和他一樣，在最短的時間內認出了自己的兒子，她的下巴掛了下來，剝完了的花生和殼捧在手裡。這個報導過去了，她才緩過神來，花生米掉進盛殼的笸籮裡，花生殼塞進了嘴裡，嚼了兩口覺得不對才吐出來，然後身體開始僵硬地抖。

「木年。木年。」她只會說兒子的名字了。

老倆口懵掉了，心裡慌得像野草在瘋長。他們的第一個想法和學校裡的人一樣，兒子是不是精神出問題了。頭腦沒問題誰會去追火車。不小了。四年前的水門橋事件他們就有點懷疑，好在後來一切正常，現在又來了，他們的神經實在扛不住了。

兩個人誰也不說話，沉默地盯著電視，裡面接下來報導什麼都沒看懂。過了好一會兒，老陳頂不住了，膽怯地問老婆：

「怎麼辦？」

老婆什麼話也沒說，一節節哭出來，像火車由遠而近拉響的汽笛。等到火車的汽笛走遠了，她才抓著丈夫的手說：「木年不會有事吧？」

誰知道呢。電話突然響了，老陳針扎似的跳起來。秦可打來的。

秦可說：「叔叔，木年回來了嗎？」

老陳相信了，電視裡說的沒錯，兒子的確是跟著火車跑了。

「我們一塊兒去的，他把我扔在了火車站，一句話沒說就走了。」秦可在電話裡委屈得哭起來。

「沒事的，小可，沒事。他喜歡火車，鬧著玩的，很快就會回來的，回來了我讓他跟你道歉。」

老陳竟安慰起了秦可，然後問她，木年在追火車之前在幹什麼。他的意思其實是，那會兒木年的表現是否正常。秦可沒轉過這個彎，告訴他，和別人一樣，站在那裡等著看火車。老陳說哦，稍稍有點放心，繼續安慰了秦可幾句，又問了幾句老秦的情況，努力把事情弄淡，才掛上電話。

他們接著大眼瞪小眼，拿不準木年是不是出了問題。他們越來越搞不懂這個兒子了。恐慌之餘，兩人商量了一夜，吸取上次的教訓，這回就裝作什麼事都沒發生，先等木年回來再說。就提心吊膽地活著吧，打碎的牙齒往肚子裡嚥。商量好了，第二天一早陳木年母親給老秦家打了電話，秦可接的，陳木年母親說：

「小可，別擔心。木年早就說要出去玩玩了，就讓他到外面走走吧。他回來了你就告訴我們一聲。」

話說得極其家常，好像電話那頭是兒媳婦，所以兒子回來了要兒媳婦通知他們老倆口，聽得秦可暖洋洋的。但離開家到了人群裡，秦可的感覺又變了，他們的懷疑和煞有介事的推理她根本沒法反駁，反而被帶進了更大的懷疑和恐懼中。木年會不會真出了問題呢。她見過精神病患者，發病的時候六親不認。但她繼續氣憤和不死心，所以不斷地打電話找他。

沒有人知道陳木年失蹤的這幾天，老陳兩口子過的是什麼日子。他們把自己關在家裡，耳朵卻長在外頭，七上八下的心一直堵在嗓子眼，吃不下飯。兒子回來他們都不知道。週三中午，秦可打電話過去，他們才知道木年已經回來了，心落下了一半，老陳午飯就吃了兩碗。他們不敢貿然到學校來看望兒子，擔心自己人把事情給弄大了。過了六七天，還是挺不住了，他們想知道兒子到底怎樣了，就偷偷摸摸來到老秦家。秦可說，看起來問題不大，不過，說不好，誰知道木年腦子裡整天轉的是什麼念頭。這又讓老陳夫婦犯嘀咕了，他們使不上勁。老陳想起了沈鏡白，只有沈教授大約還能明白一點木年的心思。他們給沈鏡白打電話覺得說不出口，就讓秦可打。

按照老陳夫婦的意思，秦可撥了電話，秦可說：「沈老師，木年的事您知道嗎？」

沈鏡白說：「知道。你是？哦，木年的女朋友？」

秦可看看老陳兩口子和老秦，紅著臉說：「嗯，是。」

沈鏡白在電話那頭笑了，說：「這點事算不了什麼，木年挺得過來。你們別亂猜疑，木年這孩子我清楚，他出去走走是正常的，總窩在學校裡不動倒有問題了。磨難是好事，有類似莫名其妙跑掉的衝動和爆發力也是好事，這正說明木年有大的希望和潛力。當然，你們就不要再給他壓力了。」

「沈老師，您覺得，他的一些想法，有問題嗎？」

「有問題不好麼？跟別人沒了區別，那還能做成什麼事？」

權威說話了，大家就安心了。不能不承認，有些事他們不懂。老陳夫妻倆簡直是獲得了新生，歡喜著回家了。秦可也後悔，不該在木年的傷口撒點鹽。她想得找時候「承認錯誤」，表示一下。但這陳木年低下的頭就不抬起來了，見著她就躲，吃了半截飯還要換個位子背過身去，弄得她連下去的梯子都找不到。

眼看著一天一天地過，陳木年就像從她眼前消失一樣，想碰上都不容易了。一天下午遇到魏鳴，問起陳木年，魏鳴說，在練酒量呢，和六樓的金小異對起來喝，聽說現在二鍋頭都能對瓶吹了。魏鳴邀請她去宿舍玩，秦可想了想說算了。她讓魏鳴幫她留個心，哪天陳木年喝完了酒回到宿舍，就給她打個電話。

第二天晚上快十一點時，秦可接到了魏鳴的電話。魏鳴說：「剛回來。有點高。」

秦可說：「好。」

陳木年躺下，半瞇著眼數床頭的書，數到第二摞，秦可進來了。秦可說：「你又喝多了。」

「不多。再來一瓶也沒問題。」陳木年說，頭一歪，哇地吐了一灘到床下。

秦可想，來得可真及時，打掃衛生來了。她去洗手間找笤帚和拖把，收拾完了又端了盆和杯子，讓陳木年洗臉漱口。她把他扶起來，攬在懷裡讓他漱口。漱完了，秦可要把他放下，陳木年不幹了，抱著她的腰不撒手，頭埋到了她懷裡。秦可覺得心跳不對了，撲通撲通既像小偷又像被人偷，從裡到外都紅了。她是過來人，原來仇步雲經常幹這種事，一想幹壞事就往她懷裡鑽。陳木年不是鑽，而是在她懷裡抖，肩膀一聳一聳的，這傢伙一定是哭了。他真喝多了，要不沒這個膽量。要不是喝多，秦可也不會讓他順利地抱著不撒手的。頭腦清醒的時候，誰好意思。她推開陳木年，果然淚流滿面，把她的前胸都弄濕了。

「多了。該死。真多了。」

陳木年又像哭又像笑，咧著嘴說：「多大的事，我怎麼就放不下呢。」

「什麼事你放不下？」秦可說，伸手去拿搭在椅背上的濕毛巾。

「你不明白，」陳木年說，一把抱住秦可，秦可叫了一聲，毛巾掉到了地板上，她說：「毛巾。毛巾。」嘴就被陳木年堵上了。

開始秦可受不了陳木年嘴裡濃烈的酒精味，後來心一橫，認了，倒嘗出了酒的香味。陳木年在她身上亂找，自己都不知道想找什麼，還不死心，繼續找，他的兩手用了不少勁，把秦可的身子架都快弄散了。陳木年的手在她身上磕磕絆絆地遊走了一遍，到達胸部的時候，秦可身體突然直了，開始抖。好在陳木年繼續走，秦可的身體有開始變軟，當陳木年的右手走到她兩腿之間時，秦可又不行了，以最快的速度死死的夾住不讓他動，身體挺一下，又挺一下，嘴張得老大去找氧氣，呼吸都困難了。秦可啊地叫了一聲，說木年木年。陳木年停住了，秦可的樣子有點嚇人，滿色緋紅，頭髮都亂了，整個人處於莫名其妙的激動狀態。她有感覺了，看陳木年的眼神都是迷醉的。陳木年也就停了一下，他的兩隻手癢得難受，不聽話了，就想找個柔軟的東西揉搓一下，兩隻手又撲過去。

秦可說：「木年。木年。你轉過臉去。木年。」

陳木年太陽穴抨抨直跳，說：「小可。」

「轉過去，快轉過去。」

陳木年背過身去。過了一會兒，秦可說，好了。陳木年轉過身，兩隻手先出去了。秦可用一件衣服遮住自己，陳木年衝過去的時候，把她的衣服弄掉了，秦可立刻把衣服拿起來，這回不是遮住身體，而是窩成一團捂在臉上。她把自己脫光了。陳木年看見了一個軟白的身子，發出暖玉一樣的光。細長的脖子。雪白的乳房，乳房上的兩顆紅葡萄。平滑的小腹。還有交叉著的兩腿之間的一團漆黑之物。陳木年的手停在半路，胳膊僵了，身體也僵了，後背不由自主就變得直板板的，接著喝進去的酒全變成了冷汗。他覺得自己應該是打起了擺子，從裡到外的動盪。他在想像裡無數次看過秦可的身體，他想像著她可能的樣子。他也親眼看過秦可身體的朦朧的輪廓，是在秦可洗澡的時候。有一天晚上，魏鳴站在陽臺上叫他，指著對面老秦家的窗戶讓他看。陳木年看到窗戶後面的布窗簾上，一個人影在晃動，儘管含混，依然能夠看出來是個女人的光滑的身體。魏鳴說，秦可在洗澡，他剛才看見她拉上的窗簾。陳木年說，你個流氓，把他推進了屋裡。事實上，他看過那個影子不只一次。在魏鳴之前就看過。一個人站在夜晚的陽臺上裝作吸菸，盯著那個影子告訴自己，那就是小可。

現在，夢寐以求的身體終於無牽無掛地放在他面前了，陳木年卻呆了。他開始膽怯地把屁股往後移，一點點地敗退，同時他感覺身體的某一部分突然歎了一口氣，便不可遏制地潰不成軍，在瞬間如同消失一般找不著了。他一直退到床角，貼著牆，無路可退了還想退。

「木年。」秦可等了很久，叫他。沒有應聲，她只好放下衣服，看到陳木年像個膽小鬼縮在牆角瞪大了眼。此刻秦可倒是坦然和堅定了，把手伸給陳木年，「你怎麼了？」

陳木年突然把自己抱緊了，說：「你，你走吧。」

秦可想他可能太緊張了，就大大方方地說：「我不走。」她早就想過，這輩子應該就是這麼過的。她在做她該做的事。

「走，走吧，小可。」

「不走。」

陳木年臉上開始往下滴汗珠。他的無助讓秦可心疼。但是秦可看到他慢慢地往床邊挪，挪到床邊開始找鞋子，穿上鞋子要站起來，她就伸出手拽他，拽到了他的胳膊，她說你要去哪裡？陳木年什麼話也不說，驚恐地看她一眼，一甩胳膊從秦可的手裡掙脫了，打開門就往外跑，還帶上了門。秦可不知道他要幹什麼，就抱著一團衣服遮住自己在那裡等。有人跑下樓的聲音。她等了好一會兒都沒動靜，就穿上衣服走到陽臺上，如她所料，陳木年就在樓下轉來轉去，菸頭一亮一滅。秦可的委屈上來了，她一個女孩子，都這樣了，他竟然逃跑了。他跑什麼呢。秦可不明白，她坐到椅子上，眼淚慢慢出來了。

她下樓時，陳木年已經不在樓下了。

26

雨點砸在大棚上劈啪直響，十面埋伏一樣。陳木年掐滅菸，對許老頭說，他得出去一會兒。許老頭說過會兒吧，等雨停了。他們倆都沒傘，進了大棚才下的雨。陳木年說沒事，掀起塑膠布就出去了。好多天沒見這麼大的雨了，剛下半小時地上就積了一大灘水。陳木年穿過雨地開始跑，濺起的水像焰火在燃放。

天一陰，辦公樓裡就安靜多了。門衛陪著幾個來辦事的系科領導站在門前，盯著雨看，他們都沒帶雨具。陳木年沒簽字就上了三樓教務處。外間坐著一個科長和一個祕書，科長他認識，姓丁，兩年前還是中文系的教務祕書，升了。丁科長說：「陳木年？有事？」

「我找處長。」

丁科長朝裡間努努嘴。陳木年徑直進去了，鞋子裡的水發出青蛙一樣的叫聲，走過去留下一串濕鞋印。處長在電腦上玩一種叫「連連看」的遊戲，正連到如火如荼的境地，細脖子都快伸到了螢幕裡。

「等一下，等一下，」處長看都沒看他，「快完了，快完了。」然後吐出一口氣，「完了。」還剩兩對就要連完的時候，時間用光了。處長像隻要死的青蛙，兩腿一伸，癱坐在椅子上，「死了。」他看看陳木年，說，「哦，陳木年吧，坐。」他認識陳木年，水門橋事件時他是副處長，扣發畢業證和學位證就是經的他手。

「還是站著吧，」陳木年說。褲腿在往下流水，腳底下汪了一灘。「處長，我想問問一下畢業證和學位證什麼時候能發？」

處長把腰慢慢直起來，「不好說。這事得找校長，他點頭才行。你再等等？」

陳木年說：「那好，我找校長。」轉身就走。他實在等不下去了。來到外間，祕書正在用拖把拖他剛留下來的水腳印。

校長室在四樓。幾個腦袋湊在一起商量事，陳木年敲敲門，幾個腦袋分開了，校長是個胖子，腦袋在中間，所以不存在分開的問題，是別人把他們的腦袋從他周圍移開。

校長說：「木年？進來。」

陳木年想，真不錯，成名人了，誰都認識他。

「找我？」校長說，「來，我們到這邊說。」他推開一扇門，把陳木年帶到了裡面的小會客廳。推門的時候陳木年看見校長的手，他身上唯一清瘦的地方，每一個指甲縫擦得都很乾淨，散發著藥用酒精的味道。他聽別人說過，校長有潔癖，當年下鄉當知青時，在診所裡當過兩年赤腳醫生，養成了用酒精消毒的習慣。

校長說：「聽沈老師說，你最近的狀態很不錯，文章越寫越好了。」

陳木年沒接這個茬，逕直說：「我想問一下畢業證和學位證的事。」

「沈老師知道你過來？」

「不知道。」

「嗯。你要經常跟沈老師溝通一下。」校長說，從茶几底下摸出一個廣口瓶，捏了一個酒精棉球擦起了手。「據我所知，我們學校，像沈老師這樣器重你，怕是找不出第二個了。至於你的證件嘛，」校長站起來，把酒精棉球丟進了垃圾桶。「不要太著急。你好好看書、工作，只要沒什麼大問題，我們會討論一下，盡快發給你的。」

「學校考察四年了，我有問題嗎？」

「有沒有問題不是誰一個人說了算。你說了不算，我說了也不算。你先回去，我和其他幾個領導再交換個意見。怎麼樣？」校長簡單地說了幾句，就開始送客了。

陳木年空手出了辦公樓，雨還在下。他像來時一樣冒雨回到了大棚裡。許老頭看他濕淋淋的樣子，順手摘了個番茄洗了遞給他，吃點東西暖暖，別感冒了。陳木年把衣服脫下來擰乾，又穿上，蹲在地頭一口氣吃了九個番茄。吃完了覺得胃裡有東西泛上來，一張嘴，九個番茄變成了漿糊全吐了出來，地上紅豔豔的一片，可以給金小異當顏料畫油畫了。

許老頭說：「你剛去哪了？」

「問校長要畢業證了。」

「沒給？」許老頭說，挖了個坑把陳木年吐出的東西埋到了番茄地裡。「找沈鏡白，他應該能幫上忙。」

「這是學校的事，」陳木年說。還有半句他沒說，他不好意思再去麻煩沈老師了，他知道，沈老師如果能解決早就幫他解決了。

「他老丈人過去是學校校長，學校能給他的面子應該都會給的。」

這淵源陳木年倒頭一次聽說。「有這事？」

「呵呵，你們都是年輕人，過去的事哪裡知道。沈當年還是學校裡的第一個正教授，三十二歲吧，這個年齡現在好像也沒有人打破。」

陳木年長見識了。他對沈鏡白的了解，除了學生中流傳的事蹟和日常生活裡的一些小習慣外，知道的並不比別人多。「許老師，您和沈老師熟麼？」

「過去算認識，現在他見了我，也未必認識了。下放的時候，還在一塊兒幹過活，一晃多少年了，遠得跟上輩子的事似的。」

「後來呢？」

「後來，下放的夥伴都回去了，我們留下了，辦這個大學。」許老頭說，「再後來，他就變成教授了。呵呵，我慢慢成了個花匠。」

許老頭自我解嘲地笑，然後停下來問陳木年幾點了。陳木年說十一點，許老頭就說，他得回去給老伴煎藥了。剩下的一點活兒，請陳木年多辛苦一下，幹完就可以回去了。陳木年說沒問題，讓許老頭下次接著講下放時候的事。外面的雨還在下，許老頭脫了老式舊中山裝外套披在頭上，歪歪扭扭地進了雨地。

剩下活兒陳木年三下五除二就收拾了，完了坐在磚頭上找出一根發潮的菸抽。吸起來費勁。另一隻手在地上寫秦可的名字。寫完了塗，塗完了再寫。塑膠大棚被雨水壓壞了一個口子，雨水流進來，像看準了似的直接灌進了陳木年的脖子裡。他一個激靈一哆嗦，立刻找到那天晚上看到秦可身體時的感覺，下身像消失了一樣突然空空蕩蕩。空空蕩蕩。他嚇壞了，好像一點感覺都沒有，怎麼會這樣。

27

因為焦慮，金小異的頭髮更捲了，一梳子下去，怎麼拉也拉不到頭。喝酒抽菸都治不了，整夜整夜地失眠。「完了，」他對陳木年說，「是不是當畫家的命到頭了？」他的畫多少天都停留在一個地方，總是找不到下一筆該用什麼顏色。陳木年勸他想開點，別老跟梵谷較勁，梵谷這樣的妖怪，古往今來又能有幾個。金小異不答應，要比就跟大師比，不能把自己降低到一個畫年畫的標準。陳木年開玩笑，建議他找個女人刺激一下，都說藝術家喜歡在女人的肚皮上從事創作。金小異說他不行。昨天剛有個慕名過來的女崇拜者找他，他還是提不起興致。看到一塊肉自告奮勇地爬到他的床上，他就萬念俱灰，世界觀都想改變了。

「那就只能去嫖了。」陳木年開這玩笑的時候，內心裡充滿了惶恐和憂傷。他想到了關鍵時候自己空空蕩蕩的下身。

「嫖！對，嫖！」金小異興奮起來，到書架上去找書。打開一本開始翻，紙頁嘩嘩地響，「找到了！」他把一段文字指給陳木年看：

我們在一個盒子裡放些錢，以備解決生理問題的夜遊之用，買菸草等等不時之需，及房租費用。

這是高更的《野蠻人的故事》裡的一段話。陳木年明白金小異的意思了，他首先要證明梵谷也嫖過，「解決生理問題的夜遊」，顯而易見，這事兩位大師都幹過。其實這根本不需要證明，他早知道梵谷嫖過妓，梵谷在最困頓的時候非常需要女人的撫慰。

「操，我說梵谷為什麼創作力那麼旺盛，」金小異像小孩看見了梵谷正在嫖妓一樣激動得眉飛色舞，「原來問題在這裡！懂了，懂了！」接著金小異拍了一下陳木年的肩膀，「兄弟，我們嫖妓去！現在就走。」

嚇了陳木年一跳，他說「我們嫖去」，像說「我們吃去」一樣坦然。陳木年想這玩笑開大了，趕緊打住：「你省省吧，聽說最近嚴打。」

「嚴打多好啊，嚴打才刺激。」

跟他說不清楚了。陳木年扯個幌子要回去。金小異說：「別裝。」

陳木年說：「老金，別太狠，你就不能讓我裝一次麼？」

「一次都他媽的不行。要麼跟我去，要麼你滾蛋。」

陳木年把自己送到老虎背上了，腦袋轉大了也想不出好辦法，突然想到錢包沒帶，就說，下次吧，一分錢沒有。金小異啪的把兩張老人頭拍到他手上，他請客。現在就走。他把嫖妓當成了救命恩人。陳木年多少有點理解金小異，他不僅是焦慮的問題，而是恐懼，見到畫筆都開始害怕了。金小異在系裡也有個畫室，每天都要在門口徘徊很多趟才硬著頭皮進去。什麼樣的契機對他來說都是救命稻草。現在你讓他去做鴨，或者吸大麻，他同樣會興奮不已。

出了學校門，他們在等出租車。金小異對陳木年說：「你不知道，一看到那半幅畫，我立馬明白活著為什麼比死掉難了。我上吊的心都有了。」

陳木年想，算了，陪他一回吧，就當放哨站崗了。

車子貼著運河南岸走，在石碼頭前停下了。司機曖昧地說，到了。

他們倆下了車，順著石階往前走，拐了一個彎，面前是一條黑咕隆咚的幽深巷子，現在是晚上十點，花街一片寂靜，正經的人家很多都睡了，沒睡的也是一聲不吭。燈光很少。沿街的門樓底下隔一段距離就掛著一盞小紅燈籠，表明院子裡有個做生意的女人。三五錯落，不僅沒讓石板街亮堂起來，反而更顯得花街的幽暗、香豔和詭祕。陳木年和金小異都來過花街，都是在白天，陳木年是因為好奇，和幾個同學一起來瞻仰遊玩的；金小異則是來寫生的，他喜歡花街上的老建築，有一幅題為「花街」的油畫還獲了個什麼獎。因為是白天，他們都沒看見燈籠。只有天黑了燈籠才會升起來，夜晚的花街才是名副其實的花街。

「操，美，真他媽的美！」金小異站在巷子口搖頭晃腦地讚歎，「妓女天生就是他媽的藝術家。沒辦法。」

進了巷子，石板路上反射出清幽幽的藍光，陳木年下腳相當謹慎，還是深一腳淺一腳的，兩條腿不一樣長似的。有幾個男人豎起領子在巷子裡轉來轉去，頭低得看不見臉。金小異對女人不陌生，但花錢嫖還是頭一次，對花街上的規矩也不懂。陳木年也不懂，只聽人說過，把小燈籠摘下來，拎著敲門就可以了。金小異不放心，建議先跟別人學學，兩個人就學著其他男人，把領子豎起來，遠遠地看。一個身材高大的男人和陳木年擦肩而過，腳很快，來到一座門樓下，摘了燈籠就敲門。時間不長，門開了，男人和燈籠進去。陳木年說的沒錯。

「該你了，」陳木年說。

「你先來。」

「還是你先來。梵谷可從不推辭的。」

「好，」金小異說，梵谷都不推辭，他也不能。他提了一下褲子給自己壯膽。「燈籠怎麼摘？噢，看過了。看過了。」

他知道自己躲不過去了，開始數數，說好了摘下從現在開始見到的第六個燈籠。「六」吉利。第六個燈籠和第五個、第七個沒有區別。金小異深呼吸，說，我摘了？陳木年揮揮手，摘。金小異問他要了根菸點上，摘下了燈籠，裡面的小燭火搖曳生姿。金小異看一眼陳木年，訣別似的，敲響了門。門開的時候，陳木年閃到一邊，金小異回頭找他，被裡面的一隻手拽了進去。

陳木年想是不是現在就去石碼頭，約好了誰先完事誰就在石碼頭上等。金小異說，就幾毫升的事，快得很，關鍵是刺激出靈感。陳木年開始往石碼頭上走，一摸口袋，最後一根菸被金小異抽了，他決定先找個地方買包菸。

陳木年在花街上走，快走到頭時看到一家雜貨鋪還開著，就站在櫃檯前找菸。雜貨不少，性生活保健用品更多。陳木年猜後者的生意應該比前者好。買了菸點上一根，他就走到花街盡頭了，攔著是一條寬闊的水泥大馬路，往東走是東大街，往西走是西大街，這些地方他熟。馬路上車輛有點多，亂糟糟的，陳木年拐回頭繼續在石板路上走。

燈籠好像還是那麼多，只是有的被摘了，有的重新掛出來。他看到幾個男人懶洋洋地從小門樓裡出來，舒服得像狗一樣直哼哼。陳木年漫不經心地走，忽然看見在右邊的一個門樓下同時掛著兩個燈籠。實在太招眼了。之前一定沒有，或者只有一個。他對兩個燈籠有了興趣，就走上去看。一個新的，一個舊的；新的鮮豔，舊的泛白。一個院子裡有兩個女人？他沒聽說過。不管什麼生意都是有競爭的。如果只從燈籠看，舊的一定吃虧。陳木年摘下了舊燈籠，看了半天，重新掛上去的時候停住了，用右手中指的關節叩響了門。

很快從裡面走出來一個女人，在朦朧的燈光底下，她的身體看不出苗條，她沒說話，接過燈籠就咳嗽了一聲，陳木年就聽出了她的年齡應該不小了。他跟著她走，心跳得像打鼓。院子不大，除了靠南牆有間廂房，正房只有兩間，兩間的燈都亮著，窗簾都是紅的。青磚的庭中路，陳木年走得漫長。女人帶著他上了臺階，他以為進正對著的房間，女人停了一下，又帶他繼續往前走，去了隔壁一間，掀開門簾，說：

「來客人了。」

一個年輕的女孩走出來，看了一眼燈籠，說：「舊的。」

女人說：「我眼又沒瞎。帶進去。」

女孩咕噥一聲，就把陳木年請進去了。接著門被那個老女人關上了。

女孩二十出頭，臉上化了濃妝，還不算讓人討厭。她對陳木年笑得很勉強，說：「大哥，工作忙嗎？」陳木年不知道哪對哪了，就說還行。女孩倒了一杯水給他，「大哥在哪裡發財？」問得也生硬。陳木年索性放鬆了，清潔工，掃馬路的。女孩就說，「清潔工好啊，應該比較辛苦吧。」陳木年想，算了，你還是別說了，邏輯都對不上了。還行。「先給大哥按個摩吧。」女孩湊上來。她的口音有點怪，不是本地的。身材不錯，長相一般。她的胸部蹭到了陳木年的肩膀。

陳木年打了個寒顫，雞皮疙瘩立馬跳出來了，身體往一邊撤了撤。「大哥是第一次來吧？」陳木年嗯一下。「一回生，二回熟，常來幾次就好了。」陳木年覺得她像在拙劣地背書，每說一句都挺費勁。「別動，大哥，按幾下你就放鬆了。」陳木年受不了她喋喋不休地叫「大哥」，就說：「能不叫我『大哥』嗎？」

「那大哥你貴姓？」

「秦。」

「噢，秦先生。你躺到床上去，按起來更舒服。」

她抓著陳木年的手，把他拉到床上。陳木年又是一陣雞皮疙瘩。除了秦可，他還沒有碰過別的女孩的手。他想起秦可，閉上眼，趴在床上隨女孩又捶又捏。後來，他感覺到女孩停下了。又過一會兒，女孩說：

「秦先生。」

陳木年扭頭一看，女孩已經把自己脫光了，孤零零的兩個小乳房，兩腿之間的黑。陳木年想起了秦可，條件反射似的爬起來，往床角上挪。

「大哥，對不起，秦先生，你怎麼了？」

陳木年說：「沒什麼。沒什麼。」

「你覺得我長得不好看？」

「不，好看。很好看。」

女孩笑了，用膝蓋走過去，把陳木年從床角拉過來，要給他脫衣服。陳木年開始還抱著胳膊不撒手，看到女孩都要哭了，就鬆開了手。女孩說，她媽交代了，要把每一位客人都伺候好。她把陳木年的上衣脫掉了，要脫褲子，陳木年死死地守著，說他自己來，讓他自己來。他讓女孩先把臉轉過去。他迅速地脫掉了褲子和內褲，又拿起衣服捂住下身，說，好了。

女孩轉過臉，笑了，「秦先生，衣服給我好嗎？」伸手去拿他的擋箭牌。陳木年捂得更結實了。「不行，不行。」他說。

「你是說，你不行？」

陳木年又一次意識到空蕩蕩的下身。「不行，」他無地自容地說。

「沒事，我幫你。來。對，放鬆點，」女孩慢慢把身體送過來，抱住陳木年，羞澀地說，「閉上眼。想像你在結婚。這是洞房。我就是你的新娘子。」

陳木年閉上了眼。沒有想像這是結婚，也沒有想像這是洞房，但他把女孩想像成了他的新娘子。在他的想像裡，新娘子長了這女孩的身體，臉卻是秦可的。他在新娘子的教導下，成功地完成了新郎倌的任務。那女孩很投入，在他奮力拚搏的時候，她幾乎是喊著說：

「你行。你行。你行。」

「我行。」陳木年結束後停下來，躺在一邊喘氣，女孩在他懷裡。他撫著她的頭不讓她抬起來，以免看到他的眼淚。「我行，」他說，用另一隻手擦了擦眼角。他對這個女孩充滿了感激。然後有點後悔，他應該把她想像成新娘子的。

他們聊起來，像真正的小夫妻一樣充滿了家常和信任。女孩說，他應該是歸她媽的，因為陳木年摘的是舊燈籠。那個女人是她媽，親媽。她們從運河上游的地方來。她們娘兒倆一起接待客人。她媽掙的錢主要用來交付房租和平時的開支，她掙的都得存著，一分都不能動，等賺得足夠了，她們就回老家去，蓋一座新房子，她媽種地，做點小生意，她去嫁人。她媽所以把陳木年領到她這裡，是因為陳木年年輕，她媽不想早早就壞了她的胃口。陳木年是她的第三個客人。前面的兩個一個中年，一個已經是老頭子了，他們根本不知道心疼人，上來就是一副欠債還錢的架勢，跟替兒子報仇似的，還逼著她做些噁心的動作，尤其那個老頭子，都死了半截的人了，付錢時還賴帳，說好了一百，最後只給了六十。另外的原因是，她媽說了，年輕人一般都爽快，不會在錢上摳門，她不想讓女兒拿著好身子換個低價錢。做生意就得講做生意的話。

「你是不是覺得我們這樣很不好？」女孩問。

陳木年明白她的意思。這女孩實際年齡可能比看起來還要小，說話的時候還像個孩子。他說：「沒有。你們很好。真的很好。」

女孩很高興，把耳朵貼在他的胸前，說：「以後來的客人都像你這樣的就好了。」

陳木年覺得他該走了，再待下去他會恨死自己。

「你要走？不能再留一會兒嗎？」女孩坐在他面前擋著不讓他下床，睡衣裡兩個孤零零的小乳房。「到了下半夜我就不用接待客人了，我怕那些喝多了酒的男人。」

「真得走了，」陳木年不敢看她，繞到床的另一邊下去，開始穿衣服，恨不得立刻就從這裡消失掉。

「那你下次再來啊，」女孩說。「我媽說一百，你就給八十吧。以後你再來。」

陳木年支吾了一聲，心想，永遠也不會再來了。他掏出錢，除了那包菸花掉的，金小異給他的兩百塊錢剩下的全放在女孩的梳妝檯上。女孩說多了多了，用不了。陳木年說，拿著，今晚燈籠就別再掛了。

「謝謝你啊。過會兒我跟我媽說，下次你來就不用給錢了。」

陳木年走出門，又回過頭，對女孩說：「我不是清潔工，我是個臨時工。我叫陳木年。」沒等女孩回答就出了院子。他向石碼頭方向跑。街兩邊的燈籠變少了。

遠遠就看見水裡站著個人影，從身形上看，像金小異。陳木年站在石碼頭上喊老金老金。黑影動起來，向他擺擺手。果然是。陳木年下到水邊，看到金小異下半身淹沒在水裡。

「老金，老金，你在幹什麼？」

「兄弟，我完了！我完了，兄弟！」金小異都變成哭腔了。說完了，一屁股坐下去，河水立刻淹沒了頭。

陳木年嚇壞了，穿著鞋子就跳下去。半夜的水涼得入骨，他以為金小異要尋短見，誰知道剛趕到他沉下去的地方，他又把腦袋露出來了。陳木年抓住他就往岸上拖。「有事也不能在水裡說啊，」陳木年說，「趕快上去！」

兩個人濕漉漉地上了岸，夜風一吹哆嗦成一團。

陳木年擰著褲子上的水說：「怎麼了你？奔四十的人了還玩跳河？」

「完了。完了。」

「什麼完了？」

「我不行了。一點都不行了。我不是個男人了。」

「我以為多大的事，」陳木年說，開始心無掛礙地寬慰他。「不就是不行了麼，不行就不行。不行的男人滿大街都是。」

「你不懂。」

金小異也不擰乾身上的衣服，又坐到了地上。他在花街沒有找到一點靈感和成就感，反而把所有的尊嚴都丟掉了。那女人怎麼幫他他都不行，最後連他自己都不願再試了。他從沒遇到過這樣的情況。過去，無論什麼樣的女人爬到他床上，即使不喜歡，頂多不看對方，純粹的物理運動他還是說得過去的。要是喜歡的就更風光了，當年他春風得意的時候，曾向朋友們誇口，他金某人床上功夫第一，酒量第二，油畫第三。但是今天晚上，他發現，作為男人他形同虛設。

陳木年好說歹說總算讓他把衣服擰乾，往回走他又不樂意了。陳木年又開始杜撰，說你知道嗎，梵谷當年雖然經常嫖，但有一大半時間裡都是不行的。這種焦慮一直刺激著他，也成為他創作動力和靈感來源的一部分，你為什麼就不能向梵谷同志學習呢？

金小異說：「真有這事？」

「當然，」陳木年說。「這下我們可以打車回去了吧？」

28

第二天金小異感冒了，高燒，一大早就給陳木年打電話，說不行了不行了，燒得不知樓上樓下了，只好打電話。陳木年上去一看，金小異兩腮變胖了，燒得像猴屁股一樣紅，額頭燙得可以攤一張雞蛋餅。金小異斷斷續續地說話，說著說著眼珠子就不動了。看來真不行了。陳木年敲了許老頭的門，讓他跟老周請個假，遲一會兒到，他先送金小異去校醫院。

金小異個頭不大，背起來卻挺沉。陳木年擔心他一個人忙不過來，就找了魏鳴和小日本一起過去。路上簡單說了一下金小異昨晚在運河裡的壯舉。

魏鳴說：「操，你們都玩到花街去了，牛！」

小日本更是羨慕，「去了也不招呼一聲。」

魏鳴說：「想去？」

小日本說：「你有老婆了當然不想。」小日本前段時間看的女孩又吹了，他這兩年一直不明白，為什麼那些女人約好了似的，都不給他第三次約會的機會。

魏鳴說：「操，你以為不想？看得太嚴，我都這麼老實了還整天吵架。老陳，說說，搞得爽不爽？」

陳木年背著金小異，累得哼哧哼哧的，說：「沒有，我們就去轉了一圈。」

魏鳴說：「操，去都去了，還不敢說。」

這時候，他們已經到了校醫院。金小異趴在陳木年背上一動不動，但一路上嘴都沒停。一會兒天文，一會兒地理，法國、荷蘭的什麼都說。值班的內科主任白醫生有點幽默感，見了金小異咕噥咕噥不停，就問陳木年：「他在忙什麼？」

陳木年說：「燒糊塗了。」

醫生檢查完了，確定是感冒高燒，開了方子給金小異吊點滴。有護士守著，陳木年他們就可以離開了。陳木年跟金小異說，中午下了班再來看他，金小異嗚嚕嗚嚕直點頭。出了醫院，小日本還盯著問花街上的事，陳木年心煩意亂地說，哪有什麼花事，就在石板路上轉了一圈，抽幾根菸，把金小異從水裡撈上來，就回學校了。

魏鳴說：「別理小日本，他是給毛片鬧的。」

陳木年到校門口吃了兩個水煎包子，喝了一碗辣湯，直接去了花房。中午下了班，從食堂買了兩個人的飯拎到校醫院。護士見到他，像見到了救星，說：「你可算來了。」她說金老師的燒倒是退了，可還是照樣說胡話，而且還會動手動腳，趁打針的時候竟然抓住她的手，叫著什麼「吸菸，吸菸，我真的愛你」，「吸菸」她沒弄懂，但是「我真的愛你」是聽清楚了。她窘迫壞了，因為當時病房裡還有好幾個病人在吊點滴，他們都笑。金小異很嚴肅地說，你們笑什麼？我是認真地。護士說，金老師是不是頭腦燒壞了。陳木年也不明白金小異在說什麼，就問：

「醫生怎麼說？」

「再觀察一下，不行就轉院。白主任現在好像也沒什麼頭緒。」

陳木年進了簡易的病房。金小異半躺在床上，看見陳木年就說：「兄弟，你總算來了，我沒事了。掛完這瓶我們就回去。」

「不急，醫生說再觀察一下，以免病情反覆。」陳木年安慰了他一陣，兩人邊吃邊聊。金小異一直說他的畫，說想起來接下來該怎麼畫了，找到靈感了。搬到一個新地方總能發現自己的天才。然後開始十分專業地講述他對那幅油畫的構想。陳木年聽不懂，就跟著附和，覺得金小異挺正常的。

吃過飯，點滴也打完了。白主任說可以回去了，下午三點鐘再過來。金小異答應了。什麼事都沒有。

下午陳木年上班，沒有陪金小異去校醫院。大約下午五點，金小異到了花房。陳木年問去過校醫院沒有，金小異說去過了，又掛了一瓶，那醫生真可惡，竟然讓他轉院，不讓他回去，他自己拔了針頭偷跑出來的。他的感冒顯然沒治癒，鼻子還塞著，說話嗡聲嗡氣的，一不留神清水鼻涕就流下來。陳木年要帶他去校醫院，他不幹，堅持要回家。那會兒陳木年也快下班了，就和老周招呼一聲，跟金小異一起回去了。走到校醫院那兒，陳木年讓金小異等一下，他去問問白主任。他總覺得金小異有點不對勁兒。

白主任見到他，說正要找他，那金老師正打著吊針，人沒了。

「拔了針跑了。在外面呢。說你要他轉院。」

「他是不是受到過什麼刺激？」白主任說，「老有一些莫名其妙的舉動。給他診斷完，我要離開，他突然拉著不讓我走，語無倫次地說，高更，親愛的高更，你不能走，別丟下我一個人，我已經把房子都漆成黃色了。高更我記得是一個畫家吧？」

「是。」

「我覺得他有點問題，就建議他轉到市第二人民醫院去全面檢查一下，他死活不願意，說他哪裡都不去，他要回他的阿什麼小屋。」

「阿爾勒小屋。」

「對，就是這阿爾勒小屋。你知道？這小屋在哪兒？」

「在法國。」

「法國？」白主任說，眼都大了。在這個小學校，出一趟國跟中頭彩一樣不容易。找不到機會。「他要去法國？」

「他病得不輕。」陳木年說，「我得去找他。」轉身就往外跑。

到了外面，他看到金小異正站在一棵法國梧桐樹下專心地擤鼻涕，擤完了找不到紙巾，順手用袖口擦了擦。「醫生怎麼說？」金小異問，看起來和喝酒時一樣正常。

「醫生說，你的病還沒治好，還得繼續吊點滴，最好能到大醫院全面地檢查一下。」

「那鳥醫生，明擺著想趕我走！」

「要不，現在我就陪你去第二醫院？」

「明天再說吧，」金小異說。「我有點累，先回去歇會兒。」

陳木年不敢太強迫，只好隨他。他把金小異送上樓，關照他按時吃藥，然後憂心忡忡地下來了。他擔心金小異出事。回到宿舍，剛坐下來，無意中看到書架上梵谷的傳記，就隨手翻起來，看到了「西嫣」兩個字。這是梵谷的女人，原名克拉齊娜．瑪麗亞．胡妮克，外號西嫣。梵谷叫她克莉絲蒂娜。護士說的「吸菸」，應該就是這個麻臉而且酗酒的妓女。梵谷曾以拯救她為己任。陳木年覺得問題嚴重了，金小異已經讓梵谷附體了。他想不出該怎麼辦。

因為要向沈老師交一份讀書報告，陳木年晚飯在食堂隨便吃了兩個饅頭，回來就在書架上重新瀏覽看過的書，做好標記以備寫報告時引用。標好了，開始在一張白紙上隨便亂寫。這是他構思文章的習慣動作，沒有紙和筆他的思路就沒有著落。一張紙橫七豎八地畫滿了，天也黑透了。小日本在自己房間裡唱著哀傷的歌，魏鳴則在和老婆吵架。他們吵架的頻率越來越高，鍾小鈴的聲音也越來越大。陳木年聽見鍾小鈴說：

「看不上我就直說，我還沒到非要賴著你不可的地步！」

陳木年不想聽他們吵，把陽臺上的窗戶也關了。這時候聽到有人在樓道裡大聲喊：「不好了，不好了，金老師自殺了！金老師自殺了！」接著就有人敲他們的門。陳木年心頭一顫，拉開門就往外跑，小日本和魏鳴也從房間裡出來。

「怎麼回事？」他們問。

「老金出事了。」

樓道裡那個聲音還在喊，是個女聲。她正往樓下跑，要繼續敲別人的門。她是金小異班上的班長，來找班主任彙報班級裡的事。敲了半天門都沒人應，門卻是虛掩著的，燈光從客廳裡露出來。她就試著推開了門，往客廳一看，嚇得差點背過去。金小異背對著門，坐在鏡子前的椅子上，歪著頭，從脖子處開始往下流血，地上已經汪了一灘，脖子那兒還在往下滴。鏡子裡的金小異從右耳朵往下就鮮血淋漓，鏡子裡的神情有種怪異的癡呆。他的右手垂在椅子邊上，手裡拿著一把水果刀。那女生反應過來就叫起來，往樓下跑，一邊喊一邊敲別人的門。她哪裡見過這場面，聲音都變調了。

陳木年叫住她，讓她冷靜點，這時候魏鳴和小日本都出來了，等他們看過怎麼回事再想辦法。女生膽怯地回來，抓住樓梯不敢跟上去。許老頭開了門，問出了什麼事，陳木年說等一下，他們先上去看看。他們三個人上去了，看見金小異血淋淋地歪在椅子上。

三個人也被鎮住了，站在門口不敢動。陳木年說：「老金，老金！你怎麼了？」

他們看見老金動起來了，動得像個機器人一樣很不連貫。老金轉過血淋淋的腦袋，說：「西奧，親愛的兄弟，你來啦。我把耳朵割掉了。」

他把陳木年當成西奧了。西奧是梵谷的弟弟，一直支持梵谷的繪畫，直到梵谷三十七歲時死掉。金小異完全把自己當成梵谷了。金小異還沒死，只是失血過多，比較虛弱。陳木年對小日本說，快，趕快打一二〇，叫救護車。

小日本跑下樓的時候，魏鳴說：「八成瘋了。」

陳木年找了件乾淨的衣服捂住金小異的傷口，他真把自己的右耳朵割掉了大半邊。割下來的那段耳朵還在血泊裡艱難地抖動。陳木年和魏鳴把他架起來，他一點反抗的能力都沒有，力氣都被血流光了，只是嘴裡嘀咕著：「耳朵。西奧。高更。我的油畫。」他們把他往樓下背，許老頭跟在後面說：「等等，先上點雲南白藥。」他從家裡找出了一瓶雲南白藥。那個女生此刻癱在樓梯口，她已經站不起來了。

救護車很快就呼嘯著到了，陳木年和魏鳴跟著上了車。救護車穿過家屬區，很多人從窗口探出腦袋看，不知道到底發生了什麼事。陳木年和魏鳴在醫院守了一夜，第二天回學校時，醫院已經決定把金小異轉到精神病院了。

路上魏鳴問陳木年：「梵谷割的也是右耳朵？」

陳木年說：「梵谷是左耳朵。」

「操，老金辛苦了半天還割錯了。」

「沒割錯，」陳木年說，「他是照著鏡子割的。到了鏡子裡的梵谷，就是左耳朵了。」

魏鳴笑起來，說：「操，當個瘋子也他媽的這麼不容易。」

29

陪著金小異折騰了一夜，陳木年早上回來睏得要死，沒吃早飯就睡了。幸虧是週六，不要上班。夢裡他彷彿感到了饑餓。上午十點鐘左右，他被老秦叫醒了。老秦來到他宿舍，看他睡眼惺忪的樣子，猶豫一下說，算了，沒什麼事，你繼續睡。陳木年倒清醒了。一定有事。

「說吧秦叔叔，我睡得差不多了。」

老秦說：「小可，她把自己關在屋裡不出來。」

「怎麼回事？」

「我也不清楚。昨晚她聽到救護車響，擔心是你，就跑過來看，回去以後就不對勁兒了。除了去了兩趟廁所，從昨晚到現在都沒出來。不說話，叫也不開門，飯也不吃。要不你去看看？」

陳木年答應了，跟老秦去了他家。秦可的房門從裡面插著，敲了半天也不開。老秦說，小可，開門哪，木年過來看你了。

秦可在裡面說：「我不要見他！讓他走，有多遠走多遠！」

陳木年尷尬地看看老秦，不知道又哪裡得罪了她。

「小可，別這樣。木年剛從醫院回來，還沒睡個囫圇覺就過來了，你開開門吧。」老秦說完，給陳木年遞了個眼色。陳木年就說：

「小可，開開門，我木年啊。」

「陳木年，我不想見你！你給我滾！」

陳木年汗都下來了，「小可。小可。」

「滾！有多遠滾多遠！」

陳木年沒辦法了，看看老秦。老秦也沒辦法，一屁股坐到沙發床上。他指指一把椅子讓陳木年坐。陳木年垂頭喪氣地坐下，徹底不睏了。他掏出菸，給老秦點上一根，自己也抽起來。老秦說：「你們到底怎麼回事？」

陳木年茫然地看著窗外，從這個位置可以看到他五樓的陽臺，魏鳴的紅內褲在陽臺的風裡搖搖蕩蕩。他曾戲稱，那是慾望的旗幟。還有鍾小鈴的內衣，乳罩的兩根帶子飄飄揚揚。他也不知道怎麼回事。

兩個男人靜默著抽菸，都想不起來該說什麼。陳木年覺得，他們的關係在發生著某種難以言明的變化，這靜默要麼是一種確認，要麼是一種質疑和否定。這時候，門卻開了，就一條縫。秦可在裡面說：

「你進來，我有話跟你說！」

陳木年一下子沒回過神，老秦在他膝蓋上拍了一把，陳木年一抖，菸頭掉到了左手背上，疼得又一抖，跳起來。他小心地走進屋裡，剛聞到一股溫潤的暖香味，門砰的一聲在身後關上了，接著銷上了。「小可，」他說。

秦可直直地看著他，不說話。頭髮亂蓬蓬的，一看就是沒梳洗過，臉上的淚痕一道道發亮，眼睛是紅的，眼泡是腫的，一夜沒睡似的。還穿著睡衣，左肩膀的衣服比右肩上的高。她就這麼直勾勾地看著他，看得陳木年心裡亂糟糟的，往後退的時候腳後跟碰到了椅子，順勢坐下來，才覺得稍微安全了點。

「小可，」陳木年又說，聲音低得自己勉強才能聽見。

秦可看了他不下五分鐘，然後才開口。她說：「你幹什麼了？」

陳木年鬆了一口氣，說：「送金老師去醫院了。還有魏鳴。」

「我說的是前天晚上。」

「前天？」陳木年聽見心裡的某根骨頭咯嘣斷了，腰不由自主地彎了下來，又迅速地挺直了。「和老金在外面轉了一圈。」

「到哪兒轉了？」

「新亞廣場。水門橋。還有運河，我們還在石碼頭那兒坐了很長時間。老金就是在那裡跳下水的。」陳木年心想老金啊，對不住了，我只能胡亂編排了。

「就這些？」秦可的聲音開始變調了。就像她唱歌時偶爾會用假嗓子，一用他就聽不出來是誰。

「就這些。」

「好，陳木年，」秦可眼淚嘩啦就出來了，鬆鬆垮垮的睡衣和蓬亂的頭髮一起抖起來。「你還騙我！現在了你還騙我！你以為我不知道，你去了花街，你去找，找了那個了！」

完了。陳木年覺得哪個地方突然響起了尖銳的鈴聲，就像每天早上扎進神經裡的鬧鈴。陳木年張口結舌，頭腦裡一片空白。

「果然是真的！陳木年。陳木年。」秦可悲傷得也不會說話了，她哭得彎下了腰，抱著肚子蹲在地上。老秦在外面敲了兩下門，又停住了。陳木年發完呆，伸手過去扶秦可，被秦可一巴掌搧到一邊，手背上很快出現四個紅指印。陳木年說：「小可，別哭，不哭好不好？」又伸手想扶她站起來，秦可把胳膊往後一躲，「別碰我！髒了我的胳膊！」

陳木年把手縮回來，腰更彎了，往後退到椅子邊，坐下的時候碰倒了椅子，坐到了地上。陳木年坐在地上說：「小可，我是，是，我不知道該怎麼跟你說。」

「都這樣了，還有什麼好說的？那天晚上，我都送上門了，我都不要臉了，你動都不動就跑了，現在卻往那種地方跑。在你眼裡，我連個妓女都不如是不是？我還沒有一個妓女乾淨是不是？」

「不是，小可。你不明白——」

「我明白，我早該明白了。其實你是嫌棄我，看不起我，我被人睡過了，是不是？你是覺得我配不上你了。好，陳木年，從今天開始，我要是再去找你一次，我他媽的就是個賤貨！你走吧，現在你就給我走！這輩子我都不想再看到你！」

秦可憤怒起來簡直變了一個人，像頭歇斯底里的母獸。她被憤怒累壞了，說完了就坐到地上喘粗氣。

「小可，沒有，我沒有看不起你。我真的沒有！」

「好了，陳木年，我不想被人可憐。你走吧，就當我們從來就沒認識過。你走！」

陳木年說：「我不走。」

「你不走？好，我走！」

秦可手撐著地爬起來，轉身就要往外走，陳木年本能地去攔她，他拉秦可的衣服卻抓住了她的長髮。秦可停下了，轉身瞪大眼睛看他，陳木年的手僵在那裡，不知道撒手好還是繼續抓著。他們相持了幾秒鐘，秦可突然從桌上拿起一把剪刀，咔嚓，從中間剪斷了頭髮，陳木年手裡剩下了一把斷髮。陳木年愣了，手裡的頭髮落下去，開始掉落的速度很快，分散開了以後就慢了，一根根一綹綹飄飄悠悠地墜落到地板上。

陳木年說：「我走。」

拉開門，老秦站在門口。看到陳木年，老秦轉身過去，重新坐回沙發上。「我都聽見了，」老秦說，聲音低沉。「你坐。」

陳木年說：「秦叔叔。」

「我也不想說你什麼，年輕人誰沒有犯過錯。你和小可，我是一天天看著你們倆長大的。算了，我不說了。不說了。」

「我沒有，看不起小可，」陳木年說。「從來都沒有。」

「那就好。」

「說真話，秦叔叔，我現在這樣子，有資格看不起別人麼？我倒一直擔心秦可看不上我。」

「你們這些孩子，」老秦說了半截子就打住了。不再吭聲。

兩個男人繼續沉默著對坐，各自低著頭抽菸。一根接一根。一盒菸抽完了，老秦從抽屜裡又找出一盒，繼續抽，還是不說話。一起等著秦可出來。老式掛鐘敲了十二下，秦可的門開了，從裡面走出一個穿女式睡衣留寸頭的清秀小夥子，兩個男人吃了一驚，細看才發現是秦可。她把長髮剪了。

當時秦可把頭髮剪斷一半，是出於氣憤。剪掉了，陳木年出去了，她一個人坐到梳妝鏡前難過。氣是慢慢小了，委屈卻越來越大了。怎麼能不委屈呢，一個溫柔漂亮的女孩子，背後追的男生可以編一個加強排了，都不正眼瞧一個，一心一意喜歡你，甚至願意把身體都給你，你倒好，送上門的不要，反而花錢去嫖那些不三不四的女人，讓人家怎麼想。難道真的連一個妓女不如？她可是真心喜歡你。這到底是怎麼回事。

秦可委屈過來又氣憤，恨自己恨得牙根癢癢，甚至覺得自己犯賤。一氣，又開始剪頭髮，就像過去心情不好喜歡去理髮店擺弄頭髮一樣。越剪越氣，越氣越剪，頭髮越來越短。等到已經短得跟男孩子一樣時，秦可看著鏡子裡的模樣淚流滿面，地上落了一圈黑頭髮。她保養了多少年的成果就這麼沒了。多少年。她一想到漫長的歲月就心生蒼涼。從很小的時候起就喜歡的人，就這樣對她，你說還有什麼意思。由蒼涼逐漸感到了荒涼，秦可一點一點地剪掉自己的頭髮，風從窗外吹進來，她感到了頭皮發涼，鏡子裡的長髮女孩已經變成了寸頭的小夥子。

現在，她出來了。陳木年站起來，張嘴結舌說不出話來。秦可的這副形象實在是他做夢也想像不到的。「小可，」他說。秦可沒理他，進了衛生間，砰的關上門。

陳木年覺得他該走了。老秦也站起來，陳木年讓他留步，給秦可弄點吃的吧，她已經很長時間沒吃東西了。臨走的時候他終於鼓足勇氣，他對老秦說：

「我只是想看看自己到底是不是真的不行。」

說完就出了門。回宿舍的路上他低著頭，一直在想秦可是怎麼知道他去了花街。這事只有他、金小異、魏鳴和小日本四個人知道。他和金小異不可能說，魏鳴昨天一夜都和他在醫院裡，只有小日本了。他平白無故大這個嘴巴幹什麼？陳木年想不通就到了宿舍。魏鳴還沒起，鍾小鈴在給他做飯。他直接敲響了小日本的門。小日本開了門，又坐回電腦前，說：

「我以為誰呢，有事？」

「昨晚你跟秦可說什麼了？」

「沒說什麼呀。」

「她怎麼知道我去了花街？」

「我不是故意的。她聽到救護車，擔心你出事，就跑過來。聽說是老金去搶救，就問原因。我就說了，先是在石碼頭的水裡感冒，才逐步發現精神不正常，然後割了耳朵。她就問怎麼跑石碼頭去了，我就說了。我也是實話實說，不是故意的。」

「你說我們去花街找女人了？你不是故意的，你是有意的。」

「什麼意思？」

「什麼意思你比我清楚。現在你總算報那個什麼李玟的一箭之仇了。」

「那件事不怪你麼？要不是你，我們可能早就上床了！」

「我既沒有勾搭她，也沒有被勾搭上，關我屁事？」

「那你有膽量去花街，為什麼沒膽量在她面前承認？」

陳木年被堵住了。這對他來說是個二難推理。他急速地喘了幾口氣，憤怒地帶上門，出了小日本的房間。

到了晚上，小日本可能覺得自己做得有點過了，就主動來到陳木年的房間。說他剛弄到一部超刺激的毛片，人跟畜生搞，問陳木年有沒有興趣。陳木年說沒有，忙著呢。小日本嘿嘿地笑了兩聲，說，那你忙，我去問問魏鳴。

30

許老頭最近有點不一樣。不再跟陳木年一起到外面吃水煎包子和辣湯了，都是買了帶回家吃。開始愛說話了，有時候半天都停不下來嘴。陳木年開始還沒覺得，幾天以後，因為他們說話中一個巨大的空檔，誰也不吭聲，陳木年有點不適應，才發現許老頭竟然一個上午都在說。他已經這樣好多天了。

他講的是年輕時下放的事，關於周圍朋友的，下放的村子裡的，從不說自己。陳木年對這些老古董有興趣，一聽就進去，下了班還惦記著下回分解。他並不追問為什麼許老頭自己總是置身事外，偶爾問一下，當時您在幹嘛？許老頭就支過去，在餵牛呢，在割草呢，或者在井邊打水、睡大覺呢。陳木年也就放了他，繼續聽故事。他感興趣的是那個莫名其妙的年代，而不是熱衷於打探許老頭的個人隱私。照許老頭講的，那真是彎腰就能撿到好故事的年代，掏掏口袋指縫裡就能撒出一把來。

許老頭他們剛來，就住在北郊的一個叫棉花莊的村子。那時候棉花莊正兒八經是村莊，周圍一大片野地，爬到屋頂上才能看見小城裡的樓房。現在不行了，城市雖然小，蔓延繁殖的速度也驚人，現在的棉花莊已經成了小城最大的居民社區，六層樓的房子一棟挨著一棟，只在花園裡能找到青草。陳木年去現在的北郊就要經過棉花莊，它已經是城裡了，有幾個同事還在那裡買了房子。

「那時候都是土房子，」許老頭說。「我們背著鋪蓋捲到了棉花莊，看到屋頂上青草茂盛，一間屋上的草能吃飽一頭牛。覺得到了世外桃源。」

一夥來了十五個，大隊部裡沒睡覺的地方，支書就把他們分散了安排到老鄉家裡。棉花莊不大，八十多戶人家，都窮得丁當響，這家留一個，那家留兩個，最多的一家留三個，因為這家有一間很大的空房子，原來是做磨房的，後來磨房被當成「尾巴」割掉了，就一直空著，裝三個小夥子綽綽有餘。收留一個兩個的人家，順便就解決了他們的吃飯問題，大隊裡給房主補貼糧食，他們掙的工分折算成實物也給寄居的房主家。那三個住一塊的，人多，就自己做飯，除了交一點給房主，掙多少吃多少。許老頭繞了半天，說的最多的就是這三個。一個叫四眼，一個叫老開，一個叫專家。都是外號。十五個人都有外號。四眼、老開和專家是同一所大學的，專業不同，因為在同一場大辯論中犯了相同的錯誤，被上面大手一揮，下去，他們就下來了。

陳木年自作主張，問許老頭：「您是四眼、老開還是專家？」

許老頭說：「都不是，我一個人住。和他們鄰居，大大小小的事基本都知道。我和老開玩得好，經常去他們屋。」

當年許老頭是個忠實的旁觀者。

他說村支書喜歡站在高處說話，喊一聲上工了也要爬到屋頂上，所以就大隊部的屋頂不長草。四眼、老開和專家睡眼惺忪地推開門，一邊伸著袖子一邊往田野裡跑，跑到半路才想起來鐮刀沒帶，鋤頭沒帶，又跑回來拿，兩趟下來才徹底睜開眼。他們看起來忙得不行，十五個人都忙得不行，但真正能幹活的不到一半，都是城裡人，來棉花莊之後才看出水稻和韭菜的區別。操起鐮刀也彆扭，怎麼看都像要自殘，鋤頭看準了往自己腳上刨。支書怕了，說這幫小伢子沒的用，白長了一米七八的大個子，跟肥料追多了的麥苗，只顧長空秧子了。他跟村裡的幾個領導商量下，決定讓他們幹點非技術性的活，割草，放牛，餵馬，搬口袋，拉車運糞之類的。四眼他們三個被任命為馬倌，他們哪裡幹得了，夜裡起不來，一覺醒來天就亮了，一個月下來馬掉了膘，屁股上鬆垮垮的只剩下皮包骨頭。支書只好換人，讓他們三個餵牛。牛皮實，草跟得上就行。

他們的任務就是割草、放牛、拌料，打掃牛圈。許老頭說，他看見他們整天跟牛在一起。他要跟老鄉們一起幹活，所以很羨慕他們。去野地裡放牛就騎在牛身上，懷裡抱著兩個化肥袋子，回來時袋子裡割滿了青草，牛馱著，他們跟在屁股後頭走，一路吹口哨，很愜意。放牛的閒置時間多，他們就到瓜地裡偷瓜，到桑樹林裡偷桑葚，也會從地裡挖紅薯烤著吃，甚至還烤過老鄉家的一條狗。他們下了一個套子，拴住狗，每人輪著上去給一棍子，打死了，老開負責剝皮清洗，四眼和專家挖坑點火，吃不完塞在青草袋子裡帶回家，半夜裡爬起來偷偷地吃。狗皮胡亂埋在地下，第二年老鄉整地翻了出來，誰也不認帳。

然後，許老頭說到了那家房主。姓黃，一家三口，有個十七歲的女兒叫園草。原來是四口，小兒子在他們來之前死了，得的是怪病，家裡的錢花乾了也沒弄清是什麼病。據說園草的祖父曾是地主，被革了命，除了兩間空房子和成分不好的壞名聲，什麼也沒留下來。許老頭說，他想說的其實是黃家的女兒園草。當然是個漂亮清純的鄉村女孩，這從許老頭突然發亮的眼神裡能看出來。他說，當年一起下來的小夥子都喜歡園草，看見了就像大夏天裡喝到了深井裡的涼水，咂咂嘴都有清甜的香味。

「是不是三個人打起來了？」陳木年問。

「沒打。鬥起來了。」

三個人裡四眼最大，二十一歲，老開和專家都是二十。從心眼上說，四眼多一點；論聰明，要數老開。三個人都喜歡園草，但老開最先退出來，他覺得三個人暗地裡較勁沒什麼意思。他的心思也不在這裡。老開從來到棉花莊時就打定主意要離開，他老家在南方，無論哪方面都比棉花莊要好。他是學哲學的，準備以後做名揚天下的哲學家，在棉花莊抱著鋤頭是抱不出哲學家的。此外，老開和專家一樣，家庭成分不好，父母現在還戴著大帽子。這頂大帽子加上自己的錯誤，已經夠他喝一壺的，再找個地主後代在一起，這輩子是翻不了身了。他權衡再三，還是不願意留在棉花莊，所以，和四眼、專家他們一起暗鬥了幾個月，就主動放棄了。

剩下四眼和專家，兩個人都一門心思喜歡園草，有機會就往她身邊湊。在那個時候的農村，女孩十七歲不算小了，該知道的都知道了，她明白很多人喜歡自己，越發地羞澀和美麗起來。黃家成分不好，但人好，逢年過節有什麼好吃的，就讓園草端過去給他們改善一下生活。平時也很照顧他們三個的生活。他們三個有機會也回報黃家，當然也是為了討園草的歡心，從大城市裡帶來的東西，在棉花莊多是稀罕之物，他們爭搶著送過去，黃家很高興，他們也因此受到村子裡的羨慕，他們和這幫小伢子的關係之親密，也是別的人家沒有的。和其他小夥子比起來，四眼和專家有先天的優勢。因為這優勢巨大，別的人慢慢就死心了，爭也爭不過，而且黃家的丫頭和四眼、專家他們倆，好像對起眼來也是不一般的神情，索性靠邊站了，就等著看結果，是四眼勝還是專家贏。

「結果怎麼樣？誰贏了？」陳木年問。

許老頭打住了，不說了，看看錶，到下班時間了。又是一段空白。許老頭講完了神情沉重起來。「得回去了，」他說，搓掉手上的泥站起來就走。陳木年跟上，一起去買水煎包子和辣湯。包子店的老闆說：

「許老師，最近怎麼老買回去吃？」

「有點事。有點事。」

一起回去。陳木年心裡有點數了，到了五樓，他問許老頭可不可以到他家去看看，鄰居這麼久了，還沒登門拜訪過呢。許老頭笑笑說，以後再說吧。

陳木年說：「是不是師母——」

許老頭說：「這兩天身體不好。」

後來陳木年知道，豈止是不好，而是極差，這段時間更加惡化。許老頭每頓飯都要陪著她吃。許夫人一般的飯食不能吃，只能吃一點流質，比如牛奶什麼的，小米稀飯吃起來都有困難。多少年了，基本靠藥物維持。許老頭買回來吃，主要是想多陪陪老伴。

31

許老頭繼續說：「開始是四眼贏了。」

下放到棉花莊的一夥年輕人，開始都以為很快就能離開，要麼繼續到大學裡念書，要麼回城裡工作，但沒想到，一待就是四年。當然，誰也不知道什麼時候能夠離開，明天遙遙無期，所以大多數人也就不管不顧，該幹什麼幹什麼。四眼和專家繼續追黃家的園草。旁觀者看來，兩個人勢均力敵，園草最終喜歡上誰他們都不會意外，但對當事人來說顯然不是這麼回事，四眼的可能性更大一些。四眼是學中文的，認識的字比別人多，他看的書是整個棉花莊都沒見過的，初中畢業的在棉花莊就已經算是高級知識分子了，他們一翻開四眼的書就頭暈，句子都念不通順，斷不了句。四眼說話也比人家會轉文，他的很多話棉花莊人聽不懂。還能寫一手好文章，當初就是因為會寫，在大辯論時寫了文章貼在學校的海報欄裡才犯了錯誤，大隊部的屋山頭要出黑板報，支書親自來找四眼，這活兒只有他能幹。而且還戴著眼鏡，除了老花眼，棉花莊有幾個人配上戴副眼鏡。

園草喜歡他純屬正常。園草也有不喜歡的地方，就是四眼太會說了，太有主張了，總是拿出一副老師的架勢教訓她，指點她這個好那個不對。四眼對她說，只要學會了城裡的那一套，她就比城裡姑娘還城裡姑娘了。為什麼非要是城裡姑娘呢？園草想不通。另外一個，就是四眼經常提她祖父的事，他覺得她祖父連累了她家，完全是居高臨下、欲挽救而不能的口氣。園草不喜歡他跟別人一樣，動不動拿地主說事。但當四眼戴著眼鏡梳著分頭來到她面前的時候，她覺得那些其實也並不多重要。

專家念的是理工科，沒四眼乾淨俐落，倒是隨意自然，不太愛說話，但老實能幹，修修補補的什麼都難不倒。大隊部的大廣播壞了，他搗鼓幾下就響了，村民家裡的小廣播壞了，他拍拍打打也沒問題了。還會改造農具，比如改變鏵犁的形狀以減少泥土的阻力，調整水磨上水斗的位置增加動力。甚至還建議了棉花莊一條主幹渠分支的改道，大隊部採納了他的建議，立竿見影，很快就解決了一百畝水稻田的灌溉問題。專家顯然是個能人，棉花莊人都感謝他，可是他人悶，話少，不愛冒尖，放在十五個年輕人裡也很難三兩眼就挑出來。

兩個人都不錯，園草就犯難了，園草的父母也犯難。他們也看出女兒的心思了，就這兩個，可這二選一，舉棋不定啊。另外，他們也不能盲目樂觀，人家畢竟都是大學生，城裡人，就是落魄了架子還在，而且說不準什麼時候就拍屁股走人了，走人勢在必行，早晚的事，人家能不能真心是個問題，若真走了，園草怎麼辦更是問題。說到底，咱們家的園草是棉花莊人。

因為三方都有自己的心思，誰也沒法輕舉妄動，所以就這麼耗著，一耗又是一年。棉花莊變化不大，外面的世界卻是天翻地覆，這幫外來戶心裡都明白，要變了，一定會變的。各人的小心思都藏在肚子裡，誰都不說，但誰都在背地裡暗暗地使勁。能使上勁的，就城裡鄉下兩頭跑，使不上的，就對著鏡子咬牙跺腳。明天你決定不了，那就等，然後一遍遍念叨謀事在人成事在天。四眼和專家也在使勁，表面上還是很好的朋友。

黃昏時他們倆從野地裡放牛回來，牛拴上槽頭，開始鍘青草。把青草鍘得短一些，防止牛為了趕蒼蠅牛虻把草當尾巴用，甩得到處都是。往常是專家鍘草，四眼續草，今天四眼說，他的腰有點疼，蹲不下來，讓專家續，他鍘。專家不常續，不太熟練，他讓四眼鍘落得慢一點，草放妥當了再落。六袋青草都得趕天黑前鍘出來，他們越鍘越快，專家續草的技術越來越熟練。鍘到第五袋時，專家的草還沒放停當，四眼的鍘就下來了，活生生地切下了專家的手指。專家大叫一聲，當時就疼暈過去。四眼趕快喊老開，去叫醫生，去叫醫生！赤腳醫生正和泥打圍牆，背著藥箱赤著腳兩腿泥就跑過來了。包紮完了，他對已經被疼得重新清醒的專家說：

「廢了，手指。」

專家看著紗布裹起來的手，憋著，圍觀的老鄉們散了，園草照顧了半天也離開了，他才哇地哭出聲來。

陳木年下意識地歪頭去看許老頭左手的那兩個斷指，許老頭往後把手往他面前亮了一下，說：「專家的是右手，就一個手指。食指。」

「那你的這個怎麼回事？」

「切紅薯切的，」許老頭說，比劃著切紅薯的機子簡陋的形狀。「那時候就用那個，把紅薯放在刀片前，右手拉著一根木杆把紅薯往刀片上推，不斷地放和推，紅薯乾就切出來了。我的左手跟著紅薯一塊兒被推過去，就成了這樣。」

陳木年說：「哦。」過了一會兒，又問，「後來呢？」

「四眼慢慢就贏了。」

雖然只是少了兩根手指，也還是殘廢。專家很長一段時間裡都低著頭，更不愛說話了，見到園草就躲，十天半個月和園草都說不上一句話。放完牛幹完活就鑽進屋裡不出來，吃完飯散步也不再和四眼或者老開一起出門，而是一個人溜著牆根獨自走。而在這個時候，四眼享有了和園草接觸交往的所有機會。棉花莊人都看見了，黃家的姑娘和四眼兩個人經常有說有笑地走在村子的中心路上。

如果事情沒有變化，園草和四眼的事很可能就這麼定下了，問題是事來了，十五個人中的一個從城裡回來，偷偷地告訴另一個同伴：有希望了。他讓對方保密，對方答應了。但和他本人沒能保住密一樣，同伴也沒能保住密，儘管他們每個人都極力要藏住這個消息，可這是多麼大的驚喜和激動，哪由得了你。幾天下來十五個人都知道了。都知道才發現不對頭，競爭開始了，都想著回去，車找車道，馬找馬道。最先離開棉花莊的是老開。得到消息的當天他就去了城裡，回來對支書說，剛打電話回家，父母身體不好，他得回去探望一下，支書准了他的假。老開不僅回了家，還回了學校，能活動的人都活動了，很快就有了消息，上面的下來通知，說老開是個好青年，通過四年的勞動改造和鍛鍊，進步很快，當初的錯誤也澄清了，純屬誤判，現招回學校繼續讀書。

老開走了以後，剩下的人陸陸續續都離開了棉花莊。四眼和專家沒動，專家什麼行動也沒有，照樣幹活，照樣去集市上吃水煎包子和辣湯，好像打道回府這事和他沒關係。四眼開始也不打算走，雖然跟園草沒有把話挑明了，但心裡都有數，只要捅破一層紙，就算定了。但一起來的同伴一個接一個地走，四眼坐不住了，心裡敲起了小鼓。離開和留下，兩者的利弊，帳不難算，他開始在背地裡打起小算盤。愛情，事業，幸福，前途，每天擺上幾百遍，家裡人又催得緊，他被弄成了一隻找不到路的螞蟻，整天打轉。園草的父母看出來了，覺得這孩子不行了，靠不住，這才到哪，一輩子還沒開始呢。園草倒是為四眼考慮，讓他離開，棉花莊一個窮地方有什麼好，再好也不過是個農民，還是走吧。四眼想想他的宏偉大志，覺得園草說的有道理，決定還是離開。那幾天他幾乎見不著園草的面，園草一個人跑沒人的地方流眼淚了。四眼也不好意思再去找她，就忙自己的事。

專家這時候出現了，主動去勸慰園草。四眼也知道，不反對，反而鼓勵，覺得專家如果留下來完成他未竟的事業，也算是對園草的補償和安慰，又送個大人情，難過的確是椎心的難過，但何樂不為呢。

「最後結果呢？」陳木年迫不及待了。

「專家贏了。」許老頭說，「他堅持到底了。四眼最後也沒走，他不知為什麼又決定留下了，但他失去了園草。就這樣。」

「四眼和專家都留下了？」

「都留下了。」

「他們現在的生活如何？」

「誰知道呢。誰能知道別人的生活。」

陳木年突然說：「你是專家！」

「我？」許老頭笑笑說，晃了晃左手，「你看像麼？」

許老頭是個左手殘疾的花匠。他從花叢中站起來，背著手往外走，下班了，他要回家。

32

有一天許老頭高興地跟陳木年說，老伴的病好多了，能下床活動了，飯也能做了，什麼時候請陳木年去他家吃飯。陳木年說好，他對許師母很好奇。那幾天許老頭果然就不再出去買水煎包子和辣湯了。過了幾天，陳木年和許老頭一起在花圃裡修剪花枝，看見一個瘦弱清秀的老太太推開竹籬門進來，進來的時候咳嗽了一聲，許老頭觸電似的抬起來，扔下剪刀就跑過去，說：

「你怎麼來了？」

老太太說：「你看，我不是能走麼。」

陳木年想，終於得見了真容，也迎上去，和許老頭一起要攙她，叫她「師母」。

許師母說：「你就是木年吧？如竹每天都要說起你，誇你呢。」

陳木年說：「許老師是鼓勵我。師母，我一直想去看您，許老師不答應。」

「是我不答應。都老太婆了，又是個病秧子，哪裡能見人。」許師母皮膚蒼白，因為走路泛出病態的紅，身體還是比較弱。「我走了一圈了，」她對許老頭說，陳木年聽出了她在對老伴撒嬌。「樓下，操場，還看了一下大棚，以為你在那兒。」許老頭激動得鼻尖冒了汗，老伴已經好幾年沒有到處走動了。他說：「當心，你當心點。」

許師母說：「沒事，你忙你的，我就看看。多久沒出門了，都變大樣了。」

許老頭又囑咐她當心，繼續修剪起花枝，一邊不斷轉頭看她，滿臉年輕而又曠達的幸福。許師母就站在身邊，看他修剪，幫他扶著花枝，兩個人不太說話，周圍是老人才有的安妥人心的靜。陳木年感到一種祥和與慈悲，他也不出聲，不敢出聲，走到了離他們遠一點的地方修剪。

後來他停下來休息，坐在石凳上抽菸。許老頭還在剪，把多餘的枝條和枯萎的花剪掉。許師母說，這個要剪，他就一剪子下去，那個也要剪，又是一剪子。許老頭剪掉一朵凋謝了的花，顏色已經發黃變暗。花落到地上，許師母彎腰撿起來插到自己的鬢角，對許老頭說：

「好不好看？」

許老頭說：「別插這個，我給你剪朵新鮮的。」要去剪一朵正盛開的太陽紅的大花朵，許師母擋住了。

「就這個，」她說，把那朵枯萎的花又往頭髮裡插了插。

許老頭看看她，說：「歇會兒吧。」

她點點頭，的確有點累。許老頭在前，她在後，牽著許老頭衣服的後襟亦步亦趨向石凳前走。陳木年覺得這場面有點熟悉，多年前他還在念大一大二，暑假裡留在學校看書，黃昏時候常到中文樓前的草坪上看小說，就會看到一對老夫妻在草坪上散步，有時候老倆口還以他為中心轉圈子，不過那時候是老太太在前老頭在後，老頭牽著老太太的衣襟。陳木年剛才看到許師母時，就覺得似曾相識一樣，不知道是不是因為這個。

許師母的身體越來越有起色，隨後的幾天下午她都來花圃，氣色看起來也好很多。陳木年看著老倆口年輕人那樣郎情妾意，也感到極大的快樂和幸福。這世上不知有多少激烈反目的冤家和仇人，真正恩愛的卻如此平和。他願意就這麼看著許老頭兩個人出現在花圃裡。所以沈鏡白問他想不想換一個工作，他說不想，做一個花匠很好。沈鏡白擔心他整天幹活，沒時間看書，極力想讓總務處給他換一個工作。陳木年不願意，他不想離開花房，是因為他不願意離開許老頭。這段花匠生活是他臨時工生涯中最踏實安心的日子。總務處好像也有給他調換工作的意思，他也一口回絕了，就願意待在花房。

週四下午許師母沒有和許老頭一起來花圃，許老頭說她打算在家做幾個菜，請陳木年晚上去吃飯。一下午陳木年都對晚上的飯菜充滿了想像，許老頭一直向他誇老伴的廚藝。他吃了一輩子的菜，就老伴做的最合他口味，吃了上頓想下頓。他們幹活的效率很高，沒下班就把該幹的活兒幹完了。好容易捱到下班，兩人一起回住處。許老頭讓他先歇會兒，飯菜做好了叫他。陳木年進了宿舍開始洗澡換衣服，他知道許師母是個愛乾淨的人。洗完澡又去了趟超市，買了一大堆新鮮的水果，準備吃飯的時候送過去。都忙完了，陳木年隨便拿起一本書翻，左等沒有敲門聲，右等還沒有敲門聲，一本書翻了快一半，還沒動靜，外面的天都黑了。已經是六月份，天早就變長了。陳木年覺得有點怪，乾脆拎了水果先敲許老頭的門。敲了好半天門才開，陳木年一看見彎腰駝背的許老頭，就知道出事了。許老頭神情哀戚，抓著門把的手在抖，他啞著嗓子說：

「雨禾她走了。」

陳木年一下沒反應過來，問：「您說什麼？」

「雨禾走了，」許老頭又說，身子像生了鏽似的費力地轉過來，向北邊的房間裡走。

陳木年看見那房間的門敞著，衝門的床上躺著一動不動的許師母，他明白了。許師母就是「雨禾」，她死了。他跟著許老頭進了房間，感到一陣涼意。他聽許老頭說過，許師母不能照太陽，他們的臥室一直安置在背陰的房間裡。

許老頭坐到床邊的小凳子上，握著老伴瘦得跳出了青筋的右手。許師母閉著眼安詳地平躺在床上，穿一身素淨華美的新衣服。

「我早該猜出來的，」許老頭說，「她早就說過不能再拖累我。她早就想好了。」

陳木年看到床頭櫃上一個大藥瓶，許師母把每次節省下來的藥一次全吃了。她要在自己身體最好的時候把自己送走。

出乎陳木年意料，許老頭沒有哭，眼淚一直汪在眼裡沒有掉下來。這麼多年，死亡一直在病床邊徘徊，悲傷早就沒有意義和必要，許老頭只是感到冷，陳木年給他拿來衣服穿上還是冷，孤單徹骨的冷，他不知道一個人的生活怎麼過。陳木年陪著他坐著，沒有話說，也不打算安慰他。沒什麼好安慰的。說節哀順變麼。到了晚上十點，陳木年坐不住了，餓，他悄悄地出門，騎自行車去買水煎包子和辣湯。店門已經關了，老闆和他的老婆正在整理鋪子準備休息。包子和辣湯早就賣完了。陳木年問他們能不能現做一點，老闆說很抱歉，傢伙都收拾好了，爐子都封了火。陳木年告訴他們，許師母去世了，許老師到現在還沒吃晚飯，不能讓他的身體也出問題。

老闆一聽，二話沒說就讓老婆和餡子揉麵，他去開爐門。陳木年幫不上忙，就幫他們洗海帶和粉絲，這些用來做辣湯。做起來也不慢，十一點半就全部做好了。一共三十個水煎包子，一保溫瓶辣湯。老闆堅決不收錢，他們幫不了什麼，這時候能為許老師做點包子和辣湯，對自己也是安慰。陳木年謝過他們，騎車往回趕。上了樓，推開門，許老頭還坐在床頭握著老伴的手，姿勢都沒變。

「許老師，吃點，剛出鍋的包子和辣湯，您最愛吃的。」

許老頭搖搖頭。

「吃點吧，老闆和老闆娘特地為您做的，囑咐您一定要吃一點。身體最重要。」

許老頭這才同意吃。他吃得猛，一口幾乎塞進去半個包子，噎得直伸脖子，然後眼淚嘩地出來了。一個包子沒吃完就淚流滿面。接著又吃了三個，喝了兩碗辣湯，一邊吃一邊看床上的老伴。陳木年覺得他是為她吃的。

陳木年過去在想像死亡時，總以為會有恐懼和不適的反應，現在發現什麼都沒有，相反他覺得許師母的死其實很美，不是莊嚴，是寧和和素樸。他和往常一樣吃了三個包子兩碗辣湯，然後靠這三個包子和兩碗辣湯陪著許老頭守了一夜。

第二天一早，陳木年給總務處和花房打電話請假，報告了許師母去世的消息。許老頭沒孩子，領導決定由學校出面為許師母舉行一個簡單的遺體告別儀式。殯儀館的車來把屍體運走，陳木年也陪著許老頭一起跟過去，他擔心許老頭會出事。

遺體告別儀式的確很簡單，靈堂裡簡單地布置了一下，哀樂低迴，許師母躺在另一張床上，身上蓋滿鮮花。遺像上的許師母還很年輕，是個標準的美人，微笑的時候嘴角邊有兩個深酒窩。從條幅、輓聯和花圈的悼詞上，陳木年才知道她叫陸雨禾。進來弔唁的人佩戴白花，許老頭和陳木年的胳膊上戴著黑袖章，為數不多的來賓和他們握手，讓他們節哀順變。熟悉的，不熟悉的，很快就離開了。陳木年看著空蕩蕩的靈堂，感到了人生的淒涼，這就是一個人的死。不是一個人離開大家，而是大家離開一個人。在他們打算結束弔唁活動的時候，陳木年驚訝地看到，沈鏡白老師來了。他是最後到的一個人，穿一身黑衣服，戴的不是白花，而是一個黑袖章。他一聲不吭地站在遺體旁邊看了陸雨禾很久，接著開始鞠躬，鞠完躬又盯著遺像看了很久，然後才走到許老頭跟前。他握著許老頭的手說：

「老許，別太難過了，人都要走的。她得走，我們都得走。」

過了一會兒又說：「我們都老了。」

「感謝你能過來，」許老頭說。「有件事想請你幫個忙。」

「你說，我一定盡力。」

許老頭把陳木年拉到身邊，「你跟領導說一聲，把證給木年吧，別把孩子逼壞了。」

沈鏡白說：「我試試。」然後拍著陳木年的肩膀說，「木年，好好照顧許老師。」說完轉身就走了，走得很疲憊。到了門口，沈鏡白停了一下，又繼續往前走，拐個彎消失了。

按正常程序，遺體告別之後就該火化了，許老頭突然不願意了，他要求停留一天。殯儀館的人很有點為難，不是不能停留，而是天開始熱了，遺體沒法存放。許老頭跟他們商量，要一個空房間，把空調開到最低，所需費用照付。殯儀館要了一個高價，最後答應了。陳木年回了一趟學校，幫許老頭拿了一套棉衣，自己也帶了一套。那天晚上，他們倆在冷氣充足的房間裡又守了許師母一夜。除了上廁所，許老頭一秒鐘也沒有鬆開過老伴的手。他開始拒絕吃飯，說吃不下，過會兒再說吧，一直到喪事結束後的第三天才開始正常進了一點飯菜，之前也吃過，吃完了就吐，很嚴重的生理反應。

事情結束之後，許老頭身體虛弱得可怕，站穩都成了困難，好幾天才恢復過來。陳木年三天沒睡，也累壞了，回到宿舍倒頭就睡著了。二十六年了，從來都沒有這麼快地入睡過，一覺睡了十八個小時，夢都沒做。

33

再次來到花房，許老頭頭白如雪，眉毛也白了一半，臉上的皺紋團團簇簇擠在一起。就幾天的工夫。總務處主動給他半個月的假讓他休息調養一下，他不要，堅持來上班。他說，怕一個人待在家裡。空了，孤零零的一個人，不知幹什麼好。人老了最怕面對的就是自己。

再次來到花房的許老頭又變了，會抽菸喝酒了。陳木年記得他說過，年輕時覺得不抽菸不喝酒就解不了悶，老了，才發現，要是愁煩，把樹枝砍了當菸抽，喝敵敵畏都不管用。管用的不是真的愁煩。爭得自由的方法沒有想像的那麼多。說得響噹噹的，現在怎麼又抽起菸喝起酒來了？

「不為解愁去煩，」許老頭悲哀地說，「是一個人空著的時候找點事幹。」

陳木年相信這個，沒有事幹比愁煩更可怕。現在許老頭就是空閒的時候找不到事幹。老伴沒了，就找不到自己了，只好抽菸喝酒。一天一包菸，有時還不夠，一個人在家裡喝酒也能把自己灌醉。這種狀況讓陳木年很擔心，許老頭倒是很放鬆，說沒什麼，都一把年紀了，該怎樣就怎樣吧，有空了就拉陳木年一起下酒館，喝酒的時候說：

「你看，我沒什麼吧。就點酒嘛！」

想想也是，不就點酒嘛。很多人都喝酒，陳木年他自己也喝，又出過什麼事。陳木年就放心了，有時候還主動去找許老頭喝酒。和陳木年一起喝酒，許老頭只醉過一次，就是陳木年拿到畢業證和學位證的當天晚上。

白天陳木年在花房裡給盆栽澆水，老周從辦公室裡出來，說教務處的電話找他。他甩著濕漉漉的兩隻手去接，電話裡一個女聲告訴他，畢業證和學位證發下來了，讓他到教務處取。當時陳木年的心都不跳了，第一遍不敢相信，人家重複了第二遍他才確認是證件下來了。對方掛斷之後，他抓著話筒半天沒放下來。陳木年從來沒想到會以這種方式得到他的身分，手是濕的，衣服上沾著泥。兩個證件在他早成了泰山一樣巨大的東西，卻由一個漫不經心的女聲告訴他，可以來拿了。他有種悲涼的失重感，出老周辦公室的時候差點被門檻絆倒。

教務處只有通知他的那個懶洋洋的女老師在，在電腦上看娛樂新聞，看到陳木年，嘴往電腦桌上努一下。陳木年看到了大小不一的兩個證件，一個紅的，一個綠的，都是皮封面。他膽怯地拿起來，打開，沒錯，上面寫著他的名字，貼著他的照片，都舊了。那時候的自己年輕得都不敢認了。從頭到底看完了，他突然懷疑是否可以拿走，猶豫了幾秒鐘還是打斷了女老師的閱讀，他說：

「老師，我可以拿走了？」

「是你的麼？」女老師斜了他一眼。

「是我的。」

「是你的還不拿走！」

陳木年點著頭，哦哦地應著，把證件抱在懷裡，轉身出了教務處。出了門他想跺腳大喊一聲，心裡卻生出了一種虛幻的感覺，他站在辦公樓的走道裡重新打開兩個證件，逐一檢查，上面依然是自己的名字和照片。然後感到肚子裡一陣尖銳的疼痛，像某根腸子被誰揪住了狠拽了一下，痛得蹲了下去。有人經過走道，用怪異的眼光看他，但沒人問他怎麼回事。他不能就這麼蹲在這裡展覽，陳木年抓著樓梯扶手站起來，然後攀著扶手一步一個臺階下到了一層。出辦公樓時，疼痛減輕了一些，他想起沈鏡白，又回過頭借門衛的電話給沈老師打電話。

他說：「沈老師，我的證拿到了。」

「噢，拿到了就好。好好準備，今年就考，外語多下點工夫。」

「嗯，知道了。什麼時候您方便？我把讀書筆記交給您。」

「過幾天吧，我可能要出趟遠門，回來了我找你。」

回花房的路上，陳木年覺得應該跟父母說一聲，就用小商店的公用電話給家裡打了電話。母親在家，聽完了好一陣子沒說話，然後陳木年就聽到了她的哭聲，很委屈似的。終於把這一天盼到了，母親說，造孽啊。她現在就要去找老陳，告訴他這個好消息。陳木年後悔告訴他們了，知道了反而坐不住了。他又想給秦可打電話，猶豫一下又算了。回到花房，老周問他，他說沒事，接著幹活。許老頭走過來問他：

「好事？」

「證拿到了。」

「好。晚上我請你喝酒，得好好慶祝一下。」

下班後兩個人去滷菜店買了涼菜和熟食，又買了饅頭和五瓶啤酒，拎回到許老頭家裡。許老頭敞開了喝，陳木年酒量不行，但今天放開了。五瓶酒沒當回事就下了肚。許老頭覺得不過癮，陳木年說他再去買，騎著自行車去了商店。本來想再買五瓶，因為一瓶瓶散了不好拿，乾脆買了一箱，十二瓶。兩個人一遍遍地碰杯。開始陳木年還覺得頭有點暈，三瓶下去倒清醒了，覺得越往後喝越像喝涼水，舌頭大了都不知道。許老頭舌頭也大了，酒到了悲傷也湧上來。他跟陳木年說：

「我兒子要在，比你還要大。」

陳木年說：「您兒子？」

「夭折了，」許老頭說，抹一把嘴。「兩歲就沒了。」

「那，就沒再要？」

「一年後雨禾又懷上了，她因為頭一個孩子傷心，身體太弱，早產，八個月就生下了第二個孩子，女孩，生下來就沒氣了。可憐啊，連這世界啥樣都沒看一眼。」

陳木年怕引起他更多的悲傷，舉起杯和他碰，繼續喝。喝著喝著又扯到許老頭身上，這也是陳木年一直好奇的問題，他都六十多了為什麼還不退休。

「退了，早退了，」許老頭說，咕咚咕咚把一杯酒灌下去。「又回頭幹。不幹活還能幹什麼？退休金只夠雨禾治病的，還得打發嘴呢，弄弄花也不累。」

「還打算幹到什麼時候？」

「到死的那一天。」

陳木年說：「說這些幹什麼，喝酒，喝酒，喝酒。」

「嗯，喝酒。木年，今晚你得把我灌醉，我不醉你就不許回去！」

然後就醉了。一共喝了十五瓶。實在喝不下了，老要上廁所。陳木年就是撒尿的時候離開許老頭家的。當時許老頭已經不行了，要去廁所，站了兩次沒站起來，陳木年把他扶到廁所。陳木年也憋得厲害，但許老頭那泡尿像溪流一樣綿延不絕，沒辦法他只好回自己宿舍的衛生間。一泡尿撒得痛快淋漓，把瞌睡蟲都引來了，出了衛生間就想找床，頭腦也不轉了，除了床什麼也想不了。他到了自己房間，甩胳膊甩腿躺到床上，一歪頭，再睜開眼已經是第二天半晌了。

起床後他想起來許老頭，去敲對面的門，沒人應，許老頭可能出門了。陳木年回到宿舍，坐在書桌前發呆。老毛病了，看起來像若有所思，其實頭腦裡一片空白。正愣神，母親打電話來，讓他回家吃飯，說他爸今天不出門，一家人要好好地慶祝一下，菜都買好了。又讓陳木年叫上秦可和老秦，老秦若沒空，一定得把秦可叫過來，她就不再給他們打電話了。

「聽明白了沒有？一定要把小可叫來。」

「聽著呢。」

掛上電話，陳木年站在陽臺上看老秦家敞開的後窗，短頭髮的秦可低著頭在水池邊洗東西，穿著睡衣，兩隻光胳膊露在外面。她把手裡的東西對著窗外抖開，是件衣服。陳木年趕緊低頭裝作找菸，打火機沒帶，他空叼了一根菸在嘴上吧嗒吧嗒吸，秦可此刻已經不見了。陳木年進了房間，點上菸呆坐著，一根菸抽完了決定獨自回家。

母親見了陳木年就往他身後看，沒找到，問：「小可呢？」

「不在家。」

「怎麼會？我昨天晚上還打過電話，老秦說他們爺兒倆今天都沒事的。」

「我怎麼知道？不在家我有什麼辦法？」

母親對父親說：「老陳，你再打個電話。」

老陳要打，陳木年制止了，「有什麼好打的？四年多了才拿到，還嫌不夠丟人是不是！」

母親說：「可是，老秦他們——」

陳木年說：「我走了，你叫他們來吧。」

老陳見兒子不高興，不明白怎麼回事，但還是小聲對老婆說：「那就先算了，下次吧。」

母親說：「好吧。」接著跟陳木年說，「木年，這是喜事，遲四年怎麼了？學校的責任，我們丟什麼人！你爸高興得一夜都沒睡著，一直數手指頭算你什麼時候能博士畢業，結婚生孩子。怎麼帶孩子我們都想好了。」

陳木年看著父母興奮的臉，鼻子酸起來，掏出菸遞了一根給父親。這個動作好幾年沒做過了，父親為了省錢也早就戒了菸。但老陳還是接過了菸，叼上了往兒子的打火機上湊，伸了兩次脖子才搆到火，第一口就被嗆住了。

34

陳木年在家住了一夜，父母非要和他說說話。母親抱怨他沒把畢業證和學位證帶回來，他們想看一看那東西到底長什麼樣。陳木年說，忘記帶了，下次吧。他不忍心敗壞掉他們的好心情。他陪著他們暢想美好的未來。在父母的規劃裡，他五十歲之前的生活都已經勝券在握了。父母的爭論和描述相當積極，但陳木年覺得這些跟他其實沒什麼關係。多年前他們就在規劃，就規劃出了現在這樣的結果。讓他們規劃去吧，聽到半夜他忍不住睡著了。

第二天陳木年睡了個懶覺，起來後就吃午飯。吃完了跟父母告別，回學校去。父親也要騎三輪車去拉客，可以順便把他送回去。陳木年說他自己回去，說不定要去書店看看，父親就騎車先走了。去書店只是個幌子，他不想坐父親的車，一想到父親弓腰駝背撅著屁股蹬車他心裡就不是個味兒。五十多歲的人了。

陳木年踢著一塊小石子往公車站走，總覺得有件事沒幹，又想不起來。1路車開過來，售票員喊著「車站，車站」。去汽車站的。陳木年想起來了，他要去的是火車站。聽報上說，火車站有望在七月初通車，先是貨車，將來再通客車。不知道現在搗鼓得怎麼樣了。

從他們家那兒去火車站坐8路車。車上人不多，到了終點站火車站就剩他一個乘客。火車站冷冷清清，很久以前修築的月臺早就壞了，好幾處臺階坍塌，磚石縫裡的荒草有半人高。鐵軌還是老樣子，鏽得更加厲害，試行時經過的車頭和兩節車廂沒有在鐵軌上留下任何痕跡。哪裡都沒有留下火車經過的痕跡。早出世的知了在槐樹上叫，還有幾隻鳥也在叫，偶爾從樹冠裡飛進飛出。一個陳木年叫不上名字的小東西沿路基往上爬，跳上枕木，又跳過一條鐵軌，另一條鐵軌試了幾次都沒跳過去，一蹦就四仰八叉地落在兩根枕木之間。陳木年走過去，幫它翻過身，送到了鐵軌的另一邊。小東西跳啊跳地走了。

這個火車站，除了路基、枕木和鐵軌能讓你想到火車，其他所有東西都跟火車沒有關係。陳木年喜歡簡陋的小車站，但是一個火車站荒涼到如此程度，實在出乎他的意料。他踩著枕木向前走，和五一那天追火車同一個方向，一邊想像火車從前方或者身後呼嘯著開過來。他喜歡火車悶著頭叫囂著奔赴過來的樣子，速度很快，車頭上冒出的煙像根辮子長長地拖在身後。如果車永遠不停，煙永遠不斷，那這條辮子就能繞著地球轉上一圈又一圈。陳木年在鐵路上想，兩個證件就這麼拿到了。讓你欲哭無淚。

黃昏時陳木年回到學校，在老三樓遇到老秦，想躲沒躲過去，只好硬著頭皮迎上去問好。老秦在打掃樓下的垃圾。老三樓學校終於決定要拆了，在原地重蓋一棟新宿舍樓，六層，解決掉一批新教師的住房問題。一些分到新房子的和有門路的老師，陸續開始往外搬，搬完了就剩下一堆垃圾，房間裡有，樓下也撒了一路，老秦這幾天主要就在樓下轉悠，一手掃帚一手畚箕，旁邊是一輛垃圾車。老秦說：

「聽你媽說了，畢業證拿到了，好事啊，也不跟叔叔報個喜。」

「哪是什麼喜，叔叔您笑話了。」

「木年，不能這麼想。下面就可以安心複習考試了。好好學啊，你爸媽盼著呢。」

「嗯，叔叔您忙，我先回去了。」

「好。」老秦說，又叫住陳木年，「有件事想請你幫個忙。小可下午在廣場前闖了紅燈，又騎反道，自行車被扣了。你不是有個同學在交警大隊嗎？」

「嗯，您放心，我今晚就和同學聯繫，明天中午應該就能拿回來。」

老秦說：「那最好。小可這幾天要去市大會堂排練，離不了車子。」

陳木年答應過，匆匆逃走了。他怕老秦提他媽電話裡請吃飯的事。回到宿舍，陳木年給三條腿打了個電話，三條腿說，是秦可的麼？陳木年說是。三條腿說那就沒問題，前段時間聽魏鳴說，你們又死灰復燃了，弟妹的忙要幫，沒問題，明天中午過來推車子就是了。陳木年含含糊糊謝過了，等著明天上午下了班去推車，順便請三條腿吃頓飯。現在還有往來的同學不多了。

第二天上班，都上午十點了許老頭還沒來。他很少上班遲到，所以老周很納悶，問陳木年，陳木年也不知道，週五晚上喝完酒就沒再見過。老周說，不會出問題吧，老伴死了以後他狀態一直不怎麼對頭，是不是喝多了？陳木年說，真不少，兩個人十五瓶。

「你們當啤酒是可樂？」老周說，「六十多了，戒了多少年了，老陳，你別把他灌出毛病了。」

這麼一說陳木年緊張了，一把年紀，出什麼事都可能。他用老周的電話給許老頭打了三次電話，都沒人接，弄得他心裡越發毛躁。一上午幹活都心不在焉，許老頭一直沒來。大林和二梆子也在一邊嘮嘮叨叨地議論，許老頭是怎麼怎麼不對勁。陳木年扛不住了，沒下班就回去，一口氣跑上五樓，敲許老頭的門，五分鐘裡面都沒動靜。陳木年進了自己宿舍開始打電話，還是沒人接，身上開始冒汗了。他問小日本這兩天見過許老頭沒有，小日本說，又不是李玟，我哪注意過。魏鳴還沒下班，陳木年打到他辦公室，他說沒看見。陳木年覺得問題大了，點上一根菸到陽臺上往下張望，希望許老頭能從哪個角落裡走出來。樓下只有一戶人在出出進進地搬家。陳木年又從陽臺往許老頭家看，許老頭的窗戶和陳木年的陽臺靠得比較近，中間隔了一個牆拐角。許老頭的窗戶開著。陳木年掐掉菸，目測了一下，決定從窗戶爬進去看看。

真正爬牆和想像的有很大出入，原來以為伸伸腿就可以越過去的距離，讓陳木年費了不小的力氣。關鍵是膽量，這是陳木年最後縱身一跳抓住鐵窗框時總結出來的。隨後他感到抓住窗框的左手一陣刺疼，忍著，等整個人都蹲到了窗戶上張開手，發現手被鐵窗框劃破了。窗框上疙疙瘩瘩，鏽跡斑斑，尖銳的鐵鏽疙瘩扎破手完全正常。陳木年接著蹲在窗戶上喊兩聲許老師，沒人答應，就跳下窗戶進到房間裡。剛走一步，就聞到一股說不清楚但讓他想吐的怪味，他到處看，沒有什麼異常的地方。繼續往前走，推開北向的臥室，啊地叫出了聲。

許老頭直挺挺地躺在床上，還穿著喝酒那天晚上的衣服，鞋子都沒脫，身上什麼都沒蓋。陳木年聞到了更加濃重的怪味，忍不住打了個噴嚏，許老頭身上飛起來一群蒼蠅。陳木年立刻意識到那種怪味的的確確是腐肉的臭味，剛聞到時一直不敢相信。許老頭死了，他沒想到事情如此嚴重，沒想到他會死。

陳木年捂著鼻子的手鬆開來，另一隻手下意識地去扶門，扶住了但身體還是忍不住往下滑，直到蹲到地板上，然後坐下，他覺得渾身乏力，虛弱得滿身大汗，連生出想站起來的念頭的力氣都沒有了。他覺得自己像一堆沒有骨頭的肉攤在地上。然後感到了巨大的恐懼，全副身心都應付不了的恐懼，陳木年大叫幾聲，一會兒喊魏鳴，一會兒喊小日本，突然像彈簧似的又從地板上站起來，轉身就往外跑，去開門，出了門張嘴大聲呼吸，似乎再在房間裡待一秒鐘就會被憋死。

小日本從房間裡探出頭來，說：「喊什麼？見鬼了？」

陳木年喘了幾口氣才結結巴巴說完整：「許老師死了。」

小日本的小眼立刻瞪大了，「什麼？死了？」趕緊把腦袋縮了回去。他的驚訝不是因為許老頭死了，而是有人死在了他的對門，這事讓他覺得可怕。

門被小日本碰的一聲關上了，陳木年倒清醒了，他想，許老師真的是死了。他重新回到許老頭家，找了一條床單把許老頭蓋上，然後開始考慮該給哪些人打電話。最後決定先找老周，從陸雨禾的喪事處理上，他發現老周對這種事情具備別人沒有的才能。

老周說：「真死了？我這個烏鴉嘴！你先給殯儀館打電話，我跟領導請示一下，馬上到。」

下午一點鐘，叫的人都來了。主管後勤的副校長帶來了學校的指示，因為死因不明，不能簡單送去火化，必須走公安機關這道程序，給一個鑑定和說法，免得以後有問題糾纏不清。然後由學校出面請來有關人員。解剖和化驗的結果讓陳木年放鬆了不少，許老頭係自然死亡，沒有突發性致命的疾病，體內的酒精濃度也不足以致命。

副校長納悶，好好的怎麼就死了？

老周說：「這事常有，不少老人都是這樣死的。和老伴關係好，相依為命，一個死了，另個也活不長，就跟有種鳥似的。」老周記不起來那種要死就一對都死的鳥的名字了。

在許老頭床頭櫃裡找到的遺囑證明了老周的說法。遺囑很簡單，許老頭寫道：

雨禾去了，世界已空，我恐也將不久於人世。平常人一個，本無須立囑，草此只為表明我的死乃清白事，與他人無涉。一生無有長物，死後房產家具充公，一架藏書送給小友陳木年，以為紀念。無須遺體告別，無須追悼，身體能作醫用則捐掉，不能就火化，盼有心人能將我骨灰與雨禾團聚。

落款是「將死人許如竹」。陳木年看了一下日期，是在陸雨禾葬禮結束的當天晚上。也就是說，許老頭早就知道自己活不長了，或者說，也不打算繼續活下去了。

學校認為這樣也挺好，從簡處理。在遺體火化之前有個簡單的停留，供許老頭生前的親朋好友和同事和他告別。陳木年跟在老周後面處理一些瑣碎的事務。讓陳木年奇怪的是，參加告別的人，大多是物理系的老教師，他不知道許老頭跟他們有什麼關係。他被老周指使得團團轉，沒機會也不好詢問。另一個讓陳木年奇怪的是，沈鏡白老師也來了。他不是出遠門了麼。沈老師對著許老頭的遺體深深地三鞠躬，抬起頭來兩眼的淚。他說：

「如竹，你也走了。」

陳木年上前扶住他，沈鏡白說：「沒事。」接著長歎一聲，轉過身，步態呈現了衰弱的老相，緩慢地走出了門。

許老頭的死花去了陳木年三天時間。第四天下午，他把許老頭的藏書搬進自己的房間，正在整理，魏鳴進來了，對陳木年說，秦可的自行車他昨天已經幫著拿回來了。陳木年這才想起來老秦託他的事。

35

這兩天陳木年心事重重，覺得生活像腳下的大地一樣不踏實。短短的一個月不到，許老頭就跟著老伴去了，陳木年不知道這對許老頭來說，是幸還是不幸。死如此容易，人真是脆弱得可怕。他總是夢見許老頭背著手走在一條鄉村土路上，怎麼喊都不回頭，而且越走越快，陳木年就追，眼看追上了，伸手去拉，許老頭像個透明的影子一樣抓不住，好好的人怎麼就是抓不住呢，他就急醒了。醒來了要好一陣子才能睡著，就像當初被金小異的拖鞋弄得失眠的那段時間一樣。

金小異還在精神病院，聽美術系的一個老師說，還是老樣子，見男的就叫高更或者西奧，見女的就叫西嫣。陳木年聽到這個消息很難過，他寧願金小異好好的，即使繼續用拖鞋折磨他也無所謂。可這些都只能是想像，沒有路可以回頭。

半夜裡他又醒了，索性爬起來找書看。許老頭的一堆書很雜，天文地理物理化學文學藝術都有，大部分都是陳舊的，有些破得沒了封面，書脊上的字也看不清楚。他抽了一本差不多是最破的，翻開一看，書名竟是《火車簡史》。接近三十年前的版本，翻譯過來的一個美國火車研究者的著作。陳木年翻了翻，主要是介紹性的普及本，獨到的東西不多，大部分內容他都在其他書籍或者文章裡看過。讓他感興趣的是書裡夾的一張發黃的紙，是本校物理系一九八二年的一張課表，上面赫然寫著許如竹的名字。在他的名字旁邊是一門叫「動力學」的課程。陳木年終於明白了為什麼許老頭對火車了解那麼多，並且有相當精闢的見解。怪不得有不少物理系的老師去殯儀館和許老頭作最後的告別。

但他為什麼不繼續在物理系教書而甘心去做一個花匠。為什麼他從來沒說過自己的教師經歷。陳木年想不明白。他繼續在許老頭的藏書裡找，希望能再找到點有價值的紙條、書籤之類的東西，翻了一半，什麼都沒找到。陳木年只好放棄，覺得腦袋裡亂成一鍋粥，理不清楚了，充滿了匪夷所思的東西。坐在書桌前抽了一根菸，決定去了洗手間就回來睡覺。

在洗手間裡他被嚇了一跳。撒完尿他到水池前洗手，一抬頭在鏡子裡看見兩隻薑黃的手伸向自己的脖子，嚇得本能地轉過身看，原來是兩只橡膠手套，掛在環形的晾衣架上。他看過魏鳴這段時間經常用它，魏鳴刷碗洗衣服都戴著。他怕傷手。這些活兒原來都是鍾小鈴幹，前幾天鍾小鈴搬回了自己學校裡的宿舍，魏鳴只好親自上陣了。照魏鳴的說法，他們分手了。上次他們又大吵，鍾小鈴再次拿出殺手鐗，說：

「我就知道你嫌我礙事，我搬走，省得礙你的眼！」

魏鳴說：「搬走就搬走，你以為我怕你！搬走了我再找一個！」

「好，好！讓你找！我讓你找！」

她氣急敗壞地逮著桌上的東西就往地上摔。她相當氣憤，原因是魏鳴又站在窗前看秦可洗澡。其實魏鳴也沒看清，看見的只是布簾子上一個模糊的身體的影子。但他的確是看了，而且不只一次。鍾小鈴為這事沒少和他吵，還跟陳木年說了。她找到陳木年時，臉上是責怪加告密的表情。她覺得陳木年應該管管秦可，別在窗戶下洗澡，要麼就去換個黑色的窗簾。她也希望陳木年能提醒一下魏鳴，看也是瞎看，還是不看為妙，秦可已經有主了。陳木年知道她把秦可看成他的了，起碼是他可以負責任的人。陳木年不知道說什麼好。秦可跟他真的有關係麼？他沒這個自信。他只好跟鍾小鈴說，我也沒辦法。的確沒辦法，秦可不是他的，即使是他的也沒辦法，影子映在窗戶上，誰都有看的權利。又不是偷看洗澡時的裸體。鍾小鈴罵了他一句「窩囊」就回去了。她摔東西還有一個原因，就是魏鳴這次沒給她臺階下。過去她也威脅要搬走，魏鳴就及時地服軟，說好話連哄帶騙，這次沒有，針尖跟麥芒對上了。鍾小鈴下不來，就摔東西解氣。

剛摔了兩只杯子和一個鬧鐘，魏鳴就扛不住了，抓住鍾小鈴的手，說：「你他媽的要搬就搬，別跟個潑婦似的摔我東西！」

鍾小鈴當時就愣了，沒料到魏鳴這樣跟她說話，不僅趕她走，還滿嘴髒話侮辱她。再沒有臺階下了，她索性放開了摔。摔完了開始收拾東西，當天晚上就搬走了。整個搬家過程中，魏鳴一句軟話都沒說，他還到外面幫她叫了一輛出租車。

鍾小鈴搬走後，魏鳴開始一個人做飯洗衣服，他的手對刺激性的東西過敏，就買了一副橡膠手套。剛用時，陳木年還取笑過他比女人還女人。說完就忘了，沒當回事，當它像一雙手似的伸向他的脖子，陳木年還是感到了突如其來的恐懼。他盯著那雙在風裡搖搖晃晃的手套，越發覺得像一個看不見面孔的人的手，趁你不注意的時候伸向你的脖子。陳木年神經質地摸摸自己的脖子，他覺得他的手比脖子還涼。他把手套轉了一個方向，逃命似的回到自己的房間。魏鳴在說夢話，小日本在一邊哼唧一邊磨牙。

還是睡不著，陳木年就瞪著眼看天花板，頭腦裡不斷地向外蹦出一個個詞，他摸索著找到筆，覺得哪個詞不錯就順手寫在牆上。第二天起床他去看牆，上面亂七八糟地寫了很多字，不少字重疊在一起，要費力才能分辨出來。他找到的有好幾個人名，四眼、專家、園草、秦可、魏鳴、金小異，還有火車、物理、文學、小說、生活、神經病、野心等詞彙，他把秦可和魏鳴的名字用筆塗掉了。

那晚陳木年睡得很遲，快睡著的時候，彷彿聽見老秦揮動掃帚的聲音。

36

老秦和秦可搬到許老頭的家裡，和陳木年成了對門的鄰居了。搬家那天他才知道，他們沒有請他幫忙。幫忙的是魏鳴和他帶來的幾個中文系學生。一夥人三下五除二就把事情幹完了。老秦一家的東西不多，大的物件只有兩張床、一張桌子、一個小書架和一個簡單的衣櫥。下午下班回來，陳木年看到樓道裡幾個學生在熱熱鬧鬧地抬一張桌子上樓，就跟在後面走，到了四樓和五樓之間的窗戶下才看見許老頭的房門敞開著，魏鳴站在門口指揮著學生挪東西。

陳木年說：「魏鳴，你要搬到許老師的房子裡？」

「不是我，」魏鳴說，「是秦可他們家。」

陳木年心裡咯噔跳了一下，走上五樓門口，看見秦可站在屋裡面也在指揮，讓學生把小飯桌放在她理想的位置。見到陳木年，秦可把頭一揚，接著繼續指揮，沒看見一樣。陳木年張了一半的嘴又閉上了。秦可還在生他的氣。好多天了都不理他，理也是點個頭，居高臨下地微笑一下。偏偏最近她經常到他宿舍，是來找魏鳴的。開始是感謝魏鳴幫她推回了自行車，後來就單純地過來玩，她總挑陳木年在宿舍的時候來，在魏鳴的房間裡放聲大笑，說話的聲音也大。因為許老頭的死，陳木年又錯過了一次機會，他把秦可自行車的事忘了。秦可就找了魏鳴幫忙。現在他們的關係似乎很好，魏鳴的心情更好，根本看不出剛和鍾小鈴分手的難過，他幾乎要像小日本一樣，只要嘴閒下來就唱歌了。秦可來宿舍，陳木年總覺得彆扭，要麼躲在屋裡不出來，要麼就下樓，找個沒人的地方抽菸。

但他們一家要搬過來，陳木年之前是一點都不知道。陳木年站在門口進退都難，上前幫忙不好，袖手旁觀也說不過去，憋出了一身的汗。幸好這時候老秦從屋裡出來了。

陳木年說：「秦叔叔，什麼時候搬過來了？」說完才覺得很蠢，這不正搬嘛。

老秦說：「剛死了人，沒人敢要，空著也是空著，我就向學校借來住了。」

「要幫忙嗎？我下班了。」

「不用了，」老秦說，「快搬完了。要不，進來看看？」

陳木年說：「天真熱。」就跟著進去了。

秦可看他進來，轉身出了門，和魏鳴在門口有說有笑地聊起來。樓道放大了她的笑聲，不知什麼事讓她如此高興。陳木年看了一下布局，老秦住背陰的那間，過去許老頭夫婦住的，秦可住向陽的，就是陳木年爬過窗戶的那間。許老頭的東西被後勤搬走處理了，現在房間裡只有老秦的家具，空蕩多了。背陰房間的牆角還殘留著沒打掃乾淨的石灰粉，老秦用來消毒的。房間裡飄著淡淡的消毒水味道。

陳木年沒話找話：「房子挺好的。」

「嗯，是不錯。」老秦說，「要不是死了人，也弄不到手。死過人有什麼？誰不死？心理作用。前兩天撒了點石灰，小可又噴了消毒水，你看現在不是像模像樣的嘛。」

許老頭和陸雨禾的一點痕跡都找不到了。一個空房子。一個新房子。

「秦叔叔，有什麼事就叫我一聲。」

「好的，你忙你的。有事我叫你。」

陳木年匆匆出了門，秦可和魏鳴都沒和他打招呼。關上門，他還聽見秦可的笑聲。

六月底的夕陽照到陽臺上，陳木年站著吸菸。秦可的說笑聲從窗戶裡飄出來，還有魏鳴的，他們很快樂。大家都很高興，除了死人，那是因為他們找不到自己的表情，而且待的地方很冷。陳木年想不起這是誰說的不著邊際的屁話，此刻覺得還有點道理。其實活人待的地方也可能很冷，或者忽冷忽熱。

吃晚飯時他把門拉開一條縫，看見老秦的門關著才出去，噔噔噔下樓。吃完了靜悄悄地爬樓，門還是關著。他覺得安全。回到宿舍他就氣自己，你他媽的鬼鬼祟祟的幹什麼，你到底怕什麼呢？這個問題憋得他喘不過氣。我到底怕什麼。秦可離他前所未有的近，也前所未有的遠。真的，一切都他媽的說不好。有那麼一會兒他對生活的混亂充滿自責，好像自己能像上帝一樣把世界理清楚。後來他強迫自己靜下來，翻開英語書，答錄機也打開，放的是英語磁帶。沈老師說，考研的關鍵就在外語。

好不容易進入狀態，晚上十點鐘，魏鳴回來了。陳木年先聽見老秦的門響，接著是宿舍大門的響動，然後是自己的房門。魏鳴推開門，滿臉酒氣進了陳木年的房間。

「操，」他說，「老秦的酒量可以啊。我弄不倒他。」

陳木年關掉答錄機看著他。

「今天的天氣預報不準，」魏鳴說。「說多少度來著？」他一頭的汗。也關心天氣了。陳木年想，看來的確如此，沒話說的時候都愛說天氣。

「你知道麼，秦可的酒量也不小，兩杯之後臉紅得，像番茄。」

終於說到他真正想說的了。番茄。陳木年看著魏鳴大閘蟹似的臉，還好，他比喻的能力沒有因為酒和色喪失殆盡。陳木年覺得自己出奇的冷靜，聽得見冷靜的聲音，像鐘錶的時間一樣，咔噠咔噠，每一下都走得清晰。

「秦可的菜做得也好，」魏鳴對他說。「真的，鍾小鈴跟她沒法比。」

陳木年說：「我吃過很多次。」

魏鳴笑了笑，臉上的紅肉要掉下來。「對，你吃過，」他說。「吃飯時我說，讓老陳也過來吧。秦可說，老陳是誰？我說陳木年啊。她說，不叫。他來了我就不吃。秦叔叔和我怎麼勸都不行。要不你也吃上了。」

陳木年聽見咔噠咔噠聲更響了，如同空谷足音。他說：「祝賀你，回去吧，我要看書了。」

魏鳴沒走，反而往他身邊湊了湊，坐到床上。「考研有個鳥意思！你看我畢業了也不就這鳥樣？別看了，咱哥倆說說話。」

陳木年說：「出去！」

「別這樣，老陳，」魏鳴拍著陳木年的後背，「我們說說秦可吧。」

陳木年只是想轉身拂掉他的手，一胳膊掄過去，動作沒控制好，手掌外側砸到了魏鳴的鼻子，魏鳴悶悶地哼了一聲，兩條鼻血流下來。魏鳴摸了一把，看到兩根手指紅豔豔的，聲音立刻變了，委屈得要哭了，「老陳，我難受。」

陳木年就奇怪了，「你難受什麼？」扯了一塊紙巾遞給他。

魏鳴接過了也不擦，任血往下流。「我難受啊，」他說，「要是鍾小鈴有秦可這樣漂亮，這樣好，我怎麼可能答應她搬走。」

陳木年又扯了一塊紙，堵在他鼻子上。「你喝多了，趕快回去吧。」

魏鳴一把甩掉鼻子上的紙，說：「老陳，我沒喝多。我說的是實話。為什麼鍾小鈴不是秦可！」說完竟然抽抽拉拉哭起來。

陳木年本來真想再給他一拳的，看他那樣子又算了。他把魏鳴從床上拎起來，推出了門外，「洗洗睡吧。」小日本聽到動靜探出頭，陳木年說：「沒事，他喝多了。」關上了門，從裡面鎖上了。魏鳴還不死心，在外面對著門一個勁兒拍打，嘴裡說：「老陳，我們說說話。就說說話。」陳木年堅決不開，把答錄機打開，讓一個發音不清的外國男人大聲說話。魏鳴拍累了，終於放棄了。

第二天早上，兩個人在客廳裡相遇了。魏鳴說：「老陳，昨晚我說什麼了嗎？」

陳木年說：「沒說什麼。」

「我喝得有點多。」

「沒多。」

37

在陳木年看來，秦可和魏鳴的關係正在一日千里地向前發展，快得他都難以接受。門對門，方便極了，不是魏鳴過去就是秦可過來。每天都能聽見他們的說笑聲。魏鳴在這方面天賦挺高，鍾小鈴離開了，他又找到了用武之地。搬家後的第三天就提了一堆酒菜進了對門，跟老秦說，前天讓他們爺兒倆破費，很不好意思，今天他請，不過得請秦可下廚，她的手藝實在太好了。老秦推辭不過，又和他喝了一次。老秦要叫陳木年，秦可還是不答應。喝了兩次酒，老秦熟了，說以後有空常來玩，有些事說不準還要麻煩魏鳴。魏鳴滿口答應，一百個沒問題。有一天老秦不在家，魏鳴買東西過去要和秦可一起做著吃。秦可說，她那邊煤氣不太好用，乾脆到魏鳴那邊做吧。魏鳴顧忌陳木年，沒說話，秦可說，不捨得那點煤氣就算了。魏鳴就答應了。那頓飯應該是相當豐盛，陳木年聽見廚房裡的動靜持續了相當長的時間。他關著門，菜香迫不及待地擠進來，他卻像仇人一樣被秦可排斥在一邊。他聽見他們吃飯時的高聲暢談。

在這次飯桌上，魏鳴開始了第二步，請秦可帶著藝術團舞蹈隊支持一下中文系歡送畢業生的晚會，出兩個節目。本來節目單已經定好，本系的學生自編自導自演，但魏鳴是團總支書記，直接領導這類活動，他說加節目就得加節目，說加幾個就加幾個。秦可爽快地答應了，他們碰杯，敲定贊助的兩個舞蹈：一個集體舞〈難忘今宵〉，一個秦可的獨舞〈送別〉。這件事成了加速他們交往的一個重要的契機。離晚會還有好幾天，魏鳴每天都向秦可了解排練的進度，然後彙報晚會的籌備情況，大事小事都要過去囉嗦一番。

據說晚會相當成功，秦可參與的兩個舞蹈受到畢業生的極大歡迎。〈難忘今宵〉把晚會推向了一個高潮，〈送別〉把晚會推向了另一個高潮。尤其是秦可的獨舞，把長亭外古道邊的意境和今宵別夢寒的悲傷用優美的肢體語言全說出來了，當時就把很多人整哭了。那些畢了業又不能在同一個地方工作的情侶，那些暗戀即將結束的人，還有感情比較脆弱的人。有一個學生甚至把本該獻給老師的鮮花提前獻給了她。

觀看演出的時候，魏鳴的眼神一碰到秦可就變得內涵複雜了，說不清道不明的東西在眼光裡嘩啦嘩啦翻騰。他聽著臺下幾百雙手在拚命鼓掌，幾百個喉嚨在大喊大叫，激動得也在心裡大喊大叫：這可怎麼是好！這可怎麼是好！演出結束了，魏鳴親自來到後臺慰問演員，當然主要是秦可。他許過諾，要請舞蹈隊的同學們去吃夜宵，當然主要是秦可。工作一向善始善終的魏鳴，那天晚上帶著秦可和舞蹈隊員提前離開了會堂，一路歡歌去了新亞廣場上的「黃河大排檔」。他說了，羊肉串也管飽。

那晚他們回到宿舍已經午夜十二點了。陳木年剛洗漱完畢準備睡覺，他們的腳步聲在樓道裡盤旋而上，在五樓門口停下了，站著說話。他聽見魏鳴一遍一遍地感謝，強迫秦可同意明天他請客。秦可一定是答應了，他們分了手，魏鳴哼著〈送別〉進了屋，又進了洗手間，一邊撒尿還在一邊哼。

大概就是這場晚會，讓魏鳴不再因為和秦可交往而在陳木年面前避諱了。反正此後他就不再感到對不起陳木年了，結了婚都可以離，何況還是他們這樣老是八字畫不出一撇的，機會面前，人人平等，人人均等。少了這個顧忌，魏鳴和秦可交往起來更放鬆了，有事沒事就讓秦可過來玩，恨不得要給秦可配一把房門的鑰匙了。

這事不僅陳木年看著不痛快，小日本也覺得彆扭。他實在不能理解了，就把陳木年拽到邊，問：「操，這成了什麼事了，到底是你的還是他的？」

陳木年說：「誰都不是。」

「別裝清高啊，」小日本說。「人家已經上鼻子上臉了，咱大老爺們可不能這麼憋氣。」

「那怎麼辦？」

「打死個狗日的！」小日本揮了一下拳頭，「你那可是正點的娘們，丟了你要後悔得吐一輩子血。」

陳木年笑笑，說：「你那個怎麼樣？」

「哪個？噢，你說那個，還行吧，正在交往，滿知道心疼人的。」是別人給小日本新介紹的，年輕的寡婦，沒孩子，嫁過去時丈夫就害病，那男的拖拖拉拉三年，死了。寡婦倒是挺健康，肥嘟嘟的身子，伸出手還有八個小胖酒窩子。

「沒問題？」

「還行吧，等她回話。我算想明白了，老大不小的人了，傢伙都閒了半輩子，再不抓一個連挑剩下的都沒了。」

陳木年笑起來，自己聽起來都覺得聲音是假的。

「我說的是實話。作為老哥，我覺得我有責任提醒你，別讓魏鳴那小子吃了你的好肉。」

小日本多少還為當初向秦可告密感到慚愧，所以希望能在哪個地方幫陳木年一把，但陳木年只嗯了一聲就回自己房間了。小日本搖搖頭，他不明白了。陳木年也不明白，他在這方面怎麼就這麼弱智呢。他知道魏鳴早就稱出了他的斤兩，所以越發肆無忌憚，甚至請他幫忙來打發鍾小鈴。而他一點辦法都沒有。

鍾小鈴是星期六過來的。之前和魏鳴打過招呼，說是有些必需的用品丟在這邊，過來拿。魏鳴說好，但週五晚上他跑到陳木年房間，請他幫個忙，明天有事，一天都不在家，鍾小鈴來了就糊弄一下，打發她離開了事。然後給了陳木年他房間的鑰匙。

一大早魏鳴就跑了，他了解鍾小鈴。果然，他前腳走鍾小鈴後腳就到了，她想把他堵在宿舍。陳木年看她的裝束就知道她的意圖了。鍾小鈴穿一件十分顯身材的連衣裙，粉底小碎花，魏鳴最喜歡的裙子，夏天裡一起出門，他總要求和這條裙子一起走。鍾小鈴化了淡妝，掩飾了臉上的一部分缺陷。陳木年想，都白幹了，魏鳴看不見。他對鍾小鈴說：

「魏鳴出去了，鑰匙在這兒。」

「他有事？」

「好像是，一大早急匆匆地出去了。」

「什麼時候回來？」

「不太清楚。」

「好，你忙吧。我等等他。」

一直到中午魏鳴都沒回來，鍾小鈴徹底灰了心，中間她打過四次魏鳴的手機，都關機。鍾小鈴走的時候眼圈是紅的，都沒和陳木年說聲再見。她的包和來時沒有兩樣，沒癟下去也沒鼓起來。她把鑰匙留在門上，自己的那串鑰匙也留下了。她低著頭出了門，粉底小碎花的裙子因為悲傷都變得不合身了。陳木年趴在窗口往下看，很長時間才見她走出樓道，陳木年想，對有些人來說，不管步子重了還是輕了，下樓都不會很快。按他對魏鳴的了解，這事基本上就到頭了。

吃過晚飯魏鳴回來了，酒足飯飽地摸著凸起的肚子，看見鑰匙就明白了。他問陳木年：「鬧了沒有？」

「沒有。」

「好。」

「你有點狠。」

「跟狠不狠沒關係。」魏鳴遞給陳木年一根菸，「愛情這東西，就是個烏托邦，你信，它就在；不信，它就不在。有一個人不信，烏托邦也就不成立了。」

「你在積極建設另一個烏托邦？」

「什麼意思？你是說今天我和秦可出去玩的事？」

陳木年把吸了半截的菸掐滅，「她喜歡你麼？」

「秦可？」魏鳴警惕地說，「什麼意思？」

38

後半夜有人敲門，砰砰砰把整個樓都驚醒了。陳木年開始以為是做夢，後來真切地醒了，才聽出來是自己宿舍的門在響。有人在門外大喊，陳木年一時沒反應過來喊的是什麼，但聲音似曾相識，他穿著短褲就去開門。一個人蓬著腦袋氣喘吁吁地堵在門口，眉毛鬍子和頭髮長到了一塊。

「西奧，西奧！」對方喊著，把陳木年擠到一邊衝進來。「我不想再待在那裡了，我想回家！」進了屋直接去了陳木年房間，往床上一躺，拉上毯子蓋住臉。

陳木年說：「老金，你怎麼回來了？」

金小異在毯子後面說：「西奧，親兄弟，別把我往外趕，讓我和你待在一起吧！」

「你是偷著跑回來的？」

「不是偷著跑，是不得不跑。我再也不願待在那地方了。你不知道，那裡的病人是瘋子，那裡的醫生也是瘋子。」

「醫生知道你回學校來嗎？」

金小巽瘦多了，從毯子後面露出的兩隻眼都變大了，他嘿嘿地笑，說：「不知道。那群瘋子，都是笨蛋，怎麼能想到我跑到弟弟這邊來呢。」然後又說，「你千萬別跟他們說，別說啊。我睏了，我要睡了。」頭又縮進毯子裡，五秒鐘不到呼吸就沉起來，接著就開始打呼嚕。

他的腳從毯子底下伸出來，一隻光腳，一隻穿鞋，穿鞋的右腳大腳趾衝出了鞋子，黑乎乎的一翹一翹地動。左腳的腳底磨出了好幾個泡，兩個破了，流出了血水。精神病院離這裡差不多有三十里路，他十有八九是一路跑回來的。夠他受的。陳木年抽了一張衛生紙去擦他的腳，金小巽哆嗦了一下，隨後就不動了。他又睏又累，感覺不到疼了。陳木年端來清水給他洗了一下傷腳，洗完了又找來棉簽和碘酒給他塗上。塗碘酒的時候金小巽抖了幾下，還是沒醒。

都收拾完了，已經凌晨四點半，陳木年才意識到躺在床上的傢伙是個精神病患者，從醫院裡逃出來的。他聽金小巽呼啦呼啦打著酣暢的呼嚕，決定不了接下來該怎麼辦。四五點鐘的天已經亮得開始發白，但整個家屬區還是一片靜寂。有幾隻早起的蟲子在叫。魏鳴和小日本都沒醒，或者醒了又繼續睡著了。陳木年為難得抽起了菸，在屋子裡走來走去。後來聽見老秦的門有了響動，陳木年趕快拉開門出去，老秦正在鎖門，準備下樓打掃衛生，轉身看見陳木年。老秦說：

「木年，起這麼早？」

「不是，」陳木年說，「老金回來了。」

「哪個老金？就是剛才敲門的那個？」

「金小巽，原來我樓上的金老師。」

「哦，割了耳朵被送進精神病院的那個？他怎麼回來了？」

「我正愁這個，」陳木年把自己的門關上，怕金小異聽見。「他是從醫院裡偷跑出來的，不想回去。看著讓人心疼，真不知道怎麼辦好。」

「有什麼可猶豫的，給醫院打電話啊，把他送回去。」

「可他不想回去。」

「不是他想不想回去的問題。那是個神經病！多待一分鐘就多一分鐘的危險，多待一分鐘就多一分鐘的禍害。」

「叔叔，您小點聲。」陳木年把老秦往樓下拉了幾個臺階。「如果回去，那種環境可能會毀了他。」

「醫院裡治病救人，怎麼會毀了他？留下來他就要毀別人了。」

「我是說，他是畫畫的，醫院裡可能不太適合。寬鬆的環境對他更有好處。」

「木年，你怎麼這麼死心眼？要是沒問題，他就待在學校好好畫畫了，幹嘛去精神病院，不就是頭腦不好嘛。再說，不治好病，這輩子什麼都不要想了，別說畫畫。別耽誤了，打電話，走，到我家打去。」

陳木年跟著老秦進了家門。他說服不了別人，關鍵是說服不了自己。對他來說，這是個悖論。老秦幫他撥了「一一四」查到精神病院的電話，他打過去。值夜班的接線員問他什麼事，陳木年半天才開口：

「你們醫院的金小異回來了。」

「金小異？你知道？他昨天晚上跑了，我們到處在找。你是哪裡？喂，你是哪裡？金小異在哪裡？喂，說話呀？金小異現在哪裡？」

陳木年說：「他單位的宿舍。」說完就放下了電話。他的感覺很不好。

「這就對了，」老秦說。「別想不開。他首先是個精神病患者，然後才是你朋友。而且你想，醫生都治不了，你能行？」

陳木年在老秦家裡到處看，看了半天在飯桌上找到半根菸和一個打火機，一點都不客氣就拿起來點上，抽起來。他需要一根菸。

「好了，別招惹他，」老秦說。「等醫院的人來了就好了。你在這裡歇會兒，省得他發病出什麼事。我先下去了，把路掃一下。」

「我回去，別把小可吵醒了。」

他們出了門，下樓的時候老秦又站住了。「木年，小可是不是還生你的氣？」老秦說，停了一下，又說，「她怎麼想我也不清楚，女兒家大了，管不了了。事情還得你們自己去解決。」沒回頭就下了樓。

陳木年回到宿舍，推門看見金小異正坐在桌子前，在一張紙上不停地畫，就說：「你怎麼不睡了？」金小異沒吭聲，低頭繼續畫。陳木年湊過去，看到一幅即將完成的畫：一個裸體的大鬍子瘦男人躺在床上，從肚子裡拉出一條像繩索的東西，繩索的另一頭飄浮在空氣中，一個大氣泡，氣泡裡躺著一個孩子。金小異正在畫那個孩子。很快就畫好了，金小異在下面加了標題：「生孩子的男人」。

又叫了一聲，還是沒回答。畫完了，金小異放下紙筆，兩眼煙霧迷濛地看了看，站起來回到床上，蒙上毯子呼嚕聲就跟著起來。陳木年想，老金這一定是夢遊了。

金小異只睡了三個多小時，八點鐘的時候精神病院的車來了。加司機一共四個人，一個女醫生，兩個身材魁梧的醫務人員。家屬區的門衛把他們帶到了陳木年的樓下，司機在樓下摁喇叭，陳木年從窗口看見了幾個穿白大褂的人從車裡鑽出來。他就盯著他們看，過了好一會兒才下樓。

「病人在哪？」他們問。

「在睡覺，」陳木年說，「能吃完早飯再帶走嗎？」

「到醫院再吃，我們給他做。」

「讓他再睡一會兒吧。」

「我們得趕緊回去，還有別的工作。人呢？」

陳木年只好把他們帶上樓。到了門口，他讓他們先站在門外，他進了屋，想給金小異找雙合適的鞋穿。他試了好幾雙，套在金小異腳上都大，最後選了一雙輕便的運動鞋，放了一雙棉鞋墊，給金小異套上，扣好鞋帶，金小異還在呼哈地睡。醫務人員進了房間，把毯子拉開，拍了六下才把金小異弄醒。金小異眼還沒睜開就說：

「早飯做好了？」

一個男醫務人員說：「好了，起來吃。」

金小異這回睜開了眼，看見幾個白大褂站在床前，嚇得坐起來，一個勁兒地往後縮，大聲喊：「西奧，西奧，你怎麼讓他們進來了？他們都是瘋子！西奧！西奧！」

陳木年站在門外，本來不打算進來，聽見他喊，還是進來了。他跟金小異說：「別怕，別怕，他們帶你去吃早飯。」這時候醫務人員已經動起來了，兩個魁梧的一人抓著金小異一隻胳膊往床外拽，金小異大喊大叫，喊西奧，喊高更，他說他不要去那個地方，他不吃早飯了，從此以後都不吃早飯了。但是醫務人員沒有絲毫的手軟，把他拉到床下，金小異開始踢腿，把左腳上的鞋子踢掉了，塗過碘酒的腳又踩到了地上。司機上前按住他的腿，同時對陳木年說：「快，幫幫忙，幫幫忙！」剛說完臉上就被金小異踢了一腳。陳木年沒動，甚至往後退了一步。女醫生從小箱子裡拿出一根針管，對陳木年說：

「還愣著，快點呀！」

陳木年無奈，只好上來按住金小異的另外一條腿。金小異喊著：「西奧，西奧，別讓我去那個地方！我不想去！」他還在亂動，女醫生的針沒法扎過去。

「按住了！」

「西奧！西奧！我不走！我不想去！」

「抓緊點兒！抓緊了！」

女醫生的針快接近金小異，金小異突然說：「木年，別趕我走！木年，我不想去，我想留在家裡畫畫！」金小異的聲音突然低下去，身體僵硬了一下，又硬了一下，然後就軟掉了，就不反抗了，不出聲了。女醫生的針已經拔了出來。金小異被一劑藥水成功地鎮定了。

陳木年聽到了金小異喊他的名字，他站起來，眼淚嘩地出來了。他不知道那一瞬間金小異是不是突然清醒了。金小異安靜地坐在床上看著他，滿眼裡都是哀求，那眼神看得陳木年心碎。金小異像個傀儡被安置在床上。陳木年蹲下來，把踢掉的鞋子給金小異穿上，站起來的時候說：「老金。」然後一轉身出了門。他不知道什麼時候能再見到金小異，但他現在不想再看他，一眼都不想再看。他去了洗手間，關上門，聽他們把金小異架出門，架下了樓。一串嘈雜的腳步聲終於消失。他聽見拉開車門的聲音，當他伸出頭往樓下看的時候，只看到了金小異的屁股，就是屁股也是一閃，就被醫務人員推進了車裡。他們都鑽進了車裡，然後車開了，拐到了樓的另一邊。陳木年坐到馬桶蓋上，開始在口袋裡找菸，眼淚止不住往下流。

一週後從精神病院傳來了金小異的死訊。剛聽說時，陳木年以為是自殺，最後消息證實是他殺。另外三個精神病患者聯合殺死了他。醫院裡說，金小異回去以後，嘴整天閒不著，手也不閒著，見人就扯住瞎叫一通，一會兒西奧，一會兒高更，一會兒木年。在廁所裡也叫。廁所裡當時還蹲著三個人，正好是西奧、高更、木年。先是那個被叫做「木年」的病人給弄煩了，拎著褲子就過來打他，接著「西奧」和「高更」也提著褲子加入，他們把正在大便的金小異摁到了牆上，金小異的褲子掉下來。「木年」卡著他的脖子，「西奧」和「高更」一頓拳打腳踢。他們從廁所出來，金小異已經死了。死屍解剖的結果是，致命的還是那個「木年」，硬生生卡得他斷了氣。

陳木年得到消息，越發難過和自責，如果當初他不打那個電話，或者換別一種更好的處理方式，金小異就可能不會死，甚至可能從此恢復。他相信金小異在被注射鎮定劑之前的那一會兒，是清醒的，正常的，他認出了自己。說不定那就是一個良好的起點。但是，誰都缺少等待金小異恢復理智的耐心，他也不例外，而他無論如何應該有那一點耐心的。

和金小異的遺體見最後一面時，陳木年因為難過和自責突然腸扭轉，痛得他當時就捂著肚子蹲在了地上，眼淚和冷汗一起流下來，一張臉濕淋淋的。

39

學期結束的一段時間裡，學校上下都在忙兩件事，考試和開會。學生考試；領導和老師開會，總結會，表揚會，本學期沒有完成的工作也趕在這些天裡通過會議的形式過一下場。敲鑼打鼓的，只要聲勢到了，就算工作完成了。因為會多，花房也忙，今天把花搬到這個會場，明天就得轉移到另外一個會場。學校會場的用花免費，下一級單位，比如各個系科，就要適當地收取費用，否則即使人忙得過來花也忙不過來。人也忙不過來，大林和二梆子早就抱怨了，就是能掙幾個錢也他媽的不容易，你要下力氣把花搬來搬去不說，還得擺放得讓人家滿意，哪一盆看不順眼了就得抱回去重換。各單位頭頭的口味不一樣，擺花就很麻煩，吃不準哪一盆不入法眼，所以老周就批評手下的三個，放機靈點，該換就腿腳利索點，說到底是為自己撈外快。三個人私下裡商定好了，每人負責一個會場，輪著來，輪到誰了，換花的任務就歸誰，跑斷腿了也得去換。

物理系開會的那天，陳木年負責擺花。一間大會議室裡，主席臺前擺了一溜大的綠色的盆栽。這是他們系負責布置會場的團總支書記的意思。會議的內容是歡送一位原退休的老教師，順便慶祝老先生從教三十八周年。綠色代表生機盎然，青春勃發。陳木年一次性擺花成功，得到團總支書記的肯定，之後就離開了，等著他們會議結束後通知他來取花。

回到花房找個躺椅坐下，正打算趁沒事眯一會兒，老周來了，說物理系的電話，要求換一盆，把中間的一盆綠的換成開紅花的大盆栽。這回是系主任的意思，他在開會之前看了一圈會場，覺得少點東西，熱烈的、絢麗的、眾星捧月的那種，來點紅的，大紅，他指示團總支書記，老人家是系裡、也是學校裡的寶貝，應該突出出來。陳木年在花房找主任需要的大紅花，轉了好幾圈都沒找到，他記得花房是有這樣的盆栽，可就是找不到。老周說，沒準是給大林或者二梆子搬到他們誰負責的會場了。陳木年只好去找，先到大林的體育系，沒有，再到二梆子的政治系，找到了。可是不能現在就拿走，他們的會議還要十來分鐘才能結束，陳木年就在外面等。

一刻鐘後會議結束了，陳木年抱了大紅花盆栽下樓，放到三輪車上就往物理系騎。一身汗抱到會議室前，門關著，會議已經開始了。他們等不及了，還是用那盆綠葉的盆栽。陳木年不知道該怎麼辦，是搬回去還是等在這裡，等他們中場休息的時候換。後一種機率很小，但不能說一點可能沒有，所以他就在門外站著，死活要得到他們某個領導的一句話才行。這是老週一再交代過的，不管怎麼說，最後要聽人家領導的。他就倚在門外等，有一搭沒一搭地聽裡面開會的聲音。

他對物理不感興趣，對唱讚歌也不感興趣，但在一個領導唱讚歌的時候，一個術語讓他耳朵一動。領導說，錢老師是我們系機械動力專業的元老和創始人之一。錢老師毫無疑問就是那位即將退休的老先生了，陳木年沒聽過，但「動力」這個詞聽過，他記得許老頭在一九八二年就上過一門「動力學」的課。這麼說，他們有可能是一夥的。這位錢老師一定知道許老頭了。陳木年來了興趣，希望從中聽到某些關於許老頭的資訊。可惜他們一直都是針對錢老師一個人作漫長和深情的回顧，那是一個人的歷史。他想算了，就等誰出來時抓著打聽一下吧。他倚著牆蹲下來，掏出一根菸來。

抽了不到一半，門開了。出來一個五十來歲的老師，戴著眼鏡，出了門就往口袋裡摸。陳木年一看就明白了，這又是一個菸鬼，只有上了癮的人才會這樣六神無主地找菸，看來被憋壞了。陳木年站起來，找出菸盒彈出來一根遞過去，那老師接過了，連謝謝都沒說就叼到嘴上，然後把菸湊到陳木年的打火機上。第一口吸得極其深情，眼睛閉上了，脖子也伸長了，兩隻手都抒情一般地張開了，悠長地啊了一聲，那樣子不像抽菸倒像吸毒。吐菸的時候張大嘴，吃了辣椒一樣嘶嘶啦啦地出聲，煙霧散盡，陳木年看見了他滿嘴的黑牙齒。連吸了三口，那老師的情緒才穩定下來，叼著菸繼續到口袋裡找東西，嘴也差不多騰出來了，對陳木年說：

「謝謝，謝謝啊。」

他從口袋裡摸出一個大菸斗和一包菸絲，菸絲揉進了菸斗裡，嘴上的捲菸就不要了，踩滅後扔進了旁邊的垃圾桶裡。陳木年又給他點上。菸斗的味很嗆，他吸得顯然更過癮，恨不能舒服得把口腔都翻出來給陳木年看。吸菸斗的時候，那老師嘴裡響起了嗶嗶的口水聲。菸斗弄得他很受用，人都懶了，也像陳木年一樣倚到了牆上。

「這個好，」他說，「還是這個好。」

陳木年說：「老師，您認識許如竹老師嗎？」

「許如竹？」他說，愣了一下，「你是說許老師？當然認識，原來是我們系裡的老師，同事。小夥子你是？我好像在哪裡見過你。」

「許老師遺體告別的時候。」

「對對，就那會兒。哦，想起來了，你是許老師的小朋友，聽他們說，很仗義，一直把老許的事操辦完了。你在這裡幹什麼？」

「我給你們擺花的，」陳木年指指會議室。「老師，您知道許老師當初為什麼不當老師，轉做花匠了？」

那老師抽口菸，說：「老許啊，我都記不清是怎麼回事了。二十多年了吧。那會兒他情緒好像有點不太對頭，就向學校要求辭職，去了花房。」

「你知道原因麼？」

「你一問我倒短路了。好像是因為職稱的事，人事處壓著他不給評副教授，那時候他也該四十多了吧，老因為各種事評不上。狀態也不太好，整個人有點擰，就主動要求去花房了。」

陳木年來了興趣，繼續追著問：「學校為什麼要壓他？」

「這些事，」那老師為難地說，「那時候的事，不好說。有人說是市裡的問題，有人說是私人恩怨，一團漿糊。老許沒跟你說？」

「沒有。他不願說。」

「老許他就這樣，這輩子就吃這個虧，有什麼事都藏肚子裡。當時他寫了一篇文章上書給市委，書生氣，說市裡加大運河水運建設是有問題的，應該盡快把鐵路建起來，這才是發展我市經濟的重要出路。現在看來老許是對的，可那會兒，誰聽你的，還扣個帽子打回學校，說是蓄意破壞社會主義建設。人事處處長，當時是誰？好像是沈處長，就借這個問題壓下了他的副高申請材料。之前他就壓過幾次。」

「為什麼老壓？」

「誰知道。聽說兩人有點恩怨。多少年的事了，老許都死了，更說不清了。」

「那個，」陳木年小心地問，「沈處長是誰？」

「你不認識，二十多年前的事了。沈鏡白。聽過這名字嗎？」

陳木年含含混混地說：「沒聽過。」

那老師說：「你還小，那會兒不知道在哪兒搓尿泥呢。」他樂呵呵地笑起來，「老許啊，老實人一個，書教得也好，可運氣不濟也沒辦法。人哪，你說不好。」那老師對著垃圾桶敲了敲菸斗，「抽兩袋就舒服了。得開會了。你還等著？」

「再等一會兒。老師您忙吧。」

那老師說：「別等了，會都開得差不多了，還換什麼勞什子花啊。」就進去了。

陳木年沒走，等著。那場會沒有中場休息，當他以為是中場休息的時候，團總支書記告訴他，已經結束了。他把大紅花原樣運了回去。一路上都覺得嘴裡發苦，不是個味，心裡沉，腿腳輕，三輪車騎得跌跌撞撞。

40

天太熱，睡不著。電風扇形同虛設，出來的都是熱風。蚊蟲也多，同時點了兩盤蚊香還是不行，蚊子們也瘋了。月光從窗外照進來，落到牆壁上又大又白，一隻蚊子落到牆上的月光裡。陳木年盯著看，很清晰，牠用長腿撓著頭摸著肚子，就是不飛走。才半邊的月亮就這麼亮堂。陳木年看出了一身的汗，翻身時後背黏住了竹席子，席子也是燙的，像睡在炕上。

按照校曆上的安排，還有五天就放假。現在大部分考試都結束了，就等著老師判完卷子，看分數是否低得需要補考，成績好膽子大的學生已經在收拾回家的行李，他們不擔心考試出問題。對學校裡的人來說，真正的年終不是春節，而是七月份學期結束。一個學年到頭了。陳木年的一年也到頭了，他需要清算和清點。他希望新的一年能有不一樣的生活。所以他斗起膽來給秦可寫了一封漫長的信。時間上合適，聽老秦說，秦可的試都考完了。他在信裡詳細地把所有事情交代了一遍。這封信花了他一天加一個晚上，兩萬多字。如果它起不到開創新局面的作用，就讓它算作對過去的總結吧。他覺得這事他得做。豁出去了。

晚上九點多，他把信折好，裝在沙灘短褲的兜裡，上面一件T恤，趿拉著拖鞋，敲響了老秦家的門。他要把自己弄得隨意點。開門的是秦可，秦可吃驚地說：「怎麼是你？」

陳木年說：「是我。」

剛要進去，看見魏鳴坐在電扇底下吃西瓜。也穿休閒短褲，T恤捋上來，露出圓滾滾凸起的白肚皮。相當有規模的將軍肚。像他這樣年紀，若不是當點小官有腐敗的機會，一般只能是陳木年那樣的貧下中農的肚子，吃飽了喝足了也平平塌塌。魏鳴大大咧咧地向他招呼：

「老陳，來，吃西瓜。我剛買的沙瓤西瓜。」

陳木年嗯嗯地點頭，腿卻往後撤。

秦可說：「有事進來說，怕人呀你？」

「不怕，」陳木年笑笑，「秦叔叔不在家？」

「不在。」

「那算了，你們吃。」退到了自己的門前。秦可直直地看著他，聲音陡然放大了，說：「陳木年！」憤怒地摔上了門。

陳木年回到自己宿舍，連喝了兩杯涼白開。涼白開也熱。他又想上廁所，就拿了本書去廁所，蹲在馬桶上隨手亂翻，什麼都沒看進去。大事幹完了，發現手紙沒帶，掏出口袋裡的兩萬言書，想了想，就揉搓軟了當了手紙。提著褲子出來時想，不管怎麼樣，今年終於徹底結束了。

他以為可以像空心人一樣睡個好覺了，可是天熱蚊子多，只能睜著眼躺在床上出汗，間以不停地拍打自己。一直折騰到十二點半，爬起來去洗手間沖冷水澡。魏鳴的門關著，小日本的門也關著，能聽見他和那個寡婦哼哧哼哧的喘息聲，偶爾寡婦忍不住了也要叫。他們倆在這方面堪稱勞模，大熱的天都不閒著。

小日本的好日子總算來了，那個寡婦終於在床上下了和他過日子的決心。魏鳴開玩笑說，幸虧是小日本，稍微衰一點的男人都扛不住。小日本很自豪，同時又有點後悔，沒有早點使出殺手鐧。所謂殺手鐧，就是想辦法先弄上床，只要睡過了，就會知道他小日本的好處了，那一身腱子肉可不是白鼓的。這個寡婦就是先睡過了才傾心的。她和小日本談，一直猶猶豫豫，雖說是寡婦，好歹有點姿色，找到比小日本更好條件的也不是沒有可能。小日本就約她來宿舍，吃完飯就縮在屋裡看碟，先是故事片，接著情愛片，在對方沒有強烈反對的情況下，小日本捏著汗把一張三級片放進了光碟機裡，放完了就出門買西瓜。回來了悄悄推開門，發現小寡婦正瞪大眼看著電腦螢幕，滿臉通紅，一頭的汗，胸脯大幅度地起伏，見小日本回來掩飾都掩飾不了。小日本切好瓜遞給她，順便抓住了她的手，她沒讓他鬆開，小日本就繼續抓其他地方，她也沒讓他鬆開，小日本就有數了，西瓜往旁邊一扔就撲上去。十分簡潔地就把事情辦了。

那天還出了點事，就是寡婦在關鍵時候突然暈過去了。小日本發現身底下沒動靜就慌了，他不知道發生了什麼事，剛才還好好的，還手把手教導他這個老處男呢。小日本內褲穿了半截就打開門跑到客廳，喊魏鳴和陳木年。魏鳴和陳木年從屋裡出來，還沒明白怎麼回事，寡婦醒過來了，啊啊地長叫，小日本又跑回去了。再出來的時候已經衣冠楚楚了，但是嘴裡不太著調，說：

「媽的，爽彎彎啊！」

後來大家知道，那女人暈過去是因為長期沒有男女生活了，乍一碰上小日本這樣實力型選手，也扛不住了，一不小心舒服得暈過去了。她死去的丈夫常年臥病，別說床上能有什麼作為了，就是下了床拎一只煤氣罐也走不了二十米。伺候了三年，她都快忘記自己是個女人了。小日本一次就填滿了她長達三年的空曠歲月，她哪能無動於衷。

寡婦以後就不願意離開小日本的那間小屋了，得空就來，就都熟悉了。有一回陳木年和她聊天，她說，我一個寡婦，還有什麼資格不滿意的，何況他身體又壯實。說後半句時臉還是紅了一點。陳木年覺得這女人滿不錯，是個實在人。

陳木年聽到小日本叫了一聲，知道他可能完了，趕快鑽進洗手間，否則小日本就會跑出來用水。冷水澡也不冷，感覺六十度都不止。他沖完了，穿著褲衩走出來，濕毛巾搭在肩上，魏鳴的門及時地開了，問他：「洗好了？」

「洗好了。」

「我也沖一把，熱死了，」魏鳴說。側耳聽了一下小日本房間裡的動靜，詭異地說，「操，沒法活了。」

第二天一大早，天還是熱，沈師母打電話找陳木年，要他搬到他們家空調房間裡住。她說，這鬼天要出人命的。陳木年拒絕了，要在過去他說不定還會過去住兩天，但現在，他不想去，他沒法把沈鏡白和當年的人事處處長聯繫起來。

「過來吧，木年，」沈師母還堅持。「正好你沈老師這些日子情緒不好，你在這也好陪陪他。」

一聽沈鏡白情緒不好，陳木年還是非常擔心，「沈老師身體不舒服？」

「也不是，就是心情不太好。不知道怎麼回事，上次從幾個追悼會上回來，狀態一直有問題。問他，他就說沒事，可能是太忙了累的。」

「哦。」

「搬過來吧，你沈老師昨晚睡覺時還說，也不知道木年這麼熱是怎麼睡的。要不是時間太晚了，他就讓我給你打電話了。」

陳木年握著電話，半天才說：「師母，我這邊還有點事，要不過幾天再搬過去吧。你們有空嗎，我什麼時候去看看您和沈老師。」

「我哪天不閒著。今天你沈老師也沒事，就中午吧。我給你做香辣雞胗。」

41

沈鏡白端著茶壺從書房出來，人瘦多了，兩腮凹了下去，眼袋大了，但鬍子是新刮的，顯得氣色還算好。剛坐到飯桌前就咳嗽起來。

陳木年說：「沈老師，您不舒服？要不要去醫院看看？」

沈鏡白擺擺手，「沒事。年齡大了，誰也逃不掉。」

沈師母笑呵呵地說：「老沈，別在孩子面前賣老。要說年齡大，我比你還大呢，不照樣心寬體胖。你是哪個地方不對頭了。」

「你看看你師母，」沈鏡白對陳木年說，「老疑神疑鬼的。我就是覺得對不住老許，那會兒太聽上面的意見了，把他的職稱給壓下去了。他死了，我這心裡更不安了。一輩子對不住一個人，難受。木年，這事老許跟你說過沒有？」

「沒有。」

「噢。」沈鏡白說，「這個如竹。」

沈師母說：「你沈老師，就這點不好，心重。你說又不是你的錯，那是領導的決定，你負個什麼罪。」

沈鏡白向她擺擺手，「你不懂。」然後轉向陳木年，「外語看得如何了？」

沈師母打斷他：「我不懂。我哪裡能懂。你不能等會兒再說看書的事麼？孩子剛到，菜還沒吃幾口你就審問。木年，別理他，吃，多吃點。」

那頓飯陳木年吃的多說的少。肚子裡有點複雜。沈鏡白承認了當年對許如竹的打壓，而且說出了原因。到底誰說得對，他拿不準。他一度想問，四眼您認識嗎？趕緊又把這個念頭收回去了。他怕問，他覺得從沈鏡白嘴裡得到的任何一種答案都可能擊毀他。陳木年不知道一種類似信仰的東西坍塌後，他該怎麼辦。對他來說，其危險程度相當於正在往前跑的時候突然發現路斷了，前面是空蕩蕩的懸崖。而對他來說，沈鏡白就是他的信仰。

所以他也沒能在沈鏡白家待很久，吃完飯，聊了一會兒就回去了。沈鏡白也有點疲憊。陳木年向沈鏡白說明暫時不搬過來的原因，自己的一點小私事而已，沒說是什麼事。沈鏡白說，忙你的，也不小了，呵呵。他以為陳木年是為了女朋友。陳木年也沒反對。他離開的時候，沈鏡白照例囑咐好好看書，尤其是外語，然後神情黯然地說了一句：

「好好珍惜。別讓自己空了，人就怕空。」

陳木年一路都在琢磨這句話，什麼叫「空了」？想不好。但他覺得沈老師的那種精神狀態就是「空了」。是人死了才覺得「空了」，還是一個對手消失了感到了「空」？沈鏡白和許如竹真的是那種關係？還是想不好。都想不好。回到宿舍，一杯水還沒喝完，他就聽到了那條目瞪口呆的消息。

是魏鳴帶回來的。魏鳴說，辦公室裡都在傳，一個去年考沈鏡白的研究生落榜的女生在網上披露，沈鏡白利用導師的職權騙取了她的身體，答應幫她，最後又讓她名落孫山，她希望能討個說法，得到社會的支持。沒想到，她給本市的報紙寫信打電話披露這件事，各種報紙最後都以真實性待考為由拒絕了，而據她所知，這些報紙的頭頭腦腦要麼是沈鏡白的朋友，要麼是他的學生，總之都是沈幫人。學術腐敗竟然從大學蔓延到了社會上，可怕，可悲，連一點正義之聲都沒法正常地發出來，云云。

「真的假的？」陳木年都呆掉了。

「當然是真的了。教務祕書小劉在網上看的，校園網上的BBS上，不信你自己去看。」

陳木年拿了車鑰匙就下樓，騎車去離學校最近的一個網吧。他在本校的論壇上沒有找到這條消息，鬆了一口氣，出來找公用電話打給魏鳴，再次質疑消息的可靠性。魏鳴說，是不是被學校的網管刪掉了？他們整天就幹這個，只要出現對學校不利的言論，一概刪掉。你再搜一下。陳木年又回到網吧，在百度上鍵入沈鏡白、考研等字樣，出來一大串資訊，他揀最新的看，第三條就讓他傻眼了。就是魏鳴說的那個。他又打開其他幾條，同樣的消息。看來那女生不僅在本校的ＢＢＳ上貼了，在其他的一些社會網站上也貼了。陳木年睜大眼瀏覽那個帖子，心想，可能完了。

那女生沒有在文章裡署上真名，但是一看到文中的記述，陳木年就知道是誰了。一個江西的女孩子，大概二十四五歲，大學畢業兩三年了，在一家小公司裡給領導當祕書，叫裴菲。陳木年見過她，正像帖子裡說的，她來到這所大學以後，是通過陳木年的介紹見到沈鏡白的。她之前已經打聽到，儘管陳木年不是沈鏡白的研究生，但因為和沈的關係勝過師生，所以才從陳木年那裡下手，希望能從陳木年那裡得到一些資訊，甚至因為陳木年這層關係而讓沈另眼相看一點。文章裡化名為小傅的裴菲甚至直接寫道：

「那個叫陳木年的當時還是學校的臨時工，不太愛說話，但說起話來好像還滿有點水準。吃飯的時候，他們倆討論了黃景仁的詩，那個臨時工竟能隨口背誦黃景仁的大量詩句。」

她說吃飯的地方叫「避風港」，環境優雅，餐廳裡用一棵棵巨大的假榕樹做裝飾。她沒想到沈鏡白會請她吃飯，因為之前她就打聽過，沈從來不喜歡各種應酬。陳木年當時也沒想到沈老師會請她吃飯。他已經給裴菲說了，沈老師一般是不見各地來的考生的，只讓他們好好複習就是了，但裴菲死活纏著他，一定請陳木年幫忙，她大老遠從江西跑過來不容易。陳木年提前給沈鏡白打過電話，沈鏡白說不見，讓她回去好好複習。可那個裴菲還是不放過陳木年，陳木年經不起磨，就在快下課的時候把她帶到沈老師的課堂外面。陳木年記得當時沈老師愣了一下，大概因為他竟然把那女孩帶到了教室前。那個裴菲開始發揮了，她嘴很會說，久聞大名、慕名已久之類的頌歌唱了不少。沈鏡白只是嗯嗯答應，一邊往車棚裡走，要推自行車回家。當他把車鎖打開的時候，突然又鎖上了，說：

「這樣吧木年，我們一起去吃個飯，飯桌上再談吧。」

就去了「避風港」，離學校最近的一個不錯的飯店。

小傅在帖子裡還說，第二天她又給沈鏡白打電話，說是後天就要離開了，想在回江西之前回請一下老師，以表謝意。她說她當時的確是希望能夠在第二次共餐的時候得到點和考試相關的資訊，比如考題或者複習範圍什麼的，所以就沒請那個臨時工。她也沒想到沈鏡白能來，但沈竟然就來了。還是在「避風港」。吃飯的過程中，她就發現沈經常盯著她看，她當時心中就竊喜，覺得有門，但沈看歸看，關於考試只是泛泛地說一些，好好複習，認真答題，基礎要牢，知識面要廣，要有自己的觀點，等等。她有點失望，但沒有死心。小傅在帖子裡寫：

「為了考研，我打算回去就辭職。沒有了工作，我想我必須得考上，不惜一切代價，我已經考了三次了。所以當時我就想，管他呢。我就裝作喝醉了，站起來的時候靠在了沈的身上，然後告訴他，我轉向了，不知道旅館在哪裡了。沈就說，他先送我回去，我一高興，單都忘了買。那頓飯又成了他請的。回到旅館，我覺得我應該更醉一點，就拉著沈的衣袖不讓他走，說，沈老師，很多年前就崇拜您了，終於見到了，我真高興。我歪歪扭扭地站起來倒茶給他喝，抓著他的手往他手裡塞茶杯。先是我抓他的手，後來他就抓住我的手了。我們就倒在了床上。他表現得還不錯，只是完事後莫名其妙地哭了，半天才找到眼鏡。」

小傅在帖子裡看起來自我暴露得相當徹底，她把當時的對話都回憶出來了。她說沈鏡白提褲子的時候，她赤裸著上身說：

「沈老師，因為崇拜您，我都這樣了，您一定得幫幫我。」

沈鏡白說：「你好好考，能幫的我儘量幫。」

她又說：「大約能考哪些題目？」

沈鏡白說：「說不準。試題還沒最後商量好。」

然後沈鏡白就走了。小傅寫道，她在考試之前還給沈鏡白打過電話，他還是讓我好好考，考完了再說。沒有透露題目給我。我想他在批卷子的時候一定會想起他在我身上還有不錯的表現，要知道，他都那歲數了，不錯了。可是，我的專業課分數最終並不是很高，前面還有四個超過我。我英語考砸了，離國家線差四分。我就給他打電話，他說他也沒辦法，這個學校無權降低國家統考卷的分數。可我打聽過了，只要導師肯幫忙，四分不是問題。他一定是不願意幫，他提了褲子就不認帳了。我想，即使我的英語過線了，也未必能被錄取。因為只收三個人。小傅最後說：

「也許沈鏡白就是一隻披著狼皮的羊，通過這種方式睡了很多女生。錄取了她們，她們會感恩戴德；錄取不了，她們也無話可說，因為的確是自己分數不濟，不好意思開口聲張。他就這樣害了無數的妙齡女孩子！現在我站出來，就是為了給那些付出了高昂的代價而最後又不得不默默忍受失敗的姐妹們伸張一下正義！也許你會說我很無恥，是，我無恥，可是為了讓更加無恥的人不能再害人，我寧願背負這無恥的惡名！報紙不是拒絕為我主持公道嗎，好，我就通過其他媒體，廣播、網路，我就不相信一個太平清明的社會主義國家，就容不得一個誠實的弱女子的真話！！我就不相信一個民主開放自由的時代，就能容忍豺狼當道、罪惡橫行！！！我誓要鬥爭到底！！！！」

帖子上越來越多的驚歎號看得陳木年雞皮疙瘩一層一層暴起。這個裴菲膽子的確是夠大的，不惜把自己提前脫光了。他看了一下，重要的網站幾乎全貼了，照這個速度下去，兩天的工夫就會變得舉國皆知。他不清楚沈鏡白和裴菲是否真發生了那種關係，但他知道，這事要傳開去，沈老師麻煩就大了。

出了網吧，陳木年就在回想裴菲的長相，他有點記不起來了。快到校門口的時候，突然腦子裡亮了一下，那個裴菲長得很像陸雨禾，眉眼、鼻子和嘴，都像。怪不得當初看到陸雨禾到花房去找許老頭時，就覺得她眼熟，當時他一定是想到了裴菲。這麼一想，陳木年暗叫一聲完了，那事十有八九是真的。

42

這兩天陳木年像潛水一樣憋著，不出聲，耳朵卻豎得長長的，聽周圍的動靜。這種事只會越鬧越大，最終能鬧多大誰都說不準。外面的風聲是越來越大，在食堂裡吃飯都聽到有人在談論這事。所有人說得都挺開心，一臉生活終於有了樂趣的笑容。他不敢跟沈鏡白說，不清楚他知不知道。沈老師不上課的時候，資訊是比較閉塞的。但是知道是遲早的事，陳木年擔心沈鏡白聽了吃不消，畢竟是有頭臉和身分的人，也擔心沈師母吃不消，她的脾氣摸不透，好時挺好，哪點不對勁兒了，麻煩就大了。想來想去，陳木年決定趕快搬過去住，出了事既可以照顧一下沈鏡白，也可以勸慰沈師母。他打電話過去，沈師母接的。

陳木年說：「師母，我想今天就搬過去住，這邊實在太熱了。」

「等兩天再說吧，」沈師母的聲音有點啞，「木年，一個叫小傅的女孩子你知道嗎？」

陳木年一驚，脫口而出：「不知道。」

「真不知還是假不知？木年，你跟我說實話。」

陳木年結巴了，「師母，您別聽那些亂七八糟的謠言。」

「看來真有這回事了。那女孩你見過？漂亮麼？」

「還行吧，」陳木年只好認了。「師母您別激動，事情弄清楚再說。現在有人就喜歡通過這種下三濫的方式讓自己成名。」

「不是人家下三濫，是我們的沈大教授下三濫！」

「師母您別太著急，我搬過去陪陪您和沈老師吧。」

「算了，你別搬了。我要跟他離婚！」

沈師母是今天早上在學校的小菜場聽到的。兩個年輕女人在她前面買肉，揪著耳朵聊出來的。他們只說是中文系的沈老師，沈什麼沒說。但沈師母立刻聽懂了，兩眼直冒金星，中文系姓沈的就沈鏡白一個。她沒敢反駁，怕越抹越黑，也不好反駁，人家說得實在是有鼻子有眼，連陳木年的名字都說出來了。沈師母當時恨不能一頭鑽到刀底下，讓賣肉的剁了。不管真假這都不是好事，她菜沒買就低著頭回家了。多大歲數了，她氣得一路就想摔菜籃子。

陳木年在電話裡拚命地勸沈師母，沈師母根本不吃這一套，她一個勁兒地說氣死了、丟死了，過不下去了。陳木年就轉一下問沈老師知道這事不？

「他幹的他還能不知道？」沈師母火氣更大了，「在書房看書呢，沒事人一樣！」

「沈老師怎麼說？他沒說這是謠言？」

「不吭聲，什麼都不說。」

陳木年掛了電話，猶豫要不要去沈老師家一趟，想想還是不去了，這事他解決不了，去了只能添亂。只能靜觀其變。晚上母親突然打來電話，問陳木年那事是不是真的。陳木年說什麼事？母親吞吞吐吐地說：

「沈老師的事。」

小城就這麼大，放個響屁全城人就都聽見了。普通老百姓都知道了，看來事情真的鬧大了。陳木年不說話。

「不會的，我和你爸都不相信，」母親在電話裡激動地說。「沈老師不是那種人，一定是有人在想法子臭他。是不是他得罪了什麼人？」

陳木年說：「不知道。」

「兒子，你別聽外面那些烏七八糟的傳言。沈老師是清白的。你爸說了，如果誰要存心敗壞沈老師，他去跟那人拚命都不會眨巴一下眼！」

第二天陳木年去花房上班，也就是整理一下花花草草。學生們陸續回家了，校園裡開始一點點空寂起來。大林和二椰子也提到了這事。兩個人湊上來問陳木年那個女生好看不好看。陳木年說不知道。

大林說：「你怎麼不知道？她說了是你在中間引的線。」

二椰子說：「不是引線，是拉皮條。」

陳木年一下子火了，「你他媽的無聊不無聊！離我遠點！」

二椰子不生氣，仍舊笑嘻嘻地說：「老陳，急個什麼，是不是你還沒得手就被老頭提前搞上了？」

陳木年把手裡的鏟子對準二梆子，說：「你再說一句，我就把你的脖子鏟下來，不信你試試。」

二梆子住嘴了，趕緊跑到大林的那邊去。三個人低頭幹活不吭聲，老周從辦公樓開會回來了。二梆子又忍不住了，老遠就說：「周科長，你知道那是真睡假睡？」

老周說：「二梆子你老老實實幹活，嘴伸那麼長幹什麼。學校領導都知道了，張處長說，這星期全市人民關心的只有兩件事，一是鐵路上通了貨車，第二個就是這個。」

大林也憋不住了，問：「學校打算怎麼處理？」

老周說：「我怎麼知道，我又不是領導。」然後看了陳木年一眼，說，「幹活幹活。」

下了班陳木年沒去食堂吃飯，在超市裡買了幾袋速食麵拿回宿舍煮，誰的話他也不想聽了。魏鳴在廚房裡洗前一頓吃完飯沒洗的鍋碗，準備做飯，大熱天的還戴著橡膠手套。見到陳木年，他剛張嘴喊了一句老陳，陳木年迅速把房門關上了，寧願被熱死也不要聽他說話，不用猜他也知道魏鳴要說什麼。魏鳴在廚房裡叮叮噹噹擺弄了很久，陳木年餓不過，麵也不煮了，撕開方便袋乾吃了下去。

學校的反應速度比陳木年預想的要快。第二天晚上八點多鐘，他泡了一盆衣服剛打算洗，辦公樓來電話找他。到了辦公樓四樓小會議室，才知道沈鏡白已經在隔壁和領導談話了。他也是來談話的，因為小傳的文章裡提到他，算是個中間人。跟他談話的是學校紀委副書記，上來第一句話就是，這是省教委的意思。鬧大了，學校也沒辦法，有什麼你就說什麼吧，沈老師在隔壁，隱瞞是沒有意義的。陳木年一聽，這哪是談話，分明是隔離審查。

陳木年沒有隱瞞任何東西，有什麼說什麼。他沒法隱瞞，也不知道在哪個環節需要隱瞞。談話不到大半個小時就結束了，他在談話記錄上簽字。簽完字要走，門開了，一個領導進來叫他，說沈鏡白在隔壁找他。陳木年到了隔壁房間。一共四個人，沈鏡白、張校長、紀委的吳書記和一個記錄員。四個人的格局不是常規的審問架勢，而是大家圍坐在一圈沙發上，只有記錄員的面前有一張桌子。沈鏡白的頭髮還是一絲不亂，中間的那些銀白的髮絲在燈光底下閃亮，鏡框也亮，依然是清爽脫俗的神情。他神情自若，根本不像犯了錯誤的人。相反，那兩個領導倒是有點謙恭，對著沈鏡白一直微笑著臉。沈鏡白讓他坐在身邊的沙發上，陳木年看到他眼裡的血絲。他的疲憊只在眼裡。房間裡有涼颼颼的風，陳木年覺得這房間裡的空調效果比剛才的那間好。

陳木年說：「沈老師。」

沈鏡白拍拍他的手，示意沒什麼，說：「木年，這事跟你沒關係。我可能要退休了。藉這個機會，當著兩位領導的面，有些事提前交代一下。」

張校長說：「沈老師，有什麼吩咐只管說。」然後對記錄員揮了揮手，讓他出去。

「也沒什麼，就是木年。這幾年讓各位領導費心了，承受了不少壓力，我個人很感謝，我想木年遲早也會有所感激的。」

張校長說：「沈老師見外了，不過是把畢業證壓幾年，好在木年沒有往上告。」

陳木年看看沈鏡白，又看看張校長，最後還是看沈鏡白。

「木年聽不明白了。」沈鏡白笑笑說，「現在可以跟你說了。學校一直不發畢業證和學位證給你，是我的意思。按理說你早該拿到了。」

「您的意思？」陳木年幾乎要從沙發上跳起來。

「我的意思。我讓張校長他們幫了個忙，扣發你的畢業證。別急，該讓你明白了。我和校領導都交流過，只是想好好磨礪你一下。這話其實跟你說過很多次，艱難困苦，玉汝於成。做學問不僅需要天分，還要韌性和毅力，需要寬闊的心襟和沉潛下去的能力。古人說得好，板凳要做十年冷，大學問家莫不如此。我早就知道，我是沒有希望了，我的那幫學生也沒有希望，天分不足之外，還浮躁不堪，經不起困難和打擊，只會投機鑽營，對學問起碼的敬畏之心都沒有。所以，我希望你——」

「希望我能把所有這些問題都解決？」

「沒錯，」張校長說，「當時你出了事，沈老師就跟我說，你是個難得的人才，才分遠遠高出其他人，但想成就一番大學問，還需要砥礪和磨練，所以，就讓學校出面，扣下了你的畢業證，又把你留在學校做臨時工。剛才我說幸虧你沒告，是因為，如果沒有立得住的理由，學校事實上是沒有權力扣壓學生的證件這麼久的。你得感謝沈老師，剛才聽沈老師說，你現在已經取得了巨大的進步。」

陳木年覺得有點氣悶，誰的意見也沒徵求，就掏出了菸，想抽兩口。陳木年抽菸的時候覺得嘴唇發涼，吐出了一口菸，說：「所以就壓？就壓四年？」

「已經很快了，」沈鏡白說，拿起陳木年的菸盒，要掏出一根，這時候吳書記以更快的速度遞上來一根，幫著點上。沈鏡白也抽上了，陳木年從來沒見過他抽菸。他的動作有點笨，第一口就咳嗽。「說實話，我沒想到你能在四年裡取得這麼大的成績。剛開始我想，要想做一個各方面素質和能力都超群的學者，童子功起碼得五六年，你四年就做得很好了。你發現沒有，我讓你看的書，都是比較雜的，考慮的問題也是超出常規的，這都是極其有效的訓練。大概你不太清楚，一年前你交上來的讀書筆記就已經寫得非常好了，稍微整理一下，甚至整理都不要，發表在最好的學術期刊上都沒問題。最近的幾篇論文更加純熟，探討問題的方法和深度，據我所知，即使北大古代文學的博士，也未必能寫出來。」

陳木年猛烈地抽菸，他不覺得這是誇獎，他說：「您不是一直說是習作麼？」

「這樣說是為了你好，治治你的傲氣。保送那會兒，我向周圍的老師和學生了解你，他們都說你有點恃才傲物，這是做學問的大忌。當初壓你的證，我也有點不忍心，後來想想，既能讓你打好基礎，又能錘鍊你的性格，一舉兩得，就咬咬牙壓下了。現在看你的文章，我還得說是習作。對別人來說是好東西，對你來說就是習作。你會做得更好。文章我都存著，明天你到我家拿過去，整理一下都可以發表。」

吳書記說：「沈老師真是有心人啊，您這樣的老師，恐怕很難找到第二個了。」

沈鏡白笑笑說：「今天已經說開了，我也無所謂了。說實話，開始讓你們扣壓證件，主要還是出於私心。」

兩位領導做出詫異的表情。吳書記又遞上一根菸。

「是私心。說了領導不要見怪。我們學校，也就是個三流，對做學問來說，不是個好地方。很多年前我想過離開這裡，後來因為種種問題，耽擱下來，等再想走的時候，走不了了，也走不動了。什麼專家，什麼名教授，都是虛的，窩在一個小地方，任你神仙都使不上力氣。我想，如果我在北京、上海，也許就完全不是現在的這副樣子，無論哪方面都會比現在強，在這裡，誰想得起你來？所以當時我想，我出不來了，我得讓我的學生出來，這輩子我總得讓一個學生扛著我的旗子走出這個小地方，讓他和北京、和上海、和世界上任何一個地方的大學者一樣平等，受人尊重和崇拜。否則，我不甘心。五十五歲以後我其實就是在物色這樣的人，我知道我已經到頭了。我發現了木年。第一次看他的文章我就另眼相看，沒想到這個小學校還有如此有才華的人。他就是我要找的人。我跟木年說過，本來我想培養我兒子，可他興趣不在這裡，我很失望。木年又給了我希望。」

張校長說：「沈老師說的對，我們這個小學校的確有這個問題，出不了大學問家，也留不住優秀的人才。這也是我們一直頭疼的問題。」

吳書記說：「感謝沈老師為我們培養出了陳木年這樣優秀的學生，等他念了研究生，假以時日，一定會成為沈老師期望的好學者的。」

「以他現在的資質和水準，只要順利發展下去，不會有任何問題。」沈鏡白說，掐掉菸，換了個舒服的姿勢斜躺在沙發上。「我壓他的證件，另一個考慮也是為了留住他。保送那會兒我了解到，木年曾經有過報考名高校的念頭，如果證件過早給他，很可能就不是我的學生了。找一個好學生不容易啊。我想我留住了木年，等他成了我的研究生，我會讓學術界大吃一驚，我的剛入學的碩士生就如此成熟，讓他們知道我沈鏡白窩在這個小地方，四十多年了並沒有白活。」

「您一直都不甘心。」陳木年臉色越來越不好看了，他覺得他其實在失語，表達不清內心的想法。「包括現在這件事？」

大家都知道「這件事」指的是哪件事。

「是的，在如竹死去之前，我的確是不甘心。那個裴、裴菲，資質非常一般。我想，招誰都一樣，我不指望他們能幹出點什麼名堂。既然她有意思，那就做個順水人情。我是扶她去了賓館，也做了荒唐事，只是沒她說的那麼精神，老了，不行了。你們要笑話就笑話吧，沒什麼好隱瞞的。已經這樣了。如竹死了之後我想明白了，人這一輩子，就那麼回事，玉環飛燕皆塵土，誰都逃不掉，都是浮名，都是虛利，都是虛妄之物。還有什麼？」沈鏡白說這些時，神情看似平淡，實則淒涼。

陳木年說：「就因為像陸雨禾？」

沈鏡白面露驚訝之色，笑笑說：「這個如竹，這也告訴你了。我以為他早就看開了呢。看來都沒有看開。」沈鏡白長歎一聲，雙手抹了一把臉。「出了這種事，報應啊。」

兩位領導面面相覷，他們聽不懂。張校長說：「沈老師，要不你們談，我們倆先走？」說完就要站起來。

「不，不。不說這個了，」沈鏡白擺擺手，對陳木年說，「這事我們回去再慢慢說。先說正事，張校長，吳書記，還是剛才的話題，把木年託付給你們。」

又是一個「託付」。陳木年不知道自己要如何被別人託付。他的頭有點疼，想像力有點跟不上。

「沈老師吩咐就是了，只要能辦到，一定盡力。」

「先謝謝了，」沈鏡白習慣性地雙手合十表示感謝。「幫忙給木年換個合適的工作，能保證他複習的時間的，還半年就考試了。工資不是問題。」

「沒問題。其他的呢？」

「再一個，就是考試的問題。我英文不太好，政治也不通，不知木年在這方面的真實水準。我的意思是，如果木年還打算考我們學校的研究生，希望學校能夠對他稍微放寬一點政策，確保能上。」

「那當然。木年一定要考我們本校的，考沈老師的，」吳書記說，接著表情有點像開玩笑，「肥水不流外人田嘛。」

「不，不，我不行了，」沈鏡白的疲憊蔓延到了手上，右手搖擺得緩慢。「我決定退了，出了這樣的事。說真的，帶不了木年大概是我後半輩子唯一的遺憾了。不過無所謂，不管考哪位老師的，不論是哪個學校，木年都能成為一個相當出色的學者。這不會有問題。」沈鏡白說完了就看著陳木年笑，完全是看著自己孩子的那種眼神。在他身上，他花了四年的心血，最後不得不眼看著對方離開自己，成為別人的學生，就像看著撫養多年的孩子最後進了別人家的門。沈鏡白心疼，眼淚慢慢流出來，臉上的皺紋越來越深。一輩子的事情到這裡基本上就結束了，他不甘心也得甘心，不甘心也沒辦法。「木年，隨你的便，想考哪裡就考哪裡，想考誰的就考誰的吧。」

張校長說：「當然考我們自己的，即使沈老師退休了，還可以繼續做你的導師嘛。」

陳木年終於忍不住了，猛然站起來，菸扔到地上，憤怒地大聲喊：「我誰的都不考！」拉開門就往外走。沈鏡白在後面叫他，他也不理，穿過走道，沿樓梯跑了下來。

43

陳木年眼淚嘩啦嘩啦地往外出，一路狂奔到宿舍。到了宿舍心裡的狂躁也沒有平復下來，他坐下去又站起來，點上菸又掐掉，來來回回在房間和客廳裡轉圈子。天熱得要死，渾身黏乎乎的，無數的蚊子在耳邊吹喇叭。魏鳴的門關著。小日本的門也關著，裡面傳出熱氣騰騰的喘息聲。小寡婦又來了，小日本似乎要把積壓了三十年的債都還上。陳木年滿腦子都是談話的內容。

四年，他的老師。

就這樣。

像做了一場大夢。

他走到洗手間裡，撒了一泡尿，看到泡在盆裡的一堆衣服，一點都不想洗，不僅不想洗，還想把它們拎出來扔到窗外去。他努力克制自己，靜下來，再靜下來，又點上一根菸，走到陽臺上抽。月光照亮了大半個陽臺，像在水裡。

秦可的窗戶裡傳來搖滾樂的節奏，聲音不是很大，但還是把周圍的熱空氣震動了，一波一波地湧到臉上。陳木年聽到音樂裡有人在說話，聽不清。這個時候任何聲音他都覺得不動聽，都招人煩。他大聲咳嗽，希望秦可能夠把音樂關掉，但咳嗽了幾聲一點效果都沒有，另一首搖滾樂又開始了。鼓點更密，節奏更硬。砰。砰。砰。砰。陳木年的心臟也跟著鼓點越跳越快。他聽到秦可在音樂聲裡說話，說什麼還是聽不清。他把菸抽到了底，菸屁股燒到了手才扔掉。他不想再聽下去了，準備脫衣服去洗手間沖冷水澡。T恤剛捋過了腰，聽見有人叫他，停下來再聽，是秦可，驚恐急躁的聲音從搖滾樂裡衝出來：

「木年！木年！快過來木年！」

陳木年趕快把衣服放下來去開大門，推秦可家的大門推不動，從裡面銷上了。他一邊敲門一邊喊秦可的名字，問她出了什麼事。秦可不說，只是喊他的名字，讓他快過去。

「小可你開門！我進不去！」

秦可還是喊，門不開。陳木年想秦可屋裡一定出了事，可踹門是不行的，是鐵皮做的防盜門，他想了想，決定爬窗戶。但現在是晚上，他不敢確信一定能順利爬過去，尤其是抓住窗框有困難，就跑到衛生間把魏鳴的橡膠手套戴上，從陽臺上開始往秦可的窗戶爬。幸好是個大月亮地，陳木年各個角落看得都很清楚，從哪著手，從哪起腳，到哪落腳，和白天基本沒有太大差別，而且還戴了橡膠手套，跳起來膽子更大了。秦可的聲音在催他，他的手腳更靈活了，整個過程比探視許老頭那次要快不少。

陳木年已經蹲在了秦可的窗戶上。秦可的房間裡沒開燈，他定了定神才看見床上有個油亮的脊樑在動，是個男人，短褲已經褪到了屁股以下，兩條光腿壓著秦可，秦可在底下，陳木年看不見她的臉，只能聽見她的叫聲，她還在叫木年木年。秦可在反抗，兩隻手甩來甩去，不停地擊打身上男人的後背。陳木年熱血上湧，一時反應不過來，機械地左顧右盼，看到了桌上答錄機旁的一把刀。刀插在吃了半邊的西瓜上，月光照在刀上發出刺目誘人的光芒，像刀上的另一把刀。幾秒鐘後陳木年跳下窗戶，一把抓過長長的水果刀，攢足了力氣對著幽藍白亮的後背扎下去，他叫了一聲，那個人也叫了一聲。拔出刀的時候噴出了血，濺了他上半個身和一頭臉，血液落到皮膚上陳木年沒感到熱，反而感到了清爽宜人。在那人轉過頭之前，陳木年又叫了一聲，扎下了第二刀，接著第三刀第四刀。一個個刀口噴出了清涼的血。

那人的喊聲變了形，喊了幾聲就不喊了，輪到秦可叫，她摸到濺到臉上黏稠的液體就叫開了，叫聲在夜晚裡讓人驚心。她只喊了一聲，調子拖得相當的長，然後就停下了。她一側身把身上的男人翻到床下，在月光裡迅速地用被撕破的衣服包住胸前。陳木年上半身都是血，看起來詭異而且兇殘，他握著刀只喘粗氣。那個男人落下床，仰面朝天地躺著的時候，陳木年看到的是魏鳴的五官移位的臉。他還沒死，嘴裡咕嚕咕嚕地說著什麼，嘴角流出的血，被月光映照成了紫黑色。魏鳴一點點把右手臂撇起來，撇到四十五度的時候落下了，啪的摔在水泥地上，跟著頭一歪，兩隻腳抽搐幾下，不動了。答錄機的磁帶到了頭，響了一下自動跳了鍵。陳木年的刀掉下來。

「木年。」秦可哭著說，抱著胸前往後撤，「木年。」

陳木年點點頭，往秦可的床邊走，伸出兩隻胳膊。秦可猶豫著，陳木年就一直伸著，秦可終於跪著往他這邊爬，一頭扎進陳木年的懷裡。進了陳木年的懷就開始打他，漫無目的地打，打得語無倫次。她說木年木年，你怎麼才來。

陳木年說：「你不讓我來找你。」

「你胡說！你胡說！我天天等著你來找我，你就不來！」秦可邊說邊哭，一口咬住了陳木年的肩膀。陳木年咬牙忍著，說：「你不是一直在找魏鳴麼。」

「我就找！就找！就氣死你！」

然後兩個人突然都不說話，只是黏乎乎地抱在一起，越抱越緊。好像根本沒有殺人這回事。抱了幾分鐘，秦可睜開眼，重新看見了躺在地上的魏鳴，一下子哆嗦起來，說：

「木年，木年，你殺了人！」

陳木年也回過神來，害怕了，把手伸到面前，看到了橡膠手套上的血，觸電似的把手套脫掉了。他轉過身坐到床上，又把秦可抱緊了。「魏、魏鳴，死了？」

秦可把枕頭邊的鬧鐘膽怯地投到魏鳴身上，魏鳴一動不動。秦可說：「死，死了。」

陳木年朝窗外看，老三樓上只有兩三個窗戶亮著燈，也只有一兩戶人家還沒有搬走了。陳木年記得剛才所有窗戶都是黑的，現在卻亮了。一定是被驚動了。陳木年說：

「怎麼辦。怎麼辦。你爸呢？」

「打牌了。」

「什麼時候回來？」

「不知道。」

陳木年深吸一口氣，慢慢鎮定下來。他對秦可說：「我殺了他。別怕。我殺了他。」這時候大門咔噠響了一下，又是一下，陳木年的身體一下僵硬了。「誰？」他問秦可。

「可能是我爸，」秦可說。「是我爸。爸！」

門開了，燈亮了，老秦驚叫了一聲。他看到了地上的魏鳴，看完了也就明白了。魏鳴的短褲在大腿上，那東西歪在一邊。他也看到了女兒被撕壞的裙子。

「小可，你沒事吧？」

秦可搖搖頭，又哭了，說：「爸。」卻抓著陳木年的胳膊不撒手。

老秦指著地上，又指指陳木年。

陳木年點點頭。

老秦聲音突然大起來，大也是在嗓子裡大，他說：「還不快走！」

陳木年茫然地看看秦可。

老秦說：「還愣著，逃命去！」

陳木年和秦可這才真正意識到了問題的嚴重性，秦可說：「爸，我們該怎麼辦？」

老秦關上窗戶，放下窗簾，說：「還能怎麼辦，跑啊！」

陳木年站起來，「我不跑，我去自首。」

「你瘋了你？」老秦說，一把將他推到門前，「找死啊你！快走！快！」

秦可跳下床，跑過去抓住陳木年的手直搖晃，她也不知道該怎麼辦。

「快走！現在就走，晚了就來不及了。有什麼車坐什麼車，能走多遠就走多遠。」老秦說著就把陳木年往外推。為了讓陳木年走，他恨不得給他兩耳光。

秦可也說：「木年，那你趕快走吧，聽我爸的。」一把抱住陳木年的腰。

「那這裡怎麼辦？」

「你就別管了，」老秦說，「有我。洗一下，再把帶血的東西找個安全的地方全扔掉。記著，跑得越遠越好，不讓你回來別回來！」

秦可哭了，抱著陳木年不願放手。老秦把她拽過來，說：「你想讓他死啊？」秦可立馬鬆了手。陳木年看看秦可，又看看老秦，說：「那我走了。」到地上撿了手套，再去撿刀，老秦一把將他推到門外，「快走！」

陳木年回到宿舍，直接進了洗手間，把濺了血的衣服脫下來窩成一團，開始沖澡。沖完了簡單擦了一把就進房間找衣服穿。經過客廳時小日本說話了，小日本在自己的房間裡問：

「老陳，剛剛什麼事大呼小叫的？」

陳木年說：「秦可看鬼片，嚇的。」

小日本不說話了，房間裡響起了女人的笑聲。

陳木年迅速穿好衣服，秦可從門外進來，說：「我爸讓你把錢、存摺、卡什麼都帶上。還有這些錢，也帶上。」秦可遞給他一遝鈔票。大大小小都有。陳木年接住了，把抽屜裡的有用的東西都塞到一個旅行包裡。輪到畢業證和學位證，陳木年裝進去又拿出來，沒等秦可伸手去攔，他已經開始撕了。因為外面的塑膠封皮，第一下沒撕開，他一把扯下封皮，將紙瓤攔腰撕成了兩半，又撕兩半，成了四半，摔到地上。收拾完了，出門時又回過頭，從書架上抽了一本《聊齋志異》塞進包裡。另一隻手也拎著一個包，裝著血衣服和橡膠手套。他要去和老秦告個別，秦可把他推下了樓，然後跟著下了兩個臺階，抱住他，親了一下陳木年的嘴，再次把他往下推。陳木年站在樓道的拐彎處，看著秦可，說：

「我走了。」

轉身下了樓。出了校門向右拐，在馬路上攔到一輛出租車，上了車，司機問他到哪裡，陳木年一時語塞，他也不知道去哪裡，但隨即說，火車站。

陳木年是聽到了火車的鳴笛聲時就決定下車的。他記得在報紙上看過，有輛火車在這個點經過小城，而且從聲音判斷，火車的確是向這邊行進的。夜火車。付了車費，他走到鐵路前。曠野裡的風大一點，也清爽一些，看不見的青蛙叫成一片。還有知了，半夜裡也不肯歇著。沒有一個人，月光在野外顯得極其奢侈。陳木年看見了火車的燈光像兩把刀插進夜裡。他趕快躲到一棵大樹後面，等車燈過去了才拎著包開始追趕火車。被車燈照過的月亮地是黑的，跑幾步眼睛才重新適應月光，腳底下又亮起來。他用平生最快的速度追趕火車，感覺到夜風擊打皮膚的疼痛。他跑得兩腳生風，像在飛。先甩一個包上去，再甩一個包上去，接著是人爬上去。

一列運煤車。爬到車廂裡陳木年摔了一跤，啃了一嘴的煤炭，舔了舔嘴唇，竟有一點辣味，他就把嘴邊的煤渣捲進嘴裡嚼起來。

小城越來越黑，月光淡下去。火車帶著陳木年遠離那個燈火闌珊的地方。幾年前，他曾夢想坐著夜火車離開小城，再也不要回來，但最後還是回來了。現在，終於又坐上了夜火車，區別在於，他不得不遠走了，也許想回都不能再回來了。或者永遠都回不來了。看著即將在月夜裡消失的小城，陳木年悲從中來，他想，應該在離開之前看一看父母的，再看一看沈鏡白和沈師母，還有許老頭和金小異，也該祭奠一下。陳木年站在火車上，捏煤為香，對著小城拜了三拜，直起腰時，小城不見了。

後記

很多年以前，我覺得我是悲觀的。不是為賦新辭強要說愁，不是玩酷，而是幾乎與生俱來的、骨子裡頭的悲和涼。那種莫名其妙的、不由人的心往下沉，太陽要落了你不高興，太陽要升了你還不高興。在別人的高興之中和高興之後，我看到的大多也是空，是無意義和不可能。後來意識到這感覺雖真誠，但依然可笑，我才見過幾個高興？我又進入過多少個高興？想要走出這種「悲壯的不高興」之前，有一種強烈的衝動突如其來地貫穿了我，就是出走。我同樣不清楚這連綿不絕的衝動從哪裡來。十八歲時寫過一個小東西叫《出走》，二十歲左右寫《走在路上》，二十三歲寫《沿鐵路向前走》，然後年既長，寫《跑步穿過中關村》、《長途》和這個《夜火車》，分別是短篇小說、中篇小說和長篇小說，以及剛出版的散文集《到世界去》。這僅僅是從題目裡就能看見「出走」的，還有躲在題目後面的更多的「出走」。有人問，為什麼你的人物總在出走？我說可能是我想出走。事實上我在各種學校裡一直待到二十七歲，沒有意外，沒有旁逸斜出，大概就因為長期規規矩矩地憋著，我才讓人物一個個代我焦慮，替我跑。這兩年我突然喜歡把「理想主義」這個詞掛在嘴上，幾乎認為它是一個人最美好的品質。我知道既為「理想」，就意味著實現不了，但於我現在來說，我看重的是那個一條道走到黑、一根筋、不見黃河不死心、對理想敬業的過程，我希望人人有所信、有所執，然後真誠執著地往想去的地方跑。如此說似乎與悲觀相悖，一點都不，這「理想主義」是涼的，是壓低了聲音降下了重心的出走，是悲壯的一去不回頭，是無望之望，是向死而生。現在，它們都在《夜火車》裡。

很高興這部小說再版時被收入「這世代」書系，由華章同人與寶瓶出版社連袂籌畫，在大陸和臺灣同時出版。我知道這套書選定的作家來自兩岸，皆為一九七〇年代前後出生，可見，它的意義並非僅在將同一種漢語用簡、繁兩種字體出版，更在增進兩岸文學、文化以及年輕一代的交流與理解。這很好。有一年，和同齡的臺灣作家聊文學，真誠地希望在各自家門口的書店裡就能看到互贈的同一本書；感謝華章同人和寶瓶，現在可以了。

二〇一一年十二月二十二日，知春里

國家圖書館預行編目資料

夜火車／徐則臣著. --初版. --臺北市:寶瓶文化, 2012. 6
面； 公分. --(Island；171)
ISBN 978-986-6249-83-9（平裝）

857. 7 101008814

island 171

夜火車

作者／徐則臣

發行人／張寶琴
社長兼總編輯／朱亞君
主編／張純玲・簡伊玲
編輯／賴逸娟・禹鐘月
美術主編／林慧雯
校對／賴逸娟・陳佩伶・劉素芬
企劃副理／蘇靜玲
業務經理／盧金城
財務主任／歐素琪　業務助理／林裕翔
出版者／寶瓶文化事業有限公司
地址／台北市110信義區基隆路一段180號8樓
電話／(02)27494988　傳真／(02)27495072
郵政劃撥／19446403　寶瓶文化事業有限公司
印刷廠／世和印製企業有限公司
總經銷／大和書報圖書股份有限公司　電話／(02)89902588
地址／新北市五股工業區五工五路2號　傳真／(02)22997900
E-mail／aquarius@udngroup.com

法律顧問／理律法律事務所陳長文律師、蔣大中律師
如有破損或裝訂錯誤，請寄回本公司更換
著作完成日期／二〇〇九年
初版一刷日期／二〇一二年六月
初版二刷日期／二〇一二年六月五日
ISBN／978-986-6249-83-9
定價／二九〇元

AQUARIUS 寶瓶 文化事業

愛書人卡

感謝您熱心的為我們填寫，
對您的意見，我們會認真的加以參考，
希望寶瓶文化推出的每一本書，都能得到您的肯定與永遠的支持。

系列：Island171　**書名：夜火車**

1. 姓名：＿＿＿＿＿＿＿＿　性別：□男　□女
2. 生日：＿＿＿年＿＿＿月＿＿＿日
3. 教育程度：□大學以上　□大學　□專科　□高中、高職　□高中職以下
4. 職業：＿＿＿＿＿＿＿
5. 聯絡地址：＿＿＿＿＿＿＿＿＿＿＿＿＿＿＿＿＿＿＿＿＿＿

   聯絡電話：＿＿＿＿＿＿＿＿　手機：＿＿＿＿＿＿＿＿
6. E-mail信箱：＿＿＿＿＿＿＿＿＿＿＿＿＿＿＿＿

   □同意　□不同意　免費獲得寶瓶文化叢書訊息
7. 購買日期：＿＿＿年＿＿＿月＿＿＿日
8. 您得知本書的管道：□報紙／雜誌　□電視／電台　□親友介紹　□逛書店　□網路

   □傳單／海報　□廣告　□其他
9. 您在哪裡買到本書：□書店，店名＿＿＿＿＿＿　□劃撥　□現場活動　□贈書

   □網路購書，網站名稱：＿＿＿＿＿＿＿　□其他＿＿＿＿＿＿
10. 對本書的建議：（請填代號　1. 滿意　2. 尚可　3. 再改進，請提供意見）

    內容：＿＿＿＿＿＿＿＿＿＿＿＿

    封面：＿＿＿＿＿＿＿＿＿＿＿＿

    編排：＿＿＿＿＿＿＿＿＿＿＿＿

    其他：＿＿＿＿＿＿＿＿＿＿＿＿

    綜合意見：＿＿＿＿＿＿＿＿＿＿＿＿＿＿＿＿＿＿＿＿＿＿＿＿＿＿＿＿
11. 希望我們未來出版哪一類的書籍：＿＿＿＿＿＿＿＿＿＿＿＿＿＿＿＿

讓文字與書寫的聲音大鳴大放

寶瓶文化事業有限公司

（請沿此虛線剪下）

廣 告 回 函
北區郵政管理局登記
證北台字15345號
免貼郵票

寶瓶文化事業有限公司　收

110台北市信義區基隆路一段180號8樓

8F,180 KEELUNG RD.,SEC.1,

TAIPEI.(110)TAIWAN R.O.C.

（請沿虛線對折後寄回，謝謝）